U0754684

# HIJO DE HOMBRE

# 人子

## Augusto Roa Bastos

[巴拉圭] 奥古斯托·罗亚·巴斯托斯 —— 著

吕晨 —— 译

外语教学与研究出版社

北京

雅众文化 出品

献给我的父亲

献给我母亲的记忆

# 目 录

人子啊，你住在悖逆的家中……

（第十二章第二节）

人子啊，你吃饭必胆战，喝水必惶惶忧虑……

（第十二章第十八节）

我必向那人变脸，使他作了警戒、笑谈，令人惊骇，并且我要将他从我民中剪除……

（第十四章第八节）

《旧约·以西结书》


……我必将让声音重新在骨骼里流动……

使话语又重新回到肉体里……

在这个时代消失而一个新的时代出现之后……

瓜拉尼人的《亡人之歌》

# 一 人子

当我在推敲字句时，我在重塑我自己。

——威廉·巴特勒·叶芝

## 1

他瘦得皮包骨头，弯着腰，在炽热的北风吹拂的中午，经常在村子里到处游荡。这是许多年以前的事了，但是我还记得。他会从任何一个地方、任何一个街角或任何一个门廊里冒出来。有时他倚靠在一堵墙上，看上去只不过是龟裂的土坯墙上的一个斑点。当太阳照到他的时候，他才离开。走路时，他用竹竿探索着道路。那双死人般的眼睛因白内障而浑浊。瘦骨嶙峋的躯体上，只有一身破烂的粗布衣裳。他身材矮小，像个小孩子。

"啊，马卡里奥！"

我们把山桃木陀螺放在土坑旁边，看着他从我们面前走过去。这个晒干的老头，是独裁者弗朗西亚的一个奴隶的儿子。他每次在我们面前出现时，就像是从前的一个幽灵闪过。

一些孩子跟在他后面，变着花样捉弄他，然而，他迈着小鸟腿般的细腿慢慢地走着，从不理睬他们。

"啊，长腿鹤马卡里奥！"

戈伊布鲁孪生兄弟在他后边跑着，向他撒去一把把的土。一时间，尘土遮住了他那小小的躯体。

"真丑，真丑，丑家伙！"

"可恨的老头子，走路的声音真难听……"

对这些叫喊和嘲笑，他都置若罔闻。他满身泥土，在闪烁的阳光下颤抖着，消失在路旁树木的阴影里。

那时，伊塔佩村还不像今天这个样子。从一位利马总督下令兴建这个村庄开始，三百多年来，它一直是一个埋没在瓜伊拉红土地带中心的小村。

多病的总督只管把手伸向空旷无垠的原野，却不顾他带来的贫困和辛劳。当他把土地分给委托监护人，或奖赏那些致力于消灭印第安部族的将领时，也是如此。

这个古老的村庄只留下教堂周围的几所用石头和土坯砌成的房屋。风化的墙壁上长着一些野生蕨类植物和花。在一些陈腐的木柱上，偶尔也会看到新长出的绿色的嫩芽。在小广场的木造钟楼旁边，椰子树的树冠被太阳晒得枯萎发焦。在那里，热烘烘的臭气伴着一种犹如口渴的雏鸽发出的咕咕声弥散开来。

后来，通向恩卡纳西翁的铁路从这里经过。在修筑铁路的过程中，成批的伊塔佩居民被征来当民工。在铁锹的碰击下，白坚木的枕木发出铸锭般的响声。许多人死于这些枕木之下。

铁路建成后，村庄开始苏醒了。泥土的站台在一双双赤脚的踩踏下喘息着。当每周来一次的火车从这里经过时，卖玉米面包和蜜糖水的女人都要忙乱一番。她们古铜色的面孔和破旧的衣服上都覆盖着一层红土。

现在，火车的班次增加了。那里重新修建了一个车站和石砌的站台，但仍旧保留着原先的颜色。一条支线通向离村庄不远的小河边的制糖厂。车站对面是酒库和土耳其人开的商店，商店的墙好像用石灰水刷过，白得刺眼。新教堂覆盖了旧教堂的颓垣断壁。黑黝黝的椰子树被砍掉了，钟楼也不见了，代之而起的是供圣克拉拉节日庙会使用的看台和舞台。

宁静的小村庄获得了新的生机。

在从博尔哈到比亚里卡的大路两旁，间或可以看到一些茅屋。在尘土飞扬的大道上，时而有一辆小车在平原上缓缓移动。

这也是从前那个时代的遗产。

伊塔佩山耸立在离村庄约半里格[1]远的地方。公路从山脚下经过，被山泉汇成的小溪截断。有的时候，溪水下落使山头隐约可见，山顶上供奉基督像的那所茅屋便浮现在炽热的天际线上。

每逢耶稣受难日，伊塔佩人都要在那里举行祭祀仪式。

伊塔佩居民有他们自己的礼仪，这种传统的历史虽然不长，但也有一段传说。

基督像被钉在山顶的黑十字架上，上面有一个用细茅草搭成的圆形屋顶，类似印第安人的帐篷，可以使它免受风吹雨淋。至于耶稣受难的情景就无须细述了，念过十架七言[2]之后，便是下十字架。一双双颤抖的手伸向十字架，以一种无法控制的愤怒情绪，把它从十字架上扯下来。人群一边抬着雕像往山下走，一边做着祈祷，唱着圣歌。从小山到教堂只有半里格远，但是，基督像从来不进教堂，只在门廊处停放一会儿。人群继续唱着歌，而且变成了野蛮的号叫和挑衅的呼唤。一会儿之后，抬基督像的木架在人群上面掉过头来，基督像就由朝圣的人们抬着回到小山上去，一路上，在灯笼和火把的照耀下，它呈现出死人独有的惨白色。

---

1　旧时距离单位，在陆地上，1 里格约合 4.8 千米。

2　耶稣基督被钉在十字架上，临死之前说的七句话。

这是一种粗野而原始的仪式。集体的反叛情绪使这种特点更加明显。在献身精神的鼓舞下，人们的情绪更加激昂，从他们当中迸发出一种强烈的呼声。在狂热的耶稣受难日，这种呼声不知是出于痛苦和愤怒，还是出于希望。

这种仪式使我们伊塔佩人获得了狂热者和异教徒的绰号。

但是，人们仍旧年复一年地到山上取下圣像，抬着它在村子里巡游。人们把它视为一个应该为之复仇的牺牲者，而不是一个宁愿为人们而死的神。

也许，那些淳朴的居民从未理解其中的奥秘。

或许他是神，如果是这样，他就不会死；或许他是人，如果是这样，他的血就白白地流到了他们的头上，却未能拯救他们，因为，那里的情况变得越来越糟了。

也许，只不过是基督像的来历在人们的心中唤起了一种奇妙的信仰，使他们相信他是一个和他们一样穿着破衣烂衫的救世主。和他们一样，他一生中不断受到嘲弄、戏谑和死亡的威胁。相信这种信仰本身就是一种改宗，是一种持久的反叛意图。

也许，那个加斯帕尔·莫拉是他们真正想为其恢复名誉的人，或者至少是他们想为之辩护的人。加斯帕尔是一个乐器制造师，他患了麻风病以后，便隐居深山，再也没有回到村子里来。但是，在那次无声的、也许是出于本能的密谋中，人们从未提过他的名字。

当时我还是一个孩子，我所提供的证据只能作为参考。现在，当我记述这些回忆时，我感到，我的不忠和人类的忘却、我一生中的多次挫折、童年时代的无知和好奇，统统混杂在一起了。我不是在重温往事，也许我是在为这些往事赎罪。

6

马卡里奥老爹最熟悉这段历史和其他的一些故事。

那时，不是所有的孩子都嘲弄他。在我们当中，有些人跟在他后面不是为了向他身上撒土，而是想听他讲那些充满生活气息的新闻和故事。他是一个很会讲故事的人，在他变得年老昏聩之前，更是如此。他是我们村里的活字典，他知道的事情远远超出了他这样一个人应该知道的。马卡里奥并不是本地人，据说，他是弗朗西亚的一个养子。在洗礼登记册上，他用的是弗朗西亚这个姓。

马卡里奥出生于终身独裁制建立之后不久。他的父亲皮拉尔是最高元首弗朗西亚的侍仆，一个获得了自由的奴隶。他父亲也采用了弗朗西亚这个姓。弗朗西亚解放了许多奴隶——与此同时，他却把许多贵族关在狱中——这些奴隶都采用了这个姓，这一点也反映了那个时代的阴暗。他们被打上了这个不可磨灭的标记，如同他们那种不可变更的印第安人的肤色一样。

马卡里奥也是如此。他讲的故事使我们毛骨悚然，而他的沉默比他的言辞更可怕。老人所描述的那个神秘时代的气氛通过他的讲述向我们迎面扑来。他总是讲瓜拉尼语。印第安语的柔和语调虽然减弱了恐怖气氛，但是，恐怖气氛却深深地渗入我们的肺腑。这不是由于事实本身的真实性，而是由于恐怖气氛的魅力。那是回声中的回声，影子中的影子，反映中的反映。

"我的孩子们，"他对我们说，"人就如同一条河流，它有峡谷和堤岸。它发源于某条河流而又汇入其他河流。它必然有一定的用处。流入沼泽地的河流才是倒霉的河流……"

他沉浸于对往事的回忆中。

"弗朗西亚先生下令推倒富人的房屋，砍掉树木。"他说，"他要随时可以看到一切，看到那些投靠马梅卢科人[1]和布港人[2]的对手的活动，甚至洞察他们的内心活动，因为他们时刻都在准备推翻他。他们想把这块沼泽地变成吞噬我们国家的场所，因此，他要打击和消灭他们，填平这块沼泽地……"

我们不大理解他这些话，但是，我们眼前却浮现出最高元首的高大形象。他以坚不可摧的意志和主宰人类命运的权力控制着这个国家。

"他连睡觉时都睁着一只眼睛。谁也别想骗他……"

我们好像看到黑暗的地窖里填满了被活埋的人，在那只不眠的眼睛的监视下，他们在长眠中也感到惶恐不安。我们也常常从噩梦中惊醒，但是，这并没有使我们对独裁者的形象产生反感。

我们好像看到他在两队手持马刀和卡宾枪的士兵护卫下，在傍晚骑着马行进在空荡荡的大街上。他端坐在深棕色马的红色天鹅绒马鞍上，双手紧握缰绳，身上佩着银制手枪和长矛，头上戴着一顶大三角帽，整个身躯裹在红里黑面斗篷里，只有白色长袜和踏在银制马镫上的镶着金扣带的漆皮鞋露在外面。他纵马飞奔，马蹄声打破了黄昏的沉寂。突然，他那双锐利的眼睛转向某扇紧闭的门窗。在一个世纪之后，当老人向我们描述那种情景时，我们不禁要后退几步，似乎是为了躲避在武器和马镫的碰击声中从上面投下来的那种火一般的目光。

主显节那天是他的生日。晚上，在中心广场住宅的走廊里，蜡烛像繁星一样眨巴着眼睛。穿着蓝色礼服、白色短袜，身佩短剑的独裁者亲自向穷人的孩子布施。这项活动就是在地牢的上面进行的。孩子们把蜡烛留在走廊里，以便从那双拥有一切权力的手中得到几个铜钱。他们能够献给独裁者的唯一的东西就是这些蜡烛，这既表示了他们的

---

1　此处指巴西人。

2　此处指布宜诺斯艾利斯人。

谢意，也表示了他们的恐惧。

马卡里奥谨慎地选了"恐惧"这个词。不难想象那个身穿大礼服、双眉紧锁的圣人的形象；他那像刀子一样锐利的目光，连那些对他满怀敬意、衣衫褴褛的人也不肯放过。他试图看出，他们中间是否存在阴谋的霉菌，以及反抗和仇视的阴影。

"谁也骗不了他……"

就连马卡里奥的父亲——混血人皮拉尔也骗不了独裁者，他是弗朗西亚唯一信得过的仆人。

"最高统治者像爱自己的儿子那样爱他。"一天下午，马卡里奥对我们说，"饭前，他要尝独裁者的饭菜，看里面是否有毒。每当弗朗西亚的风湿病发作，让他卧床不起时，皮拉尔就到伊塔普阿和坎德拉里亚去找曾被囚禁在圣安娜的法国医生开药方。我也曾陪父亲去过。看到最高统治者病愈，父亲比任何人都高兴。可是，就是在那个时候，我毁掉了他的快乐……"他沉默了许久，下巴抵着胸部，回忆着那件事。

"马卡里奥老爹，您怎么毁掉了他的快乐呢？"我壮着胆子问。

"那天下午……"他那双布满血丝的眼睛眨巴着，"我发现桌子上放着一枚金币。那是最高统治者病愈后第一次出去散步。我扛不住那枚金币的吸引力，于是把它拿起来。不料，我手上顿时发出一股烧焦的肉味。我急忙扔掉金币，跑到外面躲起来。原来，最高统治者曾在火盆里烧过金币。回来后，他派人把我找去。他让我伸出手，一切都明白了。这种惩罚本来已经够厉害了，可是，他又要我父亲当着他的面打我五十棍。父亲用蘸过醋的番石榴树枝抽我。开始，我极力忍住眼泪，可是，在我昏过去之前，我看到，由于我遭受的痛苦，父亲的眼睛被泪水蒙住了。我是他最疼爱的孩子。此后不久，父亲用脚踢了苏丹，那是最高统治者最喜爱的狗。他下令逮捕父亲，并让狱卒用同一条树枝抽父亲一百下。父亲气得像疯子一样，对牢房看守大发脾气。

人们都说，那是我父亲的不是。最高统治者下令把父亲和其他反叛者一起在监狱里处决了。他像爱自己的儿子那样爱我的父亲，可是，他不能原谅父亲的叛逆行为。父亲不是叛逆者，他死于我的过错，因为他的不幸是我的偷窃行为造成的。我们弟兄十二人被流放到全国各地。我到这里和我姐姐马利亚·坎德一起生活，她是加斯帕尔的母亲。后来，加斯帕尔成了音乐家和乐器制造师……"

那天我们才知道，马卡里奥·弗朗西亚是加斯帕尔的舅父，但那一次他也没有谈外甥的情况。

"你们看我这双手！"他突然对我们说。

我们抓住那双手，并用力把那葡萄枝似的手指合在一起。他抽回左手，那只手几乎是透明的。在手掌中间的可怕皱纹中，一个像小洞一样的黑斑几乎紧贴着骨头。

"看你们是否也会遇到这种事！我活着是为了还债。我已经活腻了……"

他讲的故事使我们异常惊讶。

"大战[1]开始前几年，我到圣安娜去向法国医生求助。我姐姐坎德得了严重的破伤风。二十年前，我曾和父亲一起到那里为最高统治者求医。可是这一次我的运气不好，白跑了一趟。那个法国佬也病了，人们这样对我说。我在他门前等了三天，盼着他病愈。晚上，人们用一把教士椅把他抬到走廊里。月光下，我看到他脸色苍白，全身浮肿，一动不动地在睡觉。最后一个晚上，一个醉汉在病人面前走来走去，大声唤着他。醉汉的火气越来越大，喊声也越来越高：'晚安，邦普兰德！……纯洁的圣母马利亚……邦普兰德！'

"最后，他指名道姓地骂起来。臃肿而苍白的医生既不理睬他，也

---

1　指 1839 年至 1851 年的乌拉圭内战。

没有显现出不安。醉汉再也忍受不了医生的冷漠态度，便拔出一把刀子，迈上走廊，愤愤地向医生砍去，直到我扑向他，夺过他的刀子为止……许多人闻声赶来。那时我们才知道，医生已经死了三天。醉汉砍的不过是一具涂了香料、在户外晾干的尸体。对我来说，医生似乎是第二次死亡……我回到伊塔佩的时候，姐姐的病也好了。为了使她彻底康复，我把醉汉用来砍法国医生的刀子放在姐姐的床头……"

有些孩子，比如戈伊布鲁兄弟，就不相信老人的话。佩德罗在一边冷笑，维森特扬扬自得。他们两个宛如一个人一样。从那时起，他们就鄙视那个老自由奴。

有一天，马卡里奥把我们带到他家里。他从房檐下取出一个小包，然后把它打开，从一件沾满石灰粉的蜥蜴皮大衣里拿出一件东西。一枚银制带扣在他那肮脏的手里抖动着。

"这是……"他哽咽得说不下去了。

无须多问。

我们聚精会神地看着带扣，这是一颗坠落在沙漠中的陨石。它使人想起了那个穿着大礼服、漆皮鞋和白色长袜的消瘦的人，他像一棵被闪电烧焦但未被击倒的大树，巍然屹立着。

在战争席卷全国的时候，马卡里奥·弗朗西亚已经是一个成年人了。

他说，他加入了美名远扬的南杜亚中尉指挥的部队，并参加了乌迈塔和瓜德里拉特罗战役。他负了伤，在瓦伦蒂纳斯山做了三国同盟的俘虏。后来，他逃了出来，又回到洛佩斯将军的司令部。

"将军夫人亲自为我医治肩上的伤！"他自豪地说。

他指指那微微下垂的肩膀，似乎它是因为那种荣誉和那场噩梦的重压而下垂的。

马卡里奥经历了那场历时五年之久的大屠杀，后来，洛佩斯的最

11

后一支游击队在塞罗考拉打了败仗，马卡里奥是从那场大屠杀中复活的拉撒路[1]。

那个银制带扣是他从大屠杀中带出来的唯一物品，也是一件极其珍贵的纪念品。

他从来不提患麻风病的外甥，甚至连外甥的出生也不谈。无疑，同别人一样，他有意回避这个问题。

"在三国同盟战争[2]之后的迁徙中，我的姐姐坎德生了加斯帕尔……"在我们的一再催促下，他才这样说。

在伊塔佩，还有一个人知道这段历史，那就是住在卡罗维尼山上的女面包贩子马利亚·罗萨，但是，对此她也是闭口不谈。即使她谈，也不会有人听，因为她是一个精神病患者。古老的瓜拉尼语使她那不连贯的语句更加晦涩，有时，她还絮絮叨叨地重复瓜伊拉的瓜拉尼人唱的那首使人产生幻觉的《亡人之歌》。

直到马卡里奥突然变得衰老，快要死亡的时候，他才开始谈有关他外甥加斯帕尔·莫拉的事情。

当老人瘦得只剩下一把骨头的时候，他才开始透露那个被大家无意识地保守着的秘密。从此，他忘掉了一切，总是喋喋不休地讲那件事。

### 3

"那是彗星的火尾几乎擦着地球的时候……"

他常常从这里讲起。他用"天空的火"这个无法解释的概念来形

---

1 《新约》中的人物，拉撒路死而葬于墓中，四天后耶稣使他复活。——编注
2 指 1864 年至 1870 年巴拉圭与巴西、阿根廷和乌拉圭三国同盟的战争。

容彗星，形容彗星释放的洪荒力量和世界毁灭的情景，因为在瓜拉尼语中，"天空的火"就意味着这些东西。

我想起了怪人哈雷[1]，想起了我那可怕的五年，由于那个将要吞噬世界的"狗蛇"的出现，那几年混乱到极点。我记得那一切，但是，在马卡里奥的故事里，它却是很久以前的事情。

如果不是与患麻风病的外甥的经历有关，他也不会关心彗星的事。他每次讲的都有差异：增加一些情节，变换一些名字、时间和地点，也许同我现在不自觉地做出的事情一样。我比那个昏聩的老人更加惶恐不安，因为他至少是纯洁的。

当某个女人出现在听众中间的时候，他便会停下来。不知为什么，他从来没有在女人面前提到过加斯帕尔。衰老、虚弱的老人会立刻发现她们，接着，他便摆出一副清高的样子，默不作声了。他如果坐在火旁，就向火里啐痰。在一阵难堪的沉默中，痰在火中咝咝作响，冒出一缕缕黄烟。闯入者只好无可奈何地离开人群。

于是，马卡里奥又重新从彗星讲起。

一天晚上，当一个女人轻轻的脚步声消逝在远处的泥土地上，老人的痰在炭火中燃尽的时候，我听到他以缓慢的语调说：

"他隐居在深山，在那里等待着死神的降临。"

他顿了一下，又接着说：

"但是，在这之前，他得了一个孩子。"

"什么孩子，老爹?"有人问道。

他没有回答，只是低垂着头，深深地叹了口气。

我们都知道，加斯帕尔·莫拉没有子女。老人低着头，似乎是在思考这个问题，也许他对自己的失言有些懊恼。

---

1　埃德蒙·哈雷（1656—1742），英国天文学家，曾观察过彗星的运动，哈雷彗星即以他的姓氏命名。

于是，他又扯起以前的事，试图使人忘掉他刚才说过的话。他又讲起麻风病人幽居深山之前的年月。加斯帕尔·莫拉那丑陋的面孔又换成了青年时代的洁净而刚毅的容貌。我们记得很清楚，他有一张黝黑而清瘦的脸，以及一双碧绿而温和的眼睛。

由于长年和木头打交道，加斯帕尔身上散发着木头的香味。人们从很远的地方到这里来买他的乐器，而且从不跟他讨价还价，因为他不是吝啬鬼，他留够买材料和工具的钱之后，把剩余的钱全部分给那些比他更穷的人。他替那些被大火、冰雹和蝗虫毁掉庄稼的农夫偿还债务，他为那些孤儿寡妇购买衣服和食物。

"孩子们挤在他的作坊里看他干活。他教那些有兴趣的孩子做木工和唱歌。他建造了学校，制作了绞盘和支架。我没有再去看这些东西，但是，我知道，现在它们都还在……"马卡里奥对我们说。

是的，它们都还在。在木头支架上，加斯帕尔曾用凿子和锛子刻下印第安人的器皿和编织品的图案，由于年长日久，它们布满了裂纹。在所有这些东西上，他都留下了痕迹，可是，这个衣衫褴褛却非常干净、靠别人施舍过活的老流浪者却将他记得尤为深刻。

离加斯帕尔去世还没有多久，可是，由于他是在恐怖气氛中消失的，所以，他好像陷进了一个时间久远的无底深渊。

马卡里奥·弗朗西亚和他非常亲近。

"天黑时，他弹起自己制作的吉他，以鉴定乐器的音色，因为音色是乐器质量的标志……"

这我还记得。有的人静静地躺在草地上，有的人走出自己的家门，甚至山岗和溪流也在倾听他的琴声。我记得，妈妈听到远方的吉他声，眼睛都湿润了。爸爸从甘蔗地回来，极力不使农具发出声响。

加斯帕尔在深山里死去以后，有几个晚上，我们仿佛仍能听到他的吉他声。马卡里奥的声音剧烈地颤抖着。在宁静的傍晚，萤火虫的蓝色亮光星星点点，我们隐约听到似乎是发自地下的吉他声，好像是在老人的影响下，昔日的琴声又回响在我们耳旁。

这时候，我们懂得了马利亚·罗萨那不连贯的话语的意思。从她的甜蜜的迷恋中，我们猜到了加斯帕尔生涯中模糊不清的东西。

"我们听着他的琴声，谁也不会想到死的事情。"卡罗维尼山上患精神病的女面包贩子说，"他在树洞里睡着了。他太累了，因为他日夜和大蝙蝠搏斗……但是，总有一天他要醒来，把我带走。彗星会把他带回来的……他的手脚都被钉住了……但是，彗星将唤醒他，把他从山上带回来……"

一个是老糊涂，一个是疯子。彗星的火尾似乎将永远把马卡里奥和马利亚·罗萨同死在森林里的麻风病人连在一起。

马利亚·罗萨已经四十多岁了，蓬乱的头发已开始变白。虽然她中年时生了一个女儿，但是，她仍然爱着他。

当时，可能所有的女人都爱着音乐家，或者爱着他给予她们的一切。现在我又记起了伊塔佩的那些少女。当夜幕降临的时候，在萤火虫的点点微光中，她们等待着那个"谁也不会想到死"的时刻。无疑，她们听乐师弹琴时，整个身心都倾注到他的身上。这种共同的迷恋把所有的少女联结在一起，同时，也使他疏远她们，但是，那个没有头脑而声音柔和的女人却例外。在黑暗中，他蜷伏在她身上，把她紧紧地搂在怀里。

不知为什么，马卡里奥对此只字不提。或许他说过，而我忘记了，因为那时候我还没有想过这些事情。

"加斯帕尔死的时候仍是童身……"他神态自若地说，虽然这和他过去说的互相矛盾。他曾流露过，那个麻风病人死前得了一个孩子，但是，在这个老年人身上，常常会出现矛盾和虚幻的东西。

"老滑头。"戈伊布鲁兄弟在嘲笑马卡里奥。他们俩都接近过女人，所以，在我们这些尚不了解这种奥秘的人面前，他们显得扬扬自得。老人没能使他们相信加斯帕尔还保有童贞。他们把老人看成一个骗子、说谎者。

然而，在一肚子坏主意的维森特的皮带上，却装着从老人那里偷来的银制带扣。

我想，他们不仅恨马卡里奥，对加斯帕尔也怀着一种不可告人的仇恨。孪生兄弟的父亲死于一头小公牛的双角之下。生前，他是马卡里奥和加斯帕尔的死对头。他曾用刀砍过马卡里奥，也砍过加斯帕尔雕的基督像。后来，他又把这种仇恨传给自己的两个儿子，而戈伊布鲁兄弟确实也是无所畏惧的人。

一天下午，和我们一起在河里洗澡的佩德罗骂加斯帕尔是一个同性恋。他的骂声好像是打在我们脸上的一记耳光。我们一起向他扑去，把他摁倒，并在他嘴里塞满了沙子，好像是要他吞下他的辱骂，埋掉他对我们心目中最诚实的人的诋毁。维森特试图保护他哥哥，但无能为力。我用一只脚踏住佩德罗的咽喉，其他孩子则牢牢地摁住他。

"他是不是同性恋？你再说一遍！"

"不是！……"他胆怯地咕哝道。

那时我们才把他放开。可是，后来有一次，当我独自一人在水塘洗澡时，他们俩逮住我，几乎把我淹死在水里。无疑，由于我们这些加斯帕尔的卫道者曾让佩德罗吃过一口沙子，现在他们要来报复了。

由于我的水性好，同时也由于我有一种坚定的信仰，所以我才没有被淹死。戈伊布鲁兄弟在水塘里到处找我，而我则睁大眼睛、屏住呼吸，躺在池底的淤泥上。后来，当他们再也看不到从我鼻子里和耳朵里流出的血在水面上泛起的气泡时，他们才离开水塘。无疑，他们以为我已经淹死了。

在窒息和昏厥中，我感到加斯帕尔的木头手托着我浮上水面，原来那是我抱了很久的一截黑色树根。


## 4


加斯帕尔的失踪并没有马上被人们发觉。

他的房门开着，除一些工具外，他没有带走任何东西。

人们不停地到处寻找他。远近村庄的所有道路都布满了人们的足迹，但是，没有一点消息。加斯帕尔踪迹全无。

他好像离开了人世。

老太太们为他的回返向上帝许愿，姑娘们走路时悲愤地低着头。马利亚·罗萨更加悲伤。这个矮小的女面包贩子过去经常给他送去又热又脆的面包，但从不收钱。另外，她还把一串串金黄的香蕉和装在用湿润的香蕉叶包着的水壶里的清凉泉水，送到加斯帕尔的小屋里。她有着近似陶瓷颜色的棕褐皮肤，体态丰满，两颊闪闪发光，黑眼珠像两滴晶莹闪亮的水珠。

在这之前，马利亚·罗萨在卡罗维尼山的小屋里接待过男人，但是，她只接待那些牲口贩子和其他的过路客人，从不接待本村的男人。老太太们鄙视她，背着她窃窃私语。她对她们既不理睬，也不憎恨。

加斯帕尔·莫拉失踪后，马利亚的小屋静静地躺在椰林中，不再开放。在那块印花布窗帘后面，再也看不到"蝙蝠"灯的闪光了。

"加斯帕尔失踪前没有去过马利亚·罗萨的小屋吗？"人们故意用这个问题去激马卡里奥。

"加斯帕尔死的时候是童身！"老人低垂着头，固执地回答。

现在我还能想象出马利亚·罗萨在寻找、等待失踪者，以及在等待中赎罪的样子。她好像突然发现，所有的人只不过是一个人，而这个人已经不在人世，也许，他永远不会回来了。


## 5


几个月以后，也许是几年以后，一个樵夫给伊塔佩居民带来了消息。他说，他在深山打柴时，在傍晚时分听到吉他的声音。开始时他以为是某种不祥的预兆。

"我自言自语地说，是妖怪吗？可能是魔鬼。虽然我并不相信这些东西。"他对围着他的人说，"吉他继续响着。我到发出响声的地方去找，但是，什么也没有找到。在山中回响的乐声使我东奔西跑。最后，我顺着一条林间小道来到一个深谷。突然，一所房子映入我的眼帘。加斯帕尔坐在房子前面的树干上，弹着一把没有上漆的白吉他……他生病了，生的是拉撒路的病。"

一阵恐惧从人们的脸上掠过。

樵夫说，他向病人伸过去一只手，但后者没有握住它，只是说：

"我不把手伸给任何人，只伸给它一个……"他指着乐器说，"我不会传染它……"

"他在哪儿？"马卡里奥问。

"我不能说……"樵夫说道。

"你一定要说。"老人威胁道，"我们必须去找他。"

"我凭着斧头向您起誓，我什么也不会说。加斯帕尔想过隐居生活……"

马利亚·罗萨离开了人群。当别人还在议论的时候，她已向自己的小屋走去。她带了几件衣服，在一个篮子里装了些玉米面包和其他食物，便向山里走去。她知道樵夫在哪里打柴。

第二天，以马卡里奥为首的人群在山间小路上碰到她。她已从山里回来了，头上只顶着一个衣服包。

人们要她停下来，但她拒不讲话。她变了，脸上现出一副夜游症患者的神情。

6

马卡里奥和他的伙伴们也反对加斯帕尔隐居的愿望，反对他至死留在山里的决定。

"死人不能同活人混杂在一起……"马卡里奥说加斯帕尔从远处对他们这样讲，并示意他们不要走近。

"我们要把你带回去，加斯帕尔，"马卡里奥对他说，"我们到处找你。"

"我已经死了，"他慢条斯理地回答，"我可以告诉你们，死亡并不像我们想象的那样坏。"

马卡里奥回忆道，接着是一阵长时间的沉默。

"死神在慢慢地和我谈话，"后来他又转述加斯帕尔的话说，"它向我叙述它的秘密。当一个人知道他没有完结时，他将在来世，在别的事物中存在下去，那是一件幸运的事。即使在死后，他还想继续活下去。现在我明白了，死亡教我要有耐心。我给它奏几支曲子……"加斯帕尔微笑着说，像是在开玩笑，"那是为了报答它。我和它息息相关……"

"可是，你会痛苦的，加斯帕尔。"

"我痛苦？是的，我痛苦，但不是因为这件事……"他把自己从头到脚打量了一番，"我痛苦的是，我不得不独自一人生活；我痛苦的是，在我还能为我的同类做事的时候，我为他们做得太少了。"

"所以我们要把你带回去。你能恢复健康。我们会照顾你的。"

他摇摇头，高深莫测地望着他们。他像一个死人似的站起来，以证实死亡是一个不可改变的事实。

然后，为了忘掉这种不祥的命运，他在一根树干上坐下，弹起《塞罗·利昂营地之歌》，向人们告别。顿时，从打结的琴弦上发出十分铿锵有力的声响，这支战时由无名氏创作的歌曲在林间回荡。

"我们对他毫无办法。"马卡里奥说。

人们将会听到这种乐声，它似乎真的发自孕育着无穷变化的野蛮而黑暗的世界。不计其数的无名受难者将通过这种乐声向他们，特别是向马卡里奥倾诉苦衷。

夜幕笼罩了小山谷。一双浮肿的手在惨白的、渐渐陷入一片黑暗之中、最后完全消失的吉他上移动着。

这是人们与他的最后一次会面和交谈。

## 7

人们一次又一次地到那个山谷去，但是，病人总能巧妙地躲避他们，因为决心隐居的人，是会保护自己的。

他们眼巴巴地望着被森林环抱的空荡荡的小屋和山谷，但是，他不在那里。也许他正跪在树丛中，用仿佛长满鳞片的烂脑袋上的那双没有睫毛的眼睛窥视他们呢。

人们决定在林间小道的入口处给他放些食物，比如腌肉、夹肉面包、圆奶酪，还有新琴弦。他把东西收走之后，用小棍在地上写下"谢谢"二字。

同往常一样，马利亚·罗萨继续给他送玉米面包、一串串金黄色的香蕉和用一个模样同她极其相似的水壶装的泉水。虽然阿瓜角的小溪离病人的处所只有半里格远，但是马利亚·罗萨懂得，在病人溃烂的双脚下，这段距离变得越来越长了。

有时，一些人悄悄地走到山谷中。他们静静地、聚精会神地倾听麻风病人的祈祷。他们尽力不弄出一点声响，因为有时连一根小枝杈折断的声音都足以打断他的琴声。他们像悬挂在树叶间的影子。当夜晚用一块深蓝色的石板渐渐覆盖住山谷的时候，他们用闪着晶莹泪花的眼睛互相对望。

然后，在黑暗中，人们静悄悄地走回去。

这种情景持续了许久，人们想，死神也爱上了音乐家。

"但是，它想让他活着，在那里……"马卡里奥说，然后又用西班牙语补充道，"就像在一个笼子里一样……"

8

那时，天空中正好出现了一颗彗星，它长长的火尾威胁着地球。

恐惧的情绪在人群中蔓延。这火光是世界末日的预兆。在教堂里，在哀叹和祈祷声中，可怕的惩罚的消息愈传愈离奇。这些我记得十分清楚。

我们把加斯帕尔·莫拉遗忘在深山里了。

接着，又发生了干旱。好像是那个炽热的怪物把宇宙的水全吸干了。

马利亚·罗萨试图把仅有的一点水和干粮带到山谷里去，可是，她未能如愿。善于施展魔术的"天火"把她弄得眼花缭乱，她在深山里迷失了方向。几天后，她满面愁容地回来了。

"他不在了……他去了！"她带着失望的情绪缓缓地说，"彗星把他带走了！"

当恐惧的情绪开始缓和时，马卡里奥和他的伙伴们又来到林间小道的入口处。他们发现，最后一次送去的干粮没有被拿去。蚂蚁正在忙着把剩下的发霉食物搬走。

他们大声呼唤着加斯帕尔的名字，但是，听到的只是从群山返回的悠扬的回声。他们一直追踪到小溪旁。在那里，人们发现了他，他趴在到处是鹅卵石的干涸的河床里。

他几天前就死了。

人们用砍刀掘开小溪岸边的松土，把他埋葬在那里。马卡里奥用圣木做了一个粗糙的十字架，把它竖在加斯帕尔的坟头。

他们默默地、惶恐不安地回到山谷，因为他们对于加斯帕尔的死感到内疚。

"加斯帕尔的死使我们十分悲痛，"马卡里奥说，"我们一定要去取回他的吉他，也一定要烧毁那间小房子……"

## 9

从门洞望过去，人们隐约看到一个赤身露体的男人靠墙站立着。

恐惧像钉子一样把他们钉在那里。

"一股逼人的寒气使我们毛骨悚然……"马卡里奥追述道。

那个人张开双臂，一动不动地站着，胡须一直拖到胸部。由于室内光线太暗，人们看不清他的面孔。他似乎没有头发，赤裸的躯体消瘦而憔悴，像一个骷髅。

他们刚刚埋葬了加斯帕尔·莫拉，他的屋子旋即被人占据了。人们半天说不出话来，一种恐怖的气氛使他们呆若木鸡。

"谁……谁在那儿?"马卡里奥终于喊出这句话来。

那个人仍然一动不动地低着头，张开双臂，好像待在那里心中有愧一样。

马卡里奥又用西班牙语问了一遍，但结果一样。陌生人没有任何表示，他既不说话也不活动。由于恐惧，人们感到头皮发紧。他们想，即使再过一万年，那个人也不会动一下，也不会理睬他们。也许那是一个死人，只是由于某种奇特的平衡，好像用长长的双臂紧抓着四周的黑暗，他才能够站立在那里。

"开始我们以为他是另一个世界的居民，"马卡里奥对我们说，"但是，他是一个人。他和基督徒有着同样的体形与轮廓。他一动不动地站在那里，张开双臂静静地望着我们……"

当时，被那种恐怖气氛激怒的人们涌进小屋。马卡里奥举起砍刀向那个闯入者砍去。借着砍刀在空中停息的瞬间发出的闪光，他们看出那原来是一尊和人一样大的基督木雕像。

"加斯帕尔不愿意独自生活……"老人喃喃地说。

那是他在隐居期间耐心雕成的。他需要一个具有人形的伙伴，因为他难以忍受孤独，那也许比他的疾病更可怕、更讨人厌。

温顺的同伴仍留在那里。

他怀着温柔的感情雕成了这尊基督像，他手上的脓疮玷污了白色的木头。基督像是照着他自己的形象雕成的。如果一个灵魂可以得到肉体的外表，那么，这尊雕像就是加斯帕尔·莫拉的灵魂。

有人提议把雕像埋在麻风病人的墓旁。

"不!"马卡里奥断然说，"这是他的儿子，他把它留下来是为了代替他自己……"

老人的话得到了众人的默认。

"我们应该把它带回村里去。"马卡里奥说。

## 10

人们把雕像扛在肩上，在树叶被掠过时发出的窸窣声中，沿着山间小道往回走。在山坳中，猫头鹰的哀鸣像悲伤的钟声一样跟随着他们的脚步。马卡里奥拿着吉他走在队伍的后面。

人们缓缓地向前走着。在漫天飞舞的灰尘中，难以辨别他们各自的形象。他们扛在肩上的那尊雕像，似乎不是在丛林中遇到的，而是从耶稣受难的十字架上摘下来的。

突然，一个瘦小的影子加入了这支队伍。她是马利亚·罗萨，她的衣服已被刮得破烂不堪，浑身布满血淋淋的伤痕。她那双呆滞的眼睛紧紧地盯着雕像。

"它该是口渴了……"她说。

她举起手里的水壶，一股清澈的水从壶嘴流出来，但是，谁也没有理睬她。

过了一会儿，她突然用微弱而嘶哑的声音唱起那首人们难以听懂的《亡人之歌》。有时，歌声中断了，但不久又重新在她那咬紧的牙齿间响起来。

最后，歌声终于从她嘴唇间消失了。她拿着水壶，慢慢地走在弓着腰、扛着吉他的马卡里奥后边。

这支奇特的圣像出巡队伍，无目的、无方向、无归宿地沿着山间小道行进在人民生活的这片贫困而悲惨的土地上。

抬着圣像的人们是那样全神贯注，以至于他们在进入辽阔的原野时，竟没有发现天已经变了。万里无云的晴空出现了细小的裂纹，而后，又渐渐地为乌云所覆盖。在偶然射进来的阳光的衬托下，乌云显得更黑了。一股早已被他们遗忘的雨水的气味在灰尘中飘浮着。顷刻间，乌云笼罩了雕像，人们的面孔也被涂上了一层黑色。只有在电闪雷鸣时，才能看到他们闪闪发光的眼睛。

他们经过小山时，像熔化的铅丸大小的雨点噼噼啪啪地落下来。进村后，雨点伴随着闪电和狂风，无情地扑打在人们的脊背上。雕像犹如通了电一样，不停地闪着光芒。

人们在没膝的浑浊激流中向教堂走去。大门紧闭着，雨点打在破钟上发出嗡嗡的响声。他们把雕像放在门道里。像原来在加斯帕尔的小屋里那样，它依然靠墙站立着，而其他人则蹲在它的周围。

马利亚·罗萨独自站在雨里，只能看到她模糊不清的轮廓。

人们装作没有看到她，只有雕像向她伸出双臂。


## 11


在神父来伊塔佩之前，雕像只好停放在教堂外面的门道里，而神父只在每个月双周的礼拜天才到这里来。

马卡里奥向他叙述了发生的事情。尽管雕像显现的奇迹已经开始洗掉它身上的脓污，但是，事先已经得知内情的神父断然拒绝把雕像搬进教堂。它给山区带来了雨水？不错，但是，这还不够有说服力，因为这也可能是一种巧合。神父以极其鄙弃的表情冷眼看着雕像。应当承认，雕像的相貌的确不招人喜爱：它没有头发，脸部和胸部到处是鳞片状的蓝色污点和粗糙的木纹。

"这是一个麻风病人的作品，"神父说，"它有传染性，而上帝之家必须永远保持清洁，这是一个神圣的地方……"

他就麻风杆菌的特殊生命力高谈阔论起来。在他讲话的过程中，人越聚越多。他们怀着疑惑的心情听着，无精打采的眼睛盯着雕像。

神父发现，他的听众并不能完全理解他的话。在瓜拉尼语的词汇中，他找不出合适的字眼来确切地解释传染病的危害性。

"我们不能把这个雕像抬进去……"他说，但是，当他发现这句话引起更强烈的反对时，他改变了语调，"是的……我亲爱的弟兄们……的确，它具有同我们的耶稣基督相似的形象，可是，敌人是狡猾的，他会采用各种手段。为了破坏拯救人类灵魂的事业，他什么事情都干得出来，他甚至会利用救世主的形象……"神父喘了一口气，接着用劝告的口气说，"假若不是这样，你们想想看，这尊像是谁雕的……是一个异教徒，一个从来没有进过教堂的人，一个不知因为什么死掉的不纯洁的人！……"

"加斯帕尔是一个纯洁的人！"马卡里奥瞪着愤怒的眼睛，厉声打断了神父的话。

人群中发出一阵赞同的喧闹声。神父茫然不知所措。

"他是一个正派的好人！"马卡里奥坚持说，"他不仅做自己的工作，还帮助别人。他是一个光明磊落的人。他的双手、他纯洁的灵魂和他那颗纯洁的心，在人们心中留下了深刻的印象……在所有有竖琴、吉他和提琴发出声音的地方，我们将继续听到他的声音。这是他最后的作品……"他指着雕像说，"我们把它从山上带回来，就像把加斯帕尔本人带回来一样。雕像没有沾染病菌，一路上，雨水已把它冲洗得干干净净。你们看！它会讲话……它讲出了我们应该知道的事情……你们听！在这里我就能听到它讲话！……"老人拍着胸膛说，"这是人在说话！上帝听不懂……但是，人能听懂！加斯帕尔就在这尊雕像里面！……当他知道自己不会再回来，当他已经死了的时候，他想用自己亲手雕刻的作品告诉我们一些事情！"

人们呈一字形站开。谁也没有想到，老乞丐竟敢如此顶撞神父，竟能说出上面那番话。

人们清楚地看到，马卡里奥并不怀疑宗教，他争辩的只是宗教的意义。大多数人站在他那一边。你可以看出马卡里奥的支持者是些什么人，老人的话深深打动了他们的心，他们激动得浑身发抖。

忠于神父的只有少数人。神父气得脸都变形了。他知道，必须抓紧时间。

"这就是证据！……"神父指着马卡里奥说，无法抑制的怒火使他在说话时发出咝咝的响声，"正是在这里，在教堂里，马卡里奥兄弟在诽谤上帝、亵渎上帝！这个雕像着魔了！一定是这样……因为它是一个异教徒的作品！它会给我们招来上帝的惩罚！"

"烧掉它！现在就把它一烧了事！"戈伊布鲁孪生兄弟的父亲、牧场主尼卡诺尔·戈伊布鲁在神父身旁声嘶力竭地喊道。

几个人有气无力地附和着。他们之所以这样做，主要是出于恐惧，而不是别的原因。尼卡诺尔是村里有名的恶棍，他那双充血的眼睛在人们脸上扫来扫去，寻找着支持者。

"真的，最好一下子把它烧掉！……"说话的人眼睛紧紧盯着地面，不停地从嘴里吐出黑烟草来，似乎它有些烫嘴。

"是我们把它带来的，还得由我们把它带走！"马卡里奥竭尽全力喊着。

人群一下混乱起来。人们分成两派，叫喊声震耳欲聋。

牧场主拔出短刀向马卡里奥扑过去，后者已把雕像背在背上，由于分量过重，马卡里奥被压得跪在地上。有人拨开了戈伊布鲁的手，刀尖仅仅戳破了雕像的肩膀。顿时几把匕首和砍刀在阳光下闪闪发光，持刀者把马卡里奥和其他伙伴围在当中，掩护他们撤退。女人和孩子们吓得大叫起来，破钟也发出刺耳的响声。

神父发现，矛盾非但没被解决，反而更加激烈了。

他把双手伸向天空，要人们静下来听他讲话。他的话终于奏效了，因为在神父颤抖而嘶哑的呼叫下，人们的喧闹声渐渐平息下来。

"静一静……静一静，我的弟兄们！"他对群情激昂的人们喊着，"我们不要被暴力驱使！"他在胸前绞着手指，装出一副可怜的样子，"也许马卡里奥兄弟的话有理而我错了，也许加斯帕尔·莫拉的雕像应该进入教堂……也许他在临终的时刻忏悔了他的罪过，并获得了上帝的宽恕……我不再反对让这尊雕像在教堂里占据一个位置，但是，事情应该有条有理地进行。首先，必须为它祝福……必须为它祝圣。这是一件非常微妙的事。让我们先请示教廷，然后，以对神圣的宗教更加有利的方式来解决……不应该这样做吗？"

人们默默地接受了神父的调停。

马卡里奥和他的伙伴们一动不动地站着，满脸的汗水和灰尘。他们交换了一下眼色，然后把雕像重新停靠在门道的墙壁上。人们在忧郁的喧嚷声中散去。

## 12

当天下午，神父一面在法衣室脱法衣，一面和敲钟人谈话。这个满脸肉瘤的瘸腿青年也是教堂的管理人。

"我走之后，这个雕像必须从这里消失。我不想在我的教徒中鼓励偶像崇拜……"

年轻人伸了伸因患淋巴结核而满是疙瘩的长脖子，茫然地望着神父。当时，他正把香炉里尚在冒烟的香灰倒出来。香炉碰到地面，发出叮叮当当的响声。

"我走了以后，你就照戈伊布鲁刚才说的话去办。"神父用神秘而果断的语气对年轻人说。

"什么，神父?"

"我刚才说过的。晚上，你偷偷把雕像搬到山上烧掉，但不要让别人看见。然后，把灰埋起来，千万不要走漏风声，要特别小心! 他们会把罪责归在戈伊布鲁或其他人身上……这我不管……那样更好。这个东西必须除掉。"他自言自语地说，"你听到了吗?"

"烧掉雕像，神父? ……我?"敲钟人吃力地说。

他那张疙瘩脸变得更加难看，因为神父的命令使他恐惧，使他茫然。掉在地上的香炉像一只用链子锁住的银龟，轻轻吸着它里面的余烬。喉结在年轻人脖子里一上一下地跳动。

"我?"他颤声问道。

"是的，你去把它烧掉……"神父快速地说着，使劲拉了一下衣柜的抽屉。

"烧掉雕像! 哎呀!"

"它还没有受到祝圣! 直到现在它也只不过是一块木头而已。"

"什么，神父?"年轻人低声问道，一面偷偷向外瞧，"他们从山上把它搬到这里来以后，就轮班守护着，还拿着砍刀!"

"你以我的名义去找镇政府的军官，他会帮助你……"看得出来，他对自己的话并没有十足的把握，所以，他的声音最后变成了一种含糊不清的喃喃声。

神父穿好罩衣以后，便向教区住宅走去。在那里，他一边喝着马黛茶，一边翻阅着陈旧不堪的记事簿。片刻后，他叫人牵过他的马，急忙向博尔哈奔去。同往常一样，这次他没有同任何人告别。他甚至没有等到礼拜天的弥撒。

人们以为他还在为这次事件生气。

教堂管理人跟在他后面走了一程。他的腿比往常瘸得更厉害，头比往常垂得更低。

## 13

被月光和夜雾笼罩的村庄在一片宁静中沉睡着。

乳白色的月光给房屋和树木套上了一个充满灰尘的光环，使它们的轮廓变得模糊起来。

在环绕教堂小广场的铁丝网附近，四个人躺在一棵椰子树下的草坪上打盹。马卡里奥也在其中。

他被一种轻微的声音惊醒，起身坐起来。

与其说他看到，不如说他猜到，几个穿着斗篷的人沿着门道悄悄地向靠在墙壁上的雕像移动。起初，他怀疑地眨了眨眼睛。虽然白内障还没有遮住他的眼珠，但是他的视力已经很弱了。轻微的响声又传到他的耳朵里。尽管对方被斗篷遮盖着，他仍然听到了镇政府的"公鸡牌"砍刀的独特响声。

"佩德罗·马尔蒂尔……埃利希奥……塔尼！"马卡里奥唤醒了身边的三个小伙子。

四个人一跃而起，抓起砍刀，跳过铁丝网，向已经拿到雕像的偷袭者扑过去。

"别动它，浑蛋！"马卡里奥在后面喊道。

突然被发现的盗贼放下雕像，一面拔出砍刀，一面贴着墙壁向后退。在一根柱子后面，教堂管理人那凹凸不平的苍白面孔活像一张榕树木面具，他倒在草地上，拖着那条瘸腿向钟楼爬去。两个穿斗篷的士兵也在夜色掩护下从门道的尽头溜掉了。

## 14

在众人的帮助下，马卡里奥把雕像抬到他自己的屋里。

一路上，许多从梦中惊醒的人加入了他们的行列，可是，谁也不讲话，谁也不发问。灰尘淹没了他们的脚步声。经过一阵纷乱之后，夜空陷入沉寂，又浸没于乳白色的月光之中。

人们进入小广场的时候，教堂的破钟像剧烈咳嗽一样响起来。人们回头望向倾斜的钟楼，看见上面吊着一个蜷缩成一团的人影。谁也没有想到那是敲钟的人。小小的队列继续前进。佩德罗·马尔蒂尔、塔尼和埃利希奥抬着雕像。过去，他们是加斯帕尔最好的学生，向他的遗体告别后，他们把他埋葬在山上；现在，他们肩上扛着老师最后的作品。

敲钟人抱着钟楼的一根横木，他从上面看到，人们抬着一段和救世主的形象一样的木头静静地缓步前进。它好像只有一个初生婴儿那样大，全身苍白，赤裸裸地躺在人们黝黑的肩膀上。他又看看自己的手。或许他在想，他险些把这个比一座山还要重的东西烧掉。

抱在一起的胳膊渐渐松开了，他几乎把整个脑袋都钻进了钟壳里。钟的嗡嗡声使他两鬓发胀。散开的绳头在他充满泪水的眼眶前来回摆动。当那种嗡嗡声消失的时候，他紧咬的牙齿间迸发出一声啜泣。他把手向绳子伸过去，把它拿在手里摆弄了好一会儿。

木板上响起一阵低沉的踢踏声。钟又抽筋似的响起来。最后，直到两条僵直的腿在空中缓缓摆动时，夜空才恢复了原来的宁静。

在雕像旁边，人们几乎无声无息地计议了三个昼夜。

有些人，也许是马卡里奥本人记起来，正是在他们经过小山的时候，天开始下雨了。他们又想到，那座山很像耶稣受难的地方。应该把患麻风病的"基督"放在那座山头。那里便是旷野，离天空很近。

这个主意引起了人们的一阵欢呼，而且立即传遍了全村。

在那些日夜里，马卡里奥的小屋成了人们聚会的场所。那个老乞丐成了村里真正的族长，一个受众人拥戴的、具有抗争和叛逆精神的族长。

人们齐心协力地清理着那座山岗。在佩德罗·马尔蒂尔、埃利希奥·布里苏埃尼亚和塔尼·洛佩斯的协助下，马卡里奥用树胶把不知哪个人递给他的女人的黑头发粘在雕像的头上。然后，人们做了一个十字架，把雕像钉在上面。当人们发现马利亚·罗萨用一件破外套包在削了发的脑袋上时，他们才明白原来是她把自己的头发献给了被钉在十字架上的雕像。

人们把它安置在山顶，并按照它在山谷中出生时所在的那所茅屋的样子，给它用细茅草搭了一个圆顶棚子，加以保护。

考虑到雕像已经引起的，并将持续下去的混乱，教廷终于让步了，它准许他们为雕像举行祝圣仪式。虽然马卡里奥并不同意这样做，但是，教廷却勒令他们举行仪式。

"我们的雕像无须他们祝圣。"马卡里奥嘟哝着说，可是，他不得不让步，因为还没有到和教廷决裂的地步。

在伊塔佩的小山上，第一次举行了耶稣受难日的活动。

菲德尔·马伊斯神父特地从亚松森赶来为耶稣受难地举行揭幕式，念十架七言。他是当时最优秀的讲道者之一。

全村的人都涌向小山参加那次仪式，因为它是马卡里奥及其伙伴的一次不彻底的胜利。

马伊斯神父的讲道既动人又有说服力。他的声音热情有力，而且，他的瓜拉尼语也讲得十分流畅，好像把人们带回到蒙托亚[1]的时代。

他毫不费力地说服了伊塔佩人：无限温顺的耶稣基督让一个麻风病人雕出自己的形象，就像两千年前他愿意降生在马槽里一样。

"这座得天独厚的伊塔佩小山，"讲道人继续说，"从现在起就改名为图帕-拉佩，因为上帝之路要通过最贫困的地方，而且将为它造福……"

这个名字一直沿用到今天。在印第安语中，图帕-拉佩的意思是"上帝之路"。

"我不同意，"马卡里奥当时就表示反对，"没有必要改变名称。即使要改，患麻风病的基督所在的地方，也应叫作库因巴埃-拉佩。"

他就这样称呼那座山：人类之路。

"孩子们，"他几乎是在重复加斯帕尔的话，"因为人有两个生日，一个是出生的时候，一个是死亡的时候……如果一个人在别人心中是个完人，他死后，将仍然活在人们心中。如果他生前富于忘我精神，泥土只能吞掉他的肉体，却吞不掉人们对他的记忆……"

对最高统治者的一个自由奴隶的儿子来说，也许这就是人所能向

---

1 路易斯·德·蒙托亚（1497—1569），西班牙奥古斯丁会传教士。

往的唯一永恒的东西：拯救别人并活在他们的心中。因为，他们被不幸联结在一起，所以，得救的希望也应该把他们肩并肩地连在一起。

"它应该是所有人共同的作品……"

马卡里奥之所以这样说，显然是因为事实并不符合他的愿望。

"我年纪太大了，不中用了。你们应该去奋斗……"

我们不理解他的话的含义，以为是老人说的一些糊涂话。

不久，他便开始急剧地衰老下去。第二年，在庆祝祖国独立一百周年[1]的时候，白内障已经完全覆盖了他的双目。他一天比一天迟钝，腰一天比一天弯得厉害。这不一定是由于年龄的增长，也许，上次的失败带来的压力要比九十岁高龄带来的更大些。

他渐渐变成了一个孤独的人、盲目的人、没有记忆且麻木不仁的人。我还记得他当时的样子。

他成了小孩掷一把灰土便可以埋没的人。

## 17

铁轨顺着路基向远处延伸，在山谷中打开一条红色的裂缝。

越过小山，就能看到铁轨的末端在田野里闪闪发光。

伊塔佩将从它千年的酣睡中醒来，但是，村民却又要分成两个势不两立的集团。这种情况有助于镇长和神父重新巩固他们被削弱了的权力。

马卡里奥沿着铁路到处流浪，倾听着枕木在铁锹和镐头的碰击下发出的咚咚响声。许多人被迫在那里参加劳动。

---

1 指 1911 年，巴拉圭独立于 1811 年。

"再见，马卡里奥！"他走过时，人们向他喊着。

如果他走过去，人们会给他一点不太像样的干粮：几粒烤玉米、一块木薯，总之，不过是一些在长腿鸟的嗉囊里可以找到的东西。

一个冬天的早晨，人们看到他僵直地、静静地躺在山脚下的冰地上，身上裹着那件破烂不堪的白衣服。人们用一辆工具车把他运回村里。车轮在崭新的铁轨上发出的响声就是对他的祈祷。

人们用一个装婴儿的棺材把他埋葬了。

## 二 木头和肉体

1

"医生来了！"

每当被灰尘和晨雾笼罩的萨普开慢慢转向日出方向的时候，早起的人们就会这样说。那些毫无生气的房屋全都建在没有尖顶的教堂和车站废墟周围。

一段段闪亮的、弯得像新月似的铁轨横七竖八地躺在田野里。仍被夜色笼罩的黑色瓦砾在一边瑟瑟发抖。护路工人正在慢慢填补炸弹留下的大坑，可是，它却像一个无底洞。被炸死的近两千名妇女、男人和孩子也躺在那个坑里。一车车石灰石、泥土和大石块不住地落进去，却总也不能把它填平。

每当火车从弹坑上面经过时，铺设在临时木桩上的铁轨就在空中危险地摇摆。

可能是填进去的泥土顺着深深的裂缝沉下去了，因而必须继续填补，直至葬身于铁路下面的人彻底安静下来，方可停止。

在弹坑周围，仍旧残存着弹片留下的痕迹、炸碎的车厢和凝固在红土上的类似黑色岩浆的东西，因为那次爆炸的确像一座火山在人们

36

的脚下爆发一样。

许多墙壁都用土坯修补过。茅草或锌皮做的屋顶用从中间截断的棕榈树干和布拉瓦草加固之后，在旭日的照耀下，呈现出一种近似熟透的老玉米的金黄色。

从砖瓦厂所在地科斯塔杜尔赛延伸出来的大道，沿着铁路通向村里。忘记了那次悲惨事件、对周围的一切都无动于衷的狗和它的主人，过去经常往返于这条大道上。

而现在只剩下那条狗了。

牧草喷吐着水汽，道路散发着泥土的香味。狗不慌不忙地走着，水汽控制了它的爪子，把它变成了一条无精打采的灰白色的狗，好像是用炭灰做成的一样。它长出新毛的头不住地摇摆着，它用牙齿叼着的那只棕榈叶篮子，也随着头的动作而摆动。

可以说，它从村里走过时，人们刚刚从睡梦中醒来。

当金星的光辉在东方渐渐暗淡失色的时候，车夫早已上路了。樵夫也正在向山上走去，肩上的斧头在黎明的微光下闪闪发亮。村里的男人已经不多了，因为没有被炸死或者没有在其后的砍头和枪杀行动中丧生的人，都已飘零异乡。科斯塔杜尔赛的砖瓦厂已杳无人迹。谁也没有留下来，因为所有的工人都参加了那次暴动。在嗣后的很长时间内，谁也无意去烧砖盖房了，因为这个村庄从建成起，即从彗星出现的年代起，就招来了不祥的命运。

"这是个倒霉的地方。"每当想到这个村庄的不幸遭遇时，村民们就这样说。

在黎明的冷清时刻，妇女、老人和孩子正向农田和种植园走去，向宽阔的劳动场所走去。一时间，村庄陷入死一般的寂静，只能听到水井上辘轳吱呀吱呀的声音或某个大户用木棍在石臼里舂玉米的单调响声。

除了木棍发出的令人心烦的声音和公鸡无休止的啼鸣以外，萨普开的黎明没有其他村庄那种生气勃勃的景象，尽管当时村里还有一个现在已经关闭了的铁路修配厂。

自从大爆炸把钟楼毁成瓦砾以来，人们就再也听不到教堂的钟声了。大钟的顶部埋没在荨麻丛中，钟口朝天，布满了鸟粪。

当太阳像一个紫色疖子一样爬上伊塔库鲁比山脉，照亮塞罗贝尔德的时候，村子静得像死了似的。也就是在这个时刻，狗从铁路附近走过。就算没有太阳，它也同样如此。每天，不管天气好坏，这个固执的畜生总要沿着这条路从山上走下来。在山上，在公墓和科斯塔杜尔赛砖瓦厂之间，医生年久失修的小房子被麻风病人的房子围在中间。

即使在雨天，那只狗也照样下山。

"医生来了！"

人们说这句话不是要表达字面上的意思，只是要表达对那个熟悉的背影的习以为常的看法，不带嘲讽意味，反而有些好意，尽管过去曾发生过那些不愉快的事情。

因为那个医生过去曾一度是萨普开人的朋友和保护人。

他到这里的时候，悲惨事件所造成的创伤尚未完全恢复。虽然没有人邀请他，可是，他已经开始从事转移萨普开人的注意力的工作了，因为，虽然灾难已经过去五年，但人们却还想着它。后来，他开始帮助生活最困难的人和残疾人。他既不为自己谋私利，也不考虑个人得失，因此，他最终在小屋附近建起了那所日益兴旺的麻风病院。

医生就是这样一个人。现在，人们似乎还看到他走在那只狗的后面。

2

马利亚·雷加拉达靠在公墓旁一座小房子的支柱上，一边睡眼惺松地望着从这里经过的狗，一边回忆着往事。

她看到，一个又高又瘦的影子跟在狗的后面。不，对她来说，那不是影子，对狗来说也不是，可是，事实上并没有影子。狗一面独自缓慢地、忧郁地走着，一面沿途搜索一种只有它才能发现而现在已不复存在的痕迹，它还能够嗅到主人的气味。它的内眼角充满了眼屎，嘴里叼着一只又破又脏的篮子，口水像断了线的珠子一样不停地滴在篮子里。从山上到马蒂亚斯·索萨的商店往返约有一里格半的路程，途中会经过公墓和位于公墓旁的马利亚·雷加拉达的房子。

到春天，医生离开萨普开已经整整六个月了。谁也不知道他到哪里去了，因为他像烟一样从这里消失了。现在，人们只要一看到这条孤独的狗，便会立即想到他。狗每天都叼着篮子到村里来，和它主人在的时候一样。当时，每天的这个时候，他都要用治病得到的一点钱和他的狗一起去买一点口粮。

现在，它每天都极其准时地走在这条路上。它像一颗长着毛的小行星，沿着那条神秘的轨道继续运行，在那里，活着的和死去的如此奇异地混杂在一起。它来到商店门前，把棕榈叶篮子放在地上，开始耐心地捉跳蚤，或者耷拉着耳朵静静地等待。苍蝇在它周围飞舞。突然，它闪电般地一回头，一口吞下一只苍蝇。马蒂亚斯如果看到这个动作，便会喊一声："咬得准！"这时，它会垂下脑袋，一动不动地趴在地上，似乎有些羞愧。只有门闩和门的响声才会把它从沉静的状态中唤醒。

"早上好，大夫！"店主以惯常的忧郁口吻问候道。他这句话没有丝毫的嘲笑意味，好像它的主人真的站在它旁边一样。"我最好的顾客怎么会不来呢！今天您要买点什么？面粉和甜酒？"他模仿着过去的语气问道，把面粉一词中不发音的"H"发成"Y"，"不，面粉卖完了，只要甘蔗酒，是吗？哈哈，酒连一滴也没有！"

狗用它那双安详而发亮的眼睛看着店主，摇着尾巴，晃着耳朵，一副信任的样子，但并没有失去它的庄重姿态。

"啊……你这条狗，和你的主人一样，都是疯子！"

现在，马蒂亚斯对待狗的态度，随着他心情的好坏而变化。他已经感到不应该再对它承担义务。有时，他往篮子里扔一块带肉的骨头、几块发霉的饼干或变质的香肠头，有时，则给它一脚。在更多的情况下，他把狗忘在一边，不给它任何东西。

狗用牙齿叼起篮子，顺着原路往回走。它忍受着一切，忍受店主的脚踢，忍受某些孩子为了练习本领用弹弓向它打来的泥丸，忍受另一些孩子在它不注意的时候扔进篮子的死蛇和癞蛤蟆。它只顾寻找它的痕迹，不理会这一切，它甚至忘掉了吠叫。只是在新月出现前的那些夜晚，在入睡之前，在被遗弃的小屋前，它会缩成一团，有时还会发出几声微弱的哀鸣。

马利亚·雷加拉达总是在通向公墓的岔道口等着它，为的是帮助它，减轻别人的戏谑带来的痛苦。她用手抚摸它没有毛的皮肤，用唾沫在被泥丸打伤的地方粘上车前草叶子，把篮子里的死动物清理出去。如果篮子里没有东西，她就在里面放些食物。然后，她和狗一起向孤零零的小屋走去。和这条狗一样，马利亚·雷加拉达感到，医生依然和他们在一起，或者他随时都可能回来。她从这种期望中得到了安慰。

这种信念把狗和姑娘联结在一起，使他们像着了魔一样。也许是这种信念使她和它甘心忍受目前的一切不幸，从不放弃希望。

马利亚·雷加拉达不顾自己的身孕，继续干着她为自己规定的活计：打扫小屋，为麻风病人做饭，管理菜园子里长得像拳头一样大的红番茄。茂盛的藤蔓上结满了像手指一样粗的豆角，把医生失踪前她亲手架起的竹篱笆都压弯了。

但是，对于那些被砍坏的雕像，她却无能为力。

她不敢用手摸它们，也不敢用扫帚碰它们。因为她担心自己一碰到它们，黑木头就会流出黑血，一种因为上帝的惩罚而带有毒性的血液。


## 3


"医生来了！"

人们自以为了解他，然而，他们只知道，他是在那场被大屠杀式的炸弹袭击镇压的农民暴动过去几年之后来到村里的。

在旅客的喧闹声和列车员的叫喊声中，他几乎是被从车上推下来的。

关于在车站发生的事，众说纷纭。有人说，他试图偷走一个女人的孩子；有人说，他在暴怒和疯狂中，把那个孩子从车窗扔了出去。没有任何确凿有力的证据能够证实上述议论，以及其他说法的真实性。从一开始，除了车站里的士兵和女面包贩子的证言以外，没有更加可靠的东西可以让人对此事加以怀疑、判断或指责。

他被警察拘留了两三天。他一声不响地躺在地上，甚至连对他的审问也不回答，可能是因为他不会讲西班牙语，也不会讲瓜拉尼语，或者只是因为他不想说话，不想为自己进行任何辩护和解释。也许是因为他的确是无辜的。不管无辜与否，这对他都无关紧要。

最后，他被释放了，但是，他没有走。他在村子里留下了，仿佛任何地方对他而言都是一个样。

有一段时间，他到处流浪，衣服和长筒靴都变旧了。

他在洛勒·恰莫罗太太的客店里租了一个房间。那是一所位于河边的破旧房子，往返于巴拉瓜里和米西奥内斯之间的牲口贩子与查税员常常在那里过夜。有时，他们可以享受女佣的"一切招待"。

这个外来客不同任何人讲话，对那个长得像酒桶似的饶舌老板娘也是一样。他整天把自己关在那间并不比警察局的牢房舒适的小屋里。

除了去杂货铺以外，他从不外出。

## 4

他第一次走进马蒂亚斯的杂货铺时，老板小声地对他的顾客们说："看来这个外国佬需要空气。"

"他可能更需要甘蔗酒。"镇政府文书赫苏斯·阿尔塔米拉诺说。他和马蒂亚斯一样，也是一个酒鬼，酒厂老板的贿赂是他的主要经济来源。

外国人走近柜台。

"您要点什么，先生？"店主殷勤地问道。这多半是由于好奇，而不是由于外国人可能来消费。

"甘蔗酒。"这是他唯一的回答。他虽然身居异国，而且又遭受了常见的、不可避免的不幸，但是，他和一切闭关自守的人一样，既不同别人寒暄，也不乞求他们的友谊、亲近和谅解。他一口气喝完杯中的酒，付过钱便离开了那里。

"我们看他以后怎么办。"马蒂亚斯·索萨说。

"很明显，"阿尔塔米拉诺说，"羊上山，猪回圈[1]。"

"他既不是羊，也不是猪。"店主说，"他骗不过我，他不是一个一般的流浪汉。我看他是从某个欧洲国家逃出来的大官，不过他会听话的。我会使他和人们熟悉起来，他会开口说话的。一个基督徒不可能对自己的私事长期保持沉默。"

"如果他是基督徒……"赫苏斯·阿尔塔米拉诺说。

---

1　西班牙谚语，意为"人们通常总是依照自己的本性行事"。

"那我就会使他说话。"

"如果洛勒太太都没有使他开口，我看你也办不到。"

"这是个特殊的人，不吃她那一套。"

"让我们走着瞧吧……"

他们没有发现什么新东西，只是看到外国人继续在村里转来转去。他似乎没有离开的意思。后来他又去过杂货铺几次，还是只要甘蔗酒，还是一副无所谓的样子，但那不是傲慢，也许是有点失望，可绝不是骄傲。除了他本人和他的沉默之外，他一无所有。狗、篮子和其他一切都是后来才有的。


5


在那些日子里，新车站的兴建工程开始了，铁路修配厂也重新开工了。经历了五年多悲剧性的停滞之后，萨普开正试图在填满尸骨的弹坑和噩梦的深渊之上向前跨出一步。

神父领导的圣殿复兴委员会也开始对被夷为平地的钟楼进行修复。人们用一套复杂的滑轮重新把钟安装起来，还从亚松森买来一座时钟。由于泥瓦匠把它反装在钟楼上，所以，它的时针是按逆时针方向转动的。

在一段时期内，参观教堂的人有了新的话题和消遣的对象，所以，他们暂时忘记了那个外国人。

他从客店搬了出去，也不再光顾杂货铺了，可能是钱用完了。下雨时，他就睡在树下或教堂的门道里。为了报答他修好了钟楼上的时钟，贝尼特斯神父不顾妇女委员会的抗议，给予他在教堂门道过夜的特权。妇女们不喜欢这个外国人，因为他从不理睬她们。

通过衬衫的破洞，可以看到他被太阳晒出水疱的白皮肤。他越来越消瘦，胡子长长了，金黄色的头发一直披散到肩上。草帽代替了毡帽，因为他长期把毡帽用作枕头，它已经在石头和草地上磨破了。长筒靴被换成了草鞋。草鞋、草帽和斗篷都是在马蒂亚斯的杂货铺里买的，而且用的可能是他手里的最后一张钞票，因为他把找回的几个硬币都留在柜台上了。过了好久，他才重新在杂货铺露面。

他好像变成了另一个人。只有那双发红的天蓝色眼睛仍然和过去一样，那是一双不甚灵活、暗淡无光的眼睛。看上去，他像是一个瞎子。

# 6

在这期间，人们得知了这个外国人的一些情况。

在客店和杂货铺的闲谈中，洛勒太太、马蒂亚斯先生、阿塔纳西奥·加尔万镇长和阿尔塔米拉诺通过对一些材料、印象和假设的整理，终于得出了这样的结论：那个外国人是一个俄国侨民。

知道最多的是阿塔纳西奥·加尔万。他从前是发报员，由于告密革命者有功，一跃升为镇长。他和内务部有密切联系。

"我看过护照。"他一边说，一边用手指把放在桌上的那份告密电报敲得瑟瑟颤抖，"护照合乎要求，是由他的国家驻布宜诺斯艾利斯的领事签发的。他的名字是阿列克赛·杜布洛夫斯基。"他吃力地说出这个名字，"好一个沉默寡言的外国佬！尽管我用皮鞋威胁他，但我也未能从他嘴里套出一句话。"

趁加尔万镇长待在杂货铺的时候，洛勒太太的一个女佣在他的文件中看到一张打皱的相片。女佣把它拿给女老板看了之后，又把相片放回原处。

"是他。"矮胖的洛勒太太说，她翻着白眼，把她所知道的一切都倒了出来，"那时他没有胡子，比现在要年轻得多，可是，那的确是他。他穿着一套很复杂的军礼服，像阿尔维诺·哈拉上校的军服一样。他现在正像当年年轻英俊的哈拉上校。你们还记得哈拉上校路过这里，去卡伊普恩特参加铁路通车典礼时的情形吗？他正点到达，和随从一起走到站台上。他真像长着黑胡须的大天使加百列。姑娘们激动得难以自持，甚至我……其余的你们都明白了……"

她停顿了一下，因为她有些呼吸困难。

"你说的这些和那个外国佬有什么关系呢？"阿尔塔米拉诺说。

"为了说明他像哈拉上校，但是，他是黄头发。那里的姑娘们也会为他而哀叹的，可是，他已经结婚了。在相片上，他站在一个十分漂亮的年轻妇人旁边，她怀里抱着一个小孩。"

"他到这儿来干什么？"调解法官克利马科·卡瓦尼亚斯问道。

"可能是为了逃避那里的革命。"贝尼特斯神父说，"那里正在屠杀贵族。"

他又讲了一些关于俄国沙皇的事情。他说，不久前，沙皇及其家属在房顶上被处决了。

"为什么在房顶上处决他们呢？"镇政府文书问道。

"为了让他们站得高一点，"店主在柜台后面插话，"我的朋友，不能在一条壕沟里枪毙一个沙皇，不是这样吗，克利马科先生？"

"糟糕的是造反者在那里取得了胜利。"法官把身子靠在椅子一侧的扶手上，忧心忡忡地说。

"在那里……"被擢升为镇长的前发报员用轻蔑的口吻说，"可是在这里我们知道应该如何对付造反者。你们还记得我们是如何把他们镇压下去的吗？"

无须这个告密者多费唇舌。

他们躲避着彼此的视线，无疑，他们都在回忆那次农民暴动的情景。虽然事隔多年，弹坑被填平了，村子也修葺一新，但是，过去的痕迹始终未能消除，尤其是人们内心的痕迹。

在1912年3月1日那个悲惨的夜晚，炸药掀起的火柱把那一瞬间的灾难长久地印在人们的脑海里。人们似乎再次看到，造反者仓促筹备了一列火车，埃利萨多·迪亚斯大尉统帅着由两千名身经百战的士兵和农民组成的远征军，正要乘火车去突袭首都。他们甚至弄到了两门75毫米的榴弹炮。这是造反者的最后一张王牌，这也是一次孤注一掷的行动。

同样很偶然的是，伊塔佩村的发报员阿塔纳西奥·加尔万恰好临时待在萨普开。他用谎言把自己的同事兼朋友西普里亚诺·奥维拉尔引开，自己取而代之，革命者们全然不觉。他通知了政府军掌控的巴拉瓜里兵营。

"是我击败了他们！"他常常这样夸口说，"我的忠心是经得起考验的！"

于是，巴拉瓜里司令部发出了一辆满载炸弹的机车，迎着造反者乘坐的列车开来。由于造反军的司机临阵脱逃，列车未能在发报员通知的时间开出车站，所以，机车和列车没有像计划的那样在行进途中相撞。装载着一千五百颗德国炸弹的机车像一枚有轮子的巨型鱼雷，在萨普开车站爆炸了，许多欢送造反者的人也成了无辜的牺牲品。接着，幸存者遭到大规模的搜捕和屠杀。由于"英勇地维护了秩序和现政府"而升为镇长的发报员——他常常着重重复委任状中陈述缘由的这句话——亲自领导了最后几次集体枪决和恢复公共秩序的工作。几年后，他还主持了萨普开的重建工程。

除镇长外，在场的人谁都不想回忆这些事情。毋庸置疑，即使只是看看那台他经常机械地用手指去触碰的电报机，他们也会感到不安。

正因为如此，那天晚上的话题又回到了斯拉夫流亡者身上。

"假如那个外国佬是个国际恶棍，早点把他赶走岂不更好？"阿尔塔米拉诺说。

"在他还没有干坏事的时候，暂时不要那样做，"法官说，"你不懂宪法吗？"

"我是说，"文书略带窘态地辩解说，"也许他和造反者有联系。"

"和俄国的造反者？"加尔万轻蔑地问。

"不，我是说和这里的造反者。"

"这由我负责，"镇长挺着胸膛夸口说，"如果这个家伙是间谍，我会从他的活动中识别出来。那时我将给他应有的惩罚。我不会在房顶上处决他……哈哈……哈哈……"

然而，在那时，这是他们掌握的有关医生的全部材料：一个难以叫出来的名字，一个受命运折磨的人的缩影，仅此而已。剩下的就是怀疑、传说和他们所能看到的一身尘土。

在镇上，人们再也看不到他的影子了。

7

后来有人说，他正在位于公墓和废弃的砖瓦厂之间的、靠近卡尼亚维河的科斯塔杜尔赛山坡上修建一所小屋，那是一所与众不同的圆形小屋。人们不知道他要干什么。他的食物可能是山上到处可见的面包果和酸橘，或者是用猎取的穿山甲和沼泽地里的浅褐色水獭烤制成的美味食品。

这也不过是一些猜测而已。

镇长派去监视他的人报告说，他不是在小河边钓鱼，就是在小屋的地上躺着。没人能从他嘴里问出一句话。

"不管怎么说，"一天晚上，神父在打牌的间歇说，"这个人抛弃了世界，抛弃了他的荣华富贵和事业……"

"可是没有忘掉他的甘蔗酒！"压榨酒厂厂长的文书打断他的话说。

"……和古代的隐士一样。"神父有些不安地说。

"他们也是酒鬼吗？"这又是阿尔塔米拉诺的一句玩笑话。

笑声平息以后，调解法官像以往直肠疼痛时那样，把身子侧靠在椅子上，并以宣读判决的口吻说：

"有可能像您说的那样，神父，但是，一个像他这样的人，拥有强大的生命力。他还年轻。对于隐藏在他身后的一切，我不了解，可是，我看他不像一个隐士。在田里浇上盐水，庄稼甚至杂草都无法生长，然而，不可能把大地上的一切东西都铲除干净。陈旧的种子随时都可能在雨水或肉虫弄出的孔洞里扎根，并在那里长出一切有害的东西。人也是如此。"

"哎哟，这个克利马科先生多会说话呀！"文书说，不知是赞扬，还是嘲讽。

"这纯属真理。"法官没有听出文书的意思，"神父，对这些，您比我们知道得更多。如果一个人天性可恶，就算在额头上抹香灰也是枉然。我们看他能忍耐到几时……"

8

后来发生了一件事，从此，在萨普开人心中，外国人的称呼和地位都发生了变化，这也在一定程度上证明神父言之有理。

一天下午，外国人经过公墓时，看到马利亚·雷加拉达在十字架间的土地上痛苦地滚动着、呻吟着。她的父亲无可奈何地在一边看着她。

外国人大步流星地走过去，对姑娘进行了诊断。然后，他抱起姑娘，走到掘墓人的家里。

他烧上开水，取出一把小刀，在一块石头上磨起来。他一言不发，掘墓人也不敢打断他那迅速而精确的准备工作。

掘墓人只问了一句话：

"先生，您要干什么？"

由于对方甚至没有表现出听到了他的问话的样子，可怜的塔尼·卡塞列便不吱声了，只是焦虑不安地看着外国人走来走去。

马利亚·雷加拉达毫无生机地躺着，她的呼吸异常微弱。外国人把她放在一张桌子上，撕开她的衣服。他仔细地清洗他的手和姑娘即将开刀的部位。他从开水中取出刀子，划开了在透过葡萄架的阳光下上下起伏的黝黑的腹部。

看来难以相信的事情竟然成了现实。塔尼·卡塞列哽咽着描述那个外国人奇异的手艺，一直讲到那个人缝合了他女儿被划开的腹部为止。

没有人相信他的话，但是，事实是，马利亚·雷加拉达的病好了。妇女们亲眼看到她身体两侧各有六个星形的开始结痂的伤口。洛勒·恰莫罗太太乘一辆小车从村里来看这个奇迹，然后，她直奔外国人的小屋，请他给自己诊断后颈部的一个肿瘤。

9

几天以后，姑娘又去干活了。对她来说，劳动像是玩耍。

那时，马利亚·雷加拉达已经十五岁了。父亲在公墓挖坑的时候，她在木麻黄下跑来跑去，时而铲除十字架周围的杂草，时而缝补开线的披肩，时而又摘掉腐烂的花朵。她很喜欢做这一切，好像真的是在田间劳动。她知道每个十字架的主人。在那些坟墓里，埋着她的母亲、外祖父何赛·德尔罗萨里奥和其他亲友。在公墓中央，一座大坟上插满了小十字架，从那次爆炸中侥幸逃出来的人，后来又都被埋在这个坟墓里。

在马利亚·雷加拉达看来，所有死人都一样，他们都是她的邻居。在她的监护下，他们在地下幸福地安息了。她尊敬但不害怕他们。对她来说，死不过是生活安静的一面而已。

在萨普开，掘墓人的位置向来让人们垂涎。

大战引起的居民迁徙，使这个绿色盆地充满了"葬礼"。三百年前，耶稣会士在这里兴建了他们的庄园，这些庄园一直延伸到巴拉瓜里山脚下。神父们散布说，这里出现过圣托马斯。他们时常巧妙地在这些传说中加进一些新东西，就像他们以往传布印第安人的苏梅神话时那样。据他们说，在太阳是一个比月亮还小的神的时期，苏梅也曾在这个地区出现过。印第安人装出相信这些传说的样子，但是，现在谁也不会重视它们了。

在一个山岗的玄武岩上，深深地印着马黛草的守护神的脚印。刮风时，可以听到他庄严的声音在山谷中萦绕。

暴风雨的前夕，在这些盆地里，特别是在巴拉瓜里-皮拉尤和萨普开盆地里，常常会看到磷火像闪闪发光的蝴蝶一样在地面上飞舞。直到今天还常常发生这样的事情：在挖一个新坟坑的时候，有时会挖出一个装满迁徙时期的银币和废旧银器的坛子，有时会挖出一尊耶稣会时代的木刻神像。

在萨普开，掘墓人几乎是代表尊严的职业。

至少从大战以来，最贫穷、最卑贱且最没有文化的卡塞列家族的人以世袭的方式把这种尊严一代又一代地传下来。没有人对这种权利提出异议。

所以，公墓的历史比村镇的要长得多，因为后者是独立一百周年时建立起来的，而且几乎是在彗星的照耀下建立起来的。这在巴拉圭不是什么新鲜事，因为不少新村镇都是在古老的墓地附近兴建的。

马利亚·雷加拉达的外祖父何赛·德尔罗萨里奥在一棵百年老月桂树旁边挖坟坑时，挖出了一尊圣伊格纳西奥的雕像。

外国人救活马利亚以后，她父亲塔尼·卡塞列要把雕像赠送给他。外国人支支吾吾地不肯收，但是塔尼比他更固执。

"你治好了我女儿的病，"他用瓜拉尼语说，"我没有钱，我不能等你死了以后，再用我的劳动来报答你。一句话，圣像归你了……"

塔尼把雕像放在了外国人的房子的墙脚边。

10

萨普开的居民开始赞扬外国人的"奇迹"了。

不久，他又为洛勒太太摘除了颈部的脂肪瘤，接着又治好了一个牲口贩子。就在那天上午，牲口贩子还在客店里，跟一些随着春天的来临而变得泼辣的女佣一起嘲弄外国人。

牲口贩子患了严重的喉炎，他在马背上艰难地呼吸着，来到外国人的小屋。外国人救活了病人，使他不必栖身于塔尼·卡塞列挖掘的坟墓。他拒绝了感激不尽的病人给他的钱、左轮手枪和马，只收下了那条狗。在小屋里逗留的三天中，它和那个沉默寡言的房主混得特别熟。

后来他又为阿塔纳西奥·加尔万的女人治好了哮喘，也治好了阿塔纳西奥本人的一种不知叫什么名字的病。他用马兜铃和菝葜制成净血剂，经过长期治疗才治好了镇长的病。他减轻了调解法官因患痔疮而遭受的痛苦，这种病使患者总是用半个屁股坐在座位上。外国人的药甚至使神父的肝病有所好转。他经常从山里采来一捆捆草药，从此，他成了一个有名的草药专家。他的草药非常有效。

从那以后，人们便把他称作医生。

怀疑、嘲弄和流言蜚语渐渐变成了尊敬和敬仰。谁也不再说他的坏话。比亚里卡和亚松森的医生们对这种非法的行医活动提出了毫无实质内容的指责，但是，由于有影响力的前发报员的活动，这种指责在长时间的诉讼程序中销声匿迹了。

在人们的心目中，他已不再是外国佬，也不再是异教徒了。


## 11


每天到这个小圆屋来求医的人络绎不绝，并且越来越多。远近村庄的病人和瘫痪者，有的徒步走来，有的骑马或坐牛车来，连麻风病人也不例外。医生一个一个地为他们诊断，他默默地工作着，对每个病人都同样耐心。他从不收穷人的钱，因此，有些人给他带一只小鸡，有些人给他送鸡蛋、食品，也有人给他一些土布，以便他更换破旧的衣服。

他自己制造了一个简陋的蒸馏器，以提取橘叶的汁液。他还为麻风病人配制了一种药膏，以代替恰姆格拉油。

过去，当医生过流浪生活的时候，教区妇女委员会的妇女们不愿意让他睡在教堂的门道里。现在，她们也表现出尊重医生的样子。

在那个时期，医生还治好了一个每隔两三天发一次高烧的精神病患者。病人带着他的妻子和年幼的儿子住在一节被炸坏的车厢里。他的名字叫卡西亚诺·阿莫伊特。当他离开村子很久又重返家园的时候，很少有人能认出他就是科斯塔杜尔赛砖瓦厂的厂主卡西亚诺·哈拉。

后来，那节似乎是装在燃烧着的轮子上的车厢，在田野里神秘地向远方移去。

当然，这是一种传说。在那些由于不幸遭遇而陷入迷信深渊的可怜人当中，流传着许多类似的传说。

<br>

12

马利亚·雷加拉达病愈后，也常到医生的小屋去给他和他的狗送炖菜、鲜汤，以及玉米木薯面饼等食物。

对于姑娘的关照他从不道谢，也从不和她讲话，甚至在掘墓人死后也是如此。尽管他尽了最大努力，但是，却没有治好塔尼·卡塞列的黄热病。不久病魔便耗尽了病人的全部精力，并把他送进他自己预先挖好的坟坑。这是卡塞列的一种习惯，用他自己的话说，"为的是不至于弄得措手不及"。的确，他没有被弄得措手不及，但是，泥土却突然压在他的身上。有人说，医生是存心让掘墓人死掉的。

马利亚·雷加拉达接替了父亲的工作。在卡塞列家族的历史上，掘墓人的工作第一次落到一个女人肩上。她并没有因此而中止对医生的拜访，因为他从未拒绝她这样做。

"她在医生面前失去了理智……"洛勒太太在客店里对牲口贩子和查税员说。有时，他们还饶有兴趣地问起女掘墓人的事情，他们认为，她一定拥有一些很好的"陪葬"陶器。

"外国人有何表示？"

"他没有任何表示，也不跟她讲话，好像他更喜欢那条狗，马利亚·雷加拉达对此很不高兴。"

"也许他们有默契。"

"不会，否则我会知道的。什么事情都逃不过我的眼睛。"

"也许他们会结婚。"

"医生已经结婚了。"

"你永远也猜不透外国人的心。他们会哄骗我们的女人。"

"你们有什么办法呢，偷女人的老手？你们这些终生欺骗自己女人的无赖！"

她的同伴们笑了。客店女老板善于揭别人的老底，但她是一个讨人喜欢的人。她的女佣不止一人做了客人的情妇。每逢洛勒太太的生日，一个交了好运的女佣总会给她寄来一些小礼品。

"医生不是坏人……"

她沙哑的嗓音中流露出感激的情意。医生不仅给她摘除了脂肪瘤，还给她治好了肺病。

这样一来，马利亚·雷加拉达不但逃避了旅客的流言蜚语，还摆脱了他们的纠缠。他们并不是看中了她那双绿得像生锈铜币一样的眼睛，而是看中了卡塞列家族那没有砂眼的陶罐里的生锈铜币。

她除了管理公墓以外，还要种菜、扫院子，并为二十几个麻风病人做饭，他们和她一样，也在盼望医生再次出现。

她从不走进那个小屋。也许她感到，在那所严密的、充满她所熟悉的破旧东西的小屋里，医生比坟墓中的死人和那些奇形怪状的麻风病人更加陌生。对着十字架和那些死人，她至少可以倾诉她的经历，可以毫不羞怯地讲述医生的情况。

阿莫伊特一家居住的车厢在人们感觉不到的情况下继续前进，也许麻风病人在帮助他们推动这节车厢。

当镇长正准备调查这件事的时候，他却老死了，当然，神父为他做了祈祷。

除镇长夫人和贝尼特斯神父外，参加葬礼的只有镇政府的卫兵。

他们抬着孤零零的黑棺在烈日下走着，每遇到一棵树就换一次班。

女掘墓人不顾神父的抗议和镇长夫人的哭泣，执意把镇长安置在最偏僻、最荒凉的角落。那座坟墓坐落在公墓以外的荒野里。后来，镇长夫人似乎为自己能流出那么多眼泪而感到高兴。

唯独镇长的坟上总是杂草丛生，而且没有栽种花木。


## 13


一天下午，马利亚·雷加拉达正在菜园里浇水。同往常一样，她关上公墓的大门之后，偷偷从山上的小径来到这里。

突然，她听到一声沉闷的响声，好像是一个人晕倒在地上发出的声音。由于一种不祥的预感，她直起身来，仔细听着周围的动静。后来，她慢慢向小屋走去，透过树木窥伺里面的情形。她看到一个黑色物体倒在地上，但那不是医生。

她再从树丛中向小屋走近一点，那时她看到了难以相信的事情。

医生跪在地上。金币和银币源源不断地从他手中流下来，在他的两腿间积成了一个小堆。在落日余晖的照耀下，金属闪闪发光。

她看到一张变了形的脸。他天蓝色的眼睛变得浑浊不清，几乎现出失望的神情，同他无法救活姑娘的父亲和其他病人的时候一样。

当他低头观看那一堆金属货币时，金黄色的头发把他的整张脸都盖住了。姑娘似乎听到一阵叹息声。过了许久，她看到他重新抬起头，开始用颤抖的双手把钱币放在一些破布上。他收得越来越快，而且显得越来越失望。

圣伊格纳西奥的雕像倒在他的身边。

别人谁都不知道这件事，因为从那天以后，他那扇竹门对谁也没有打开过，即使对马利亚·雷加拉达也不例外。他出来的时候，眼里总是闪着贪婪的光，现在他倒真的像缺乏空气一样。

他在小屋后面用篱笆围了一块地方，从此他就在那里接待病人。

从此以后，医生不再接受穷人的礼物了，也不再接受富人的钱财，他开始用手势和炽烈的语言向病人索取他们所能找到的最古老的雕像。谁也不知道医生为什么会有这种变化。

萨普开人认为，医生突然变成了一个笃信宗教的、神奇的人。他们想，穿着破草鞋、蓄着长发、手持拐杖、带着狗和棕榈叶篮子的医生也会成为圣人。

"他越来越像圣罗克神了！"当他从洛勒太太面前走过时，她这样低声说。她也被医生这种新的、无比虔诚的态度鼓舞了。

但是，这种现象同另一种同样难以理解的现象是矛盾的。

他又开始经常光顾马蒂亚斯的杂货铺了。每次他都要喝得酩酊大醉，才蓬头散发、东倒西歪地走出来。

现在，他只为那些扛着古老的雕像来求医的人看病。他贪婪地掂着雕像的分量，用疯狂的目光搜索着雕像的每条裂纹，然后把它放进小屋，他消瘦而憔悴的脸上现出一种失望的神色。只有做完这一切之后，他才去看病人，但是，他诊断时已不像过去那样耐心，而是表现出一种心灰意冷、若有所失的神态。

他比以往更加沉默寡言，整天沉醉于酒乡，就这样昏昏沉沉地过了几个月。

后来，他终于失踪了。

## 15

马利亚·雷加拉达是第一个发现被砍坏的雕像的人。她不敢碰它们，担心那些伤痕会流出黑色的血液——由于上帝的惩罚而流出的血液。

她不知道医生为什么要用斧头把它们都砍坏。医生的出现和消失都是一个谜。在他失踪的前一天晚上，姑娘第一次看到那些被砍坏的雕像，但是，她不明白其中的奥秘。

那天晚上，他喝得烂醉，一面像着了魔似的滔滔不绝地说着他那不可理解的语言，一面把姑娘拉到怀里，在被砍坏的圣像中间，粗暴地奸污了她。

那是她第一次走进医生的小屋，也是医生在那儿生活的最后一个夜晚。

她不明白为什么会发生那一切。她当时不知道，也许永远也不会知道。

在那么多被砍坏的雕像中，唯独圣伊格纳西奥的雕像完好无损，只是从圣坛上掉下来的时候，它的底座摔掉了，因而可以看出，这原来是一尊空心的雕像。由于它很重，马利亚·雷加拉达一直认为它是实心的。这对她无关紧要，但是，她始终不理解，为什么医生单单尊崇这座雕像。他毁掉其他雕像的原因也是一个谜，不过，她并不想知道。她想继续停留在这种白日梦中。这种梦虽然使她的头脑和心灵变得麻木，却没有使她希望医生归来的信念减弱。

在他失踪的第二天，马利亚·雷加拉达又到那座小屋去了。在地面的缝隙中，她发现了一枚沾满泥土的金制圆牌。上面隐约现出一个人的面孔，这使她想起那个来自远方的大胡子医生。她把圆牌擦得光亮照人，然后把发热的圆牌放在怀里。

麻风病人最先来到被医生抛弃的地方表示哀思。

嗣后，整个萨普开的居民都到这座木屋前看热闹。

那时，医生又成了异教徒，在愤怒或神志不清的情况下砍坏了圣像，就像他过去试图把一个孩子从列车的小窗扔出去一样。

然而，谁也不敢说医生的坏话。

"我说过，他受不了……"法官在和知心人的谈话中这样说，他仍旧用半边屁股坐在座位上。

在大家都不理解的这件事情当中，一定有什么奥秘。萨普开人仍然认为，医生不是一个坏人。他的形象、他做的好事仍然被人们铭记在心，但是，他们也没有忘记他最后的疯狂行为。对于这一切，姑娘和狗十分留恋，而在姑娘身上，这种感情是以另一种形式体现出来的。

马利亚·雷加拉达不和任何人讲话，她只对她的死人诉说苦衷，也可以对那条狗诉说，那是在它用牙齿叼着篮子，在朦胧的晨雾中风尘仆仆地从杂货铺回来的时候。

在被遗弃的小屋附近，幽灵似的麻风病人三五成群地到小溪边喝水。除了他们的动静以外，科斯塔杜尔赛的黑土地上到处是一片寂静，死一般的寂静。

只有那节破车厢好像仍在移动，人们不知道它是如何在没有轨道的地方，在干旱龟裂的原野中渐渐移向远方的。几年前，也许医生就是被人们从这节车厢中扔到萨普开的红色站台上，倒在一片废墟中的。

# 三 车站

## 1

整个上午我都在和新皮鞋搏斗。在那些自由放任的年月里，由于我不停地跑和跳，脚上结了老茧，而且被山上和水中的植物划得尽是伤痕。现在，这个时期连同它的一切活动都要结束了，我不知道，我是应该为此而高兴，还是应该悲伤。

我穿上袜子，又把它们脱下来。我的脚比皮鞋还大。这是我有生以来第一次穿鞋。皮鞋是用卖马的钱买来的，好像正是用这匹小黄马的皮做成的。我使劲儿穿，可是皮鞋继续耍弄我。它们吱吱地叫着，散发着一股鞣酸味，就是不让我的脚进去。我第三次跑到厨房，用灰汁和云实水洗脚，一直洗到踝骨上面，可是，却不能去掉脚上的那层皮。于是，我又用石头去磨脚后跟，就差没去截断脚趾了。我的脚变白了，甚至变小了，但还是穿不进去。这时，鲁菲娜来了。她把我的脚放在浆水里浸湿，这样一来，终于穿进去了，皮鞋也不响了。

午后，全家人都去车站送我。我穿着那双新皮鞋走在最前面，一则为了显摆皮鞋，同时也为了不受离情别绪的折磨。爸爸、妈妈和兄弟姐妹默默地走在后面。多纳托老爹给我扛着皮箱，鲁菲娜提着一个篮子，里面装着她烧的鸡肉。

工厂的兴建工程停止了。世界大战使大洋彼岸的国家遭到了破坏。虽然有人说战争已经结束，但是，工厂需要的机器还运不过来。在一片寂静中，一切物体似乎都变大了。在这种气氛中，人们的心情也愈加沉重。我在站台上边走边想，不管怎样，炫耀一双新皮鞋总是一件令人高兴的事。糟糕的是我不得不到首都去念书；进这种学校，每天都得穿鞋，而且必须把头发梳得溜光。

"如果你想进军事学校，"父亲对我说，"你就得念完六年级。就是当一个军人，也必须学习。"

在伊塔佩，从加斯帕尔·莫拉创建那所有着三角斜坡屋顶和雕着花纹的支柱的农村小学以来，这里的小学只有三个年级。

妈妈为我想当士官生的梦想而焦虑不安。

"让他去吧。"父亲咕哝道，好像是说：让他自己去闯一闯吧！"全国是一个大兵营。军人比任何人的处境都好些。"他说。

"是的，但是，每隔一两年就会爆发一次革命。"妈妈抱怨道，她看着我，好像我已经背了一支步枪。

"但是，在历次革命中，老百姓都比军人死得多。再说，如果他不想当军人，也可以不干。我过去是修道士，我选错了道路，但是，削去一点头发[1]并没有妨碍我成为一个好农夫。只有在事物的内部才能看清它的本质，这事他以后会明白的。让他去吧……"

我偷听了他们的争论，但是，士官生镶着金边的蓝制服、蓝军帽和短剑使我眼花缭乱。要想在那个陌生的城市取得士官生的地位，我必须上学，必须沿着这条我亲眼看着它铺上一条条枕木、穿过我们村镇的铁路到外地去。这条铁路的通车典礼正是由装饰着彩旗和棕榈叶

---

1　当时基督教的修道士必须剃掉头顶的一点头发。

60

花环的总统专列完成的。当时，列车由军事学校的士官生护卫。挺着胸脯站在列车上的风雅少年所受到的欢呼比总统本人受到的欢呼更为热烈。当专列从恩卡纳西翁回来时，他们又受到同样热烈的欢迎。

两次亲眼看到的军人的优雅形象，深深地铭刻在我的心中。

我一边在站台上走着，一边想着这些事情。同时我也在想比我稍大一点的同桌拉格里玛·冈萨莱斯。在学校上下课时，她负责敲钟。在期末联欢会上，她吻了我一下。那天晚上，当其他同学唱国歌时，她在树丛中紧紧地和我依偎在一起，她温暖的嘴唇和结实的胸脯至今仍留给我一种甜蜜的感觉，但是，由于我将要失去这一切，一种失望的情绪油然而生。


2


在站台上候车的人群中，达米亚娜·达瓦洛斯抱着她的孩子等着我们。

卖玉米面包的女贩子拎着装满面包的篮子到处叫卖。卖蜜糖水的女贩子蹲在爬满苍蝇和黄蜂的罐子与小桶后面，一边抽烟，一边调配饮料。卡罗维尼山的女贩子马利亚·罗萨，用空篮子给骑在她脖子上的小女儿遮着阳光，像夜游症患者一样在人群中来回走动。

戈伊布鲁孪生兄弟斜视着我的新鞋。他们评论着、讥笑着，并不断地和姑娘们打趣。我听见了他们的笑声、口哨声和难以模仿的怪叫声，装作没看见他们。我为我的新衣服感到自豪，但是，在内心深处，我却羡慕他们。我真想把新衣服和新鞋扔到铁轨上，重新跑到他们中间，和他们一起打陀螺、弹玻璃球，或者在院子的菩提树下打架斗殴。我是一个逃兵。尽管我有新衣服、新皮鞋，尽管我要去外地上学，而且将来有可能当士官生，但是，我仍然感到悲伤和羞愧。

这时，拉格里玛·冈萨莱斯和孪生兄弟的妹妹埃斯佩兰西塔·戈伊布鲁手挽着手走过来。傲气压倒了我的悲伤，我转过脸，不去看她们，尽管今天她们比以往任何时候都漂亮，特别是拉格里玛，她有长长的睫毛，一张非常迷人的黝黑的脸。每当笑的时候，她嘴角边总浮现出两个酒窝，并露出一口洁白的牙齿。我拖着皮鞋走了几步，鞋上好像装着马刺，走起来在砖地上划来划去，同镇长奥鲁埃走路时一模一样。

列车出现在埃尔南达里亚斯的山坡上。它吃力地向上爬着，看起来越来越大，最后，它的响声、阴影和喷出来的烟雾遮住了站台、车站和人群。

我们向二等车厢跑去。

"达米亚娜，你要好好照顾他！"我妈妈嘱托她。

"是，太太……"

她上车后，找了一个位置坐下来。可怜的达米亚娜·达瓦洛斯！对这次旅行的渴望、孩子的病、彻底失眠和疲劳把她折磨得筋疲力尽。

在熙熙攘攘的人群中，父亲把我的箱子、洗衣妇达米亚娜的麻布袋、装着烧鸡和干粮的篮子递上车。小孩在她怀里一声不响地望着嘈杂的人群。

爸爸一边对我说再见，一边把我推上车厢的踏板。

"埃德尔米拉，科卡，再见……"为了排除胸中的闷气，我向妹妹们喊着，但是，实际上我的两眼却望着拉格里玛和埃斯佩兰西塔所在的地方。

两个顽皮的少女笑了。

随着列车的汽笛声响起，人们开始大声叫嚷，但是，汽笛声压倒了谈话声、叫喊声和脚步声。站台上的人脸和轮廓在一片黑烟中变得模糊起来。咔嚓……咔嚓……咔嚓……列车越来越快地驶向远方。

我呆呆地望着窗外。车站向后退去，一切东西都好像在飞速地向后方奔驰。人群越来越小，顷刻间变得像阳光下的一群蚂蚁。

铁路两旁的电线杆一闪而过。稍远处的房屋、树木、在村头吃草的牲口、畜栏和公墓也一个接一个地闪过去。这一切都在远处翻滚着，好像大地在围着列车转动一样。村庄消失在特维夸里山后面的原野里。我用手蘸着唾沫，弯下腰去擦我的皮鞋。

我直起腰的时候，一座小山出现在铁路的拐弯处，几乎一伸手就能摸到它。加斯帕尔·莫拉雕刻的基督像在山上的茅草棚里望着我们。它被钉在黑十字架上。粘在它头部的女人头发在中午的热风中飘拂着，它看上去好像一个活人。从闪闪发光的山泉处飞来的黄蝴蝶在它周围飞舞。

列车驶过小溪上面的小桥时，车轮发出一阵沉重的巨响。达米亚娜一面用眼睛紧盯着基督像，一面用手画着十字。其他妇女也做着同样的动作。

巨响在最后一节车厢的车轮下消失了，谈话声又骤然而起。

我最后看到的是山坡上的野玫瑰丛，以及立在花丛中的马卡里奥·弗朗西亚的十字架。这是那个自由奴留下的唯一的东西。当年，他在森林中找到了基督像；现在，他不是躺在墓地里，而是躺在伊塔佩的耶稣受难十字架旁边，躺在一具婴儿用的棺材里。

在车轮的轰鸣声中，我好像又听到了他临终前的几句话：

"孩子们，因为人有两个生日，一个是出生的时候，一个是死亡的时候……"


3


小山扛着基督像迅速地、飞快地向后移动着，最终消失在绿色的群山后面。绿色的群山跟随着火车转动，就像一个被铁轨抽动的巨大而缓慢的陀螺。

这时我才注意到坐在对面座位上打盹的一个人。我好不容易才辨认出他是人。因为阳光和着大量灰尘从车窗灌进来，只有从尘柱的另一面才能看清楚。那是一个消瘦的外国人，他既不像波兰侨民，也不像战前来这里建工厂、战争开始后便返回祖国的德国人，但是，很明显，他是一个外国人。由于两条长腿无法伸直，他只好蜷缩在硬邦邦的木椅上。他的膝盖几乎碰到了对面的座位，因此，达米亚娜无法靠近车窗。他的毡帽下面露着一缕缕像玉米穗上吐出的缨子一样的淡黄色头发。他的衣服和靴子都很旧，粗呢外套放在腿上，口袋里装着一本磨破了边角的蓝皮书，封面上有几个金字，但谁也不知道是什么意思。衬衣紧贴着身子，突出的肋骨显得格外清楚。当他在座位上更换姿势时，天蓝色的眼珠在由于困倦而肿胀的眼睑下闪闪发光。阳光照得他难受，于是他抬手关上满是泥土的百叶窗，又局促不安地蜷缩在布满阴影的角落里。那时我才意识到，他也眺望过基督像。我似乎记得，他还曾画过十字呢。也许我没有看清楚，也许我弄错了，也许他一直待在那里，根本没有动。百叶窗投在车厢里的阴影被充满灰尘的细小光柱切割开来，在阴影中，他的天蓝色眼睛不时闪动光芒。

达米亚娜用怀疑的目光望着她对面那个人。

在我们旁边的一排座位上，坐着三个消瘦的男人和一个貌似庄园主的人。他们也在谈论基督的雕像。后者正在向其他三人讲述这段故事。他抽掉了许多情节，就像抽掉一个破网的线一样。他不熟悉这段历史，也许是为了激怒别人而故意歪曲它。

"伊塔佩人为这个雕像感到自豪。听说它显过灵。"

"是的，"其中一个人说，"哪里有信仰，显灵就会在哪里发生。"

"努涅斯，假如那是真的，"另一个有些气愤地说，"那么伊塔佩、

64

卡库佩、托瓦蒂、卡萨帕这些有圣像显灵的村镇将会成为全国最先进的地方。"

"当然，"被质疑的人说，"我们知道，信仰会妨碍发展的。"

"你看到伊塔佩了吗？"前者追问道，"这里的一切都和 19 世纪一样，和反对三国同盟战争前一样，和革命前一样。"

"这里在兴建一座制糖厂……"庄园主说。

"这肯定不是基督建的。"

"这里的基督可能有所不同。"庄园主用手帕擦着他那张汗津津的宽脸说。他手上的一枚瓜子形戒指闪闪发光。

"不同？为什么不同？"一个人不悦地问。

"伊塔佩的基督起初是异教徒……"

他们好像听了一个笑话一样，哈哈地笑起来，连那个怒气冲冲的人都笑了。庄园主的脸上没有笑容，但是，扎着镶有银片的腰带的大肚子上下跳动了几下。他为什么和我们一样坐二等车厢呢？

"那个雕像果真是一个麻风病人雕刻的吗？"瘦子当中的一个问道，"他是加斯帕尔·莫拉……我想他是一个音乐家或乐器师……"

"这也是一种传说。"胖子讥讽道。

我真想扑上去用手抓他的脸，但是，我没有把愤怒集中在一起，因为我不时注视我对面的那双在阴影中闪闪发光的天蓝色眼睛。我也讨厌庄园主戒指上的宝石和乌黑发亮的点三八手枪。手枪插在衣服下面的子弹带上，枪柄上嵌着边缘处微微发黄的珍珠母片。

我想到马卡里奥·弗朗西亚便一阵心酸。他如果在场，是绝不允许庄园主胡说一气的。

"你们是从哪儿来的？"庄园主问道。

"从流放的地方。"

"啊……是上次革命的缘故吗？"

"好像是。"

"幸亏那些爱国者很快便把你们放回来了。"胖子咕哝道。

"我们并没有被卷进去，"那个叫奥苏纳的说，"我说的是没有被卷进暴动。"

"但是却镇压到你们的头上。"

"当时我和努涅斯马上就可以得到律师职务。奎拉尔在《祖国日报》工作。"

"当时我是在纸上谈兵。"奎拉尔说，但他没有笑。

"我们是在船上认识的。当时船正要把我们运到河流下游的集中营去。"

"现在我们三个又一起回来了。"努涅斯说。

"我是爱国者。我在卡萨帕有一个庄园，我也没有被卷入暴动，可是，他们却吃了我的牛，所以……"

"革命者总是碰到什么吃什么。"努涅斯打断庄园主的话说。他的鼻子微勾，说话时，声音似乎碰击着鼻子的中隔。

"我去亚松森向政府官员要求赔偿损失，因为现在我的朋友掌权了。"

"他们杀了您的牛，至少您还可以要求赔偿，可是那些被杀害的人可怎么办呢?"

"现在他们没有任何需要……"庄园主说。

"是的，"奥苏纳说，"泥土把他们吞噬了。"

"好了，好了……"庄园主和解地说，"大家不必动气。被木板压死的癞蛤蟆说，这是命中注定的，"他的干笑使大肚子又抖动起来，"我们也去吃饭吧。博尔哈车站快到了，那里有很好的玉米面包。"

# 4

列车停下来了，仍旧是伊塔佩车站的那种情景：上下车的旅客挤满了车厢的通道。

在列车一旁的站台上，女贩子们叫卖着她们的商品。顶在头上的货篮下面是一张张沾满泥土的脸，她们一面抽烟，一面像小鸟一样地鼓噪。

一切都一样。

庄园主把头伸到窗外，肥胖的身躯堵住了整个车窗。他从手枪后边那个镶着银片的小钱包里掏出一把硬币，买了一些面包和香蕉。手枪的蓝光映照在女贩子那满是泥土的脸上。他还买了一罐蜜糖水，一口气把饮料、里面的卡皮基[1]小茎、马兜铃碎皮，以及死苍蝇全都喝了下去。

我渴得要死。

颠簸的列车使我们感到大地像一个旋转的绿色大陀螺，它上面的一切——田野、动物和远处的山岗——都在飞速地向后跑。

"吃点东西吧，先生们！"

庄园主把环形面包和大串的金黄香蕉分给他的旅伴们。四个人狼吞虎咽地吃起来，四张嘴的动作看上去非常协调。

被睡意、疲劳和无形的恐惧笼罩的达米亚娜竟忘记了我们带的干粮。我虽然馋得直流口水，但是，我既没有伸手要，眼睛里也没有流露出这种渴求。我想向她显示我的男子气概，我是在陪伴她，而不是在寻求她的保护。或许她正在思念被关在亚松森监狱里的丈夫。她去河边洗衣服的时候，有时会对我谈起她的丈夫。在那种场合下，她美丽的面孔就会流露出凄惨和期盼的神情。她那充满青春活力的身体一动不动地倒映在水中。我看到，许多啄食肥皂泡的小鱼，在她映在河

---

1　巴拉圭盛产的一种药草。

面的身影下来回穿梭。可是现在，满面睡意、筋疲力尽的达米亚娜由于旅途劳顿而显得有些苍老了。

外国人仍在座位上打盹。有时他睁开睡意惺忪的眼睛，向我们投来一种我不知道是属于哪种民族的目光。

突然，孩子扯着青蛙似的嗓子哭起来。达米亚娜用毯子遮着身子给他喂奶。忽然，一阵风把毯子吹了起来，那布满青筋、奶汁淋淋的乳房露了出来。我感到更加口渴了，同时对那个浪费奶汁的病儿感到恼火。

"你的孩子怎么了？"

达米亚娜惊奇地眨了眨眼睛。一个老太婆坐在旁边的座位上，正用一把带有耶稣圣心图案的扇子扇凉。

"他怎么啦？"

"不知道，"达米亚娜不高兴地回答，"我带他去看医生。我们要去亚松森。"

"天啊，那么远！"老太婆咕哝着说，"也许这不是什么大病，可能用草药就能治好。"

"各种办法都用过了，但是，总治不好。"

"发病时是什么状况？"

"全身痉挛，骨头像散了架一样，嘴里吐白沫。"

"我知道了，这叫癫痫，病人时常昏厥。我知道怎样治，把芸香芯、茴香籽和莳萝籽放在露天过夜的凉开水里。"

"我们也试过了。"

老太婆眯起眼睛看孩子。她扁平的鼻子上有几条皱纹。为了把香烟叼得牢固些，她把嘴轻轻向一边歪过去，随之，嘴唇上那颗长着一根长白毛的痣也向一边移去。耶稣的圣心安详地躺在扇子上。老太婆并不认输。

"早饭前应该给他喝点驴奶。"

"我们给他喝过羊奶。"

"那不一样，必须是驴奶。和基督徒一样，动物也各有特点。你们如果找我，早就把病治好了，真遗憾。可怜的孩子长得多漂亮呀！但愿他的病能治好！可是，亚松森的医生很坏，他们只知道要钱。我不明白您为什么要把他带到那么远的地方，如果仅仅为了治病，比亚里卡也有很好的医生。"

"不只是为了看病，我还要去看我的丈夫。"

"他在那儿工作吗？"

"他在坐牢。"

"唉……真可怜！他惹了什么人，是吗？"

"没有，他是在上次的暴乱中被抓走的。"

"真可怜！啊……是政治问题！"老太婆使劲摇着扇子说，"那些男人什么时候才能不惹是生非呀！"

"他们无缘无故抓走了西里洛。他还没有见过自己的儿子。因此我才带孩子去，让他爸爸看一看。"

"啊，那很好……"

外国人在一边听着，或者说他看起来是在听这段单调的对话。整个过程中，都是老太婆主动发问，边说边挥动着那把饰有图案的扇子。


5


在博尔哈车站，有一个带吉他的老头上车。他用一条锁链拖着一个衣衫褴褛的孩子。

老头面容憔悴，骨瘦如柴。他坐在一排椅子的边上，弓着腰弹起吉他。这时，树丛中出现了覆盖着一层苔藓和斑鳌的教堂废墟。

我立刻想起了加斯帕尔·莫拉和马卡里奥·弗朗西亚。

布满了条条裂纹的吉他发出一种近似蜜蜂飞舞声的嗡嗡声。老头毛发蓬乱的脑袋贴在吉他上，不停地摇动着，演奏出一种只有他才理解的旋律。在老头弹琴的时候，小孩把一枚硬币放在舌头上舔湿，然后在破旧的衣服上摩擦着。

"这些穷人多可怜呀！"奎拉尔说。

"这一路再别想安宁啦……"卡萨帕的庄园主抱怨道，"列车上到处是乞丐和小偷……"他挥动着拳头说，戒指上的宝石照得大伙的眼睛发花。

"小偷处处都有。"奥苏纳若有所指地说。

"是的，"努涅斯附和道，"看来他们已经成了一些必不可少的人物。统治者是更大的盗贼和罪犯，他们更是必不可少的人物。"

胖子的脸上现出一种不悦的神情。他本想说话，但没有说出来。

"我知道这个老头是什么人。"为了缓和一下气氛，奎拉尔这样说道。

"您认识他？"

"不认识。"

"那您怎么知道他是谁？"庄园主问道。

"您听到他弹的曲子了吗？可以听出，是索萨·埃斯卡拉达的舞曲的一节。"

"我听不出这是什么舞曲，"庄园主说，"我最熟悉的是《塞罗·利昂营地之歌》和我们的起床号，那是我们党的舞曲。"

在车轮的隆隆声中，坐在车厢尽头的老人的吉他声愈来愈低沉。他的头垂到胸前，锁链用铁丝系在吉他上。

"这就是所有像他这样的人的下场，"奎拉尔说，"巴拉圭的著名吉他手有的死了，有的惨遭不幸。他们不是死于酗酒，便是死于贫困。

加斯帕尔·莫拉染上麻风病后便隐居深山，他留下一尊基督像；阿古斯丁·巴里奥斯在一个广场举行了最后一次音乐会后也销声匿迹了，谁也不知道他在哪里；安佩利奥·比利亚瓦尔也是这样，有人说，他被割掉舌头后，在布宜诺斯艾利斯的咖啡馆里弹吉他；卡洛斯·塔拉韦拉自杀了，他穿着礼服躺在葡萄架下的行军床上，两眼望着天空，把手枪的枪口塞进嘴里，他永远沉默了。我曾在一篇文章中写过，我国的艺术家不能在自己的祖国生活，由于这篇文章，我被捕了。"

"不仅仅是艺术家，"努涅斯说，"有人说，这是一个土地上没有人的国家，也是一个没有土地的人的国家。"

"但是，音乐家的处境更惨，"奎拉尔说，"最后一个失踪的是加夫列尔·贝尔梅霍。几年前有人对我说，他已双目失明，整天醉醺醺地在乡村流浪。"

"您认为这个人……?"庄园主指着那个老头说。

"我不知道……我们怎么会知道呢。"

老头不再弹吉他了。小孩拿起几乎和他一样大的吉他，拉了一下系在老人腰上的链子，于是，老头站起来，随着小孩在走道里蹒跚地走着。孩子一手抱着吉他，一手把草帽向旅客们伸过去。他们从我们身边走过时，奎拉尔把一只手放在老头的胳膊上。

"您是加夫列尔·贝尔梅霍吧?"

老头用全白的眼珠盯着他。没有牙的嘴颤动着，好像在吹奏已经消失的舞曲，但是，他一副没有听懂的样子，只有身上的锁链发出碰到椅子的叮当声。小孩也停下脚步，指着自己的眼睛和耳朵说：

"爷爷又聋又瞎。他看不见，也听不见。"

那个由于"纸上谈兵"而遭流放的人随便挥了挥手。如果不注意看他的面部表情，别人会把这个手势误解为一种嘲笑。他掏出一张钞票向小孩递过去。小孩迷惑不解地说：

"先生，我不要纸币，我要镍币……"

听了孩子的话，人们都笑起来。他的手背上到处都是橘子汁的痕迹，沾上泥土后，像是一条条僵硬的血管。那是一双苍老的手，然而，他却有一双像小鹰一样的锐利的眼睛。

大家纷纷向他的草帽里扔镍币，连庄园主也不得不这样做，尽管并非出自他的本意。我把我穿着新鞋的脚藏在椅子下面。

他们向另一节车厢走去。车轮的响声淹没了锁链的声音。

## 6

"孩子什么时候得的病？"

"生下来不久。"

"可能是父亲遗传的，患这种病的总是男的多。"

达米亚娜本想反驳，但是，她说不出话来。从她那双发抖的手可以看出她很生气。老太婆无所不问，对一切都刨根问底，活像一只老母鸡用爪子无休止地在一堆垃圾上刨来刨去。

达米亚娜强忍着老太婆使人窒息的问话。她困得不行，但是，愤怒却使她无法成眠。老太婆刺耳的声音像被关在白铁桶里的牛虻发出的嗡嗡声。

为了堵住老太婆的嘴，达米亚娜在座位下找来找去，终于拿出装满干粮的篮子，一把塞进她的手里，后来又把装着烧鸡的篮子也塞给了她。这一切我都看在眼里，但也不好反对。

"我在比亚里卡下车。"老太婆抓过礼物时说。

达米亚娜松了一口气。烧鸡对她无关紧要，对我也一样，只要老太婆能让我们安静一会儿就好。我关心的是另外那几个人，是他们带着诡秘的笑容谈论的事情，可是，由于老太婆的叽叽喳喳，我听不清他们的谈话。

"我去那里看我的儿媳，她快生了。这个可怜的女人离不开我。我已经给她接生过三个孩子，这是第四个。干这种事我是老手。我叫伊诺森西娅·罗梅洛。再见，我亲爱的……"

## 7

一个又一个车站被抛在后边，它们似乎都一模一样，连站台上的人也都一样，满脸泥土。房屋和田野向后翻滚着。一切都一样，好像时间在这个缓缓转动的"大陀螺"中停止了。

在一个车站，上来一男一女。他们很年轻，好像是一对新婚夫妇。他们手挽着手坐在车厢尾部，不停地拥抱和亲吻。

困倦、炎热和尘土迫使我们趴在木椅上。我时而入睡，时而醒来。达米亚娜的孩子又哭起来。她用毯子把他盖住，不想再给他喂奶了。我对小孩有点生气，我的口水又要流出来了。在饥渴交加中，我渐渐进入梦乡。我梦见达米亚娜的乳房像婴儿的奶嘴一样向我嘴里滴着香甜的奶汁。我摇着头，贪婪地吮吸着。醒来之后，我感到有些羞愧，虽然我想，达米亚娜不可能猜到我做的梦。

我发现，外国人伸着胳膊说了几句谁也听不懂的话。他的两手像一张吊床一样拢在一起，然后又慢慢地伸出来，做出接受什么东西的姿势。

达米亚娜向后面的椅背缩去，而外国人却探过身子抚摸小孩的头。这时小孩不再哭了，他挺直身子坐在妈妈怀里，静静地看着外国人。外国人也在仔细端详小孩，虽然他在使劲地吸着充满灰尘和烟雾的浑浊空气，可是，一丝笑容却出现在他的脸上、秀气的嘴角和天蓝色的

73

眼睛里。

我偷偷望了望达米亚娜。我知道，恐惧又一次占据了她，现在她倒惋惜那个老太婆不在她身边。外国人的沉默比接生婆的絮叨更使她不安。

为了给她壮胆，我靠在她身上。

就像在河边洗衣服的时候那样，她的轮廓渐渐变得模糊起来：她的身子倒映在河面，长着血红色的鳃和鳍的小鱼在倒影下穿梭游动，吞吐着肥皂泡。我躺在河边，望着她那性感的大腿和膝盖。我有些羞愧，似乎在做一件不光彩的事。突然，达米亚娜变成了拉格里玛·冈萨莱斯。我猛地跳起来，拉格里玛也不再洗衣服了，她脱掉身上的衣服，一下子跳入水里。

<br>

8

<br>

傍晚时分，列车驶近萨普开车站。

在远处我们就看到了被炸坏的车站、房屋，以及横在铁路中间的一个像小广场那么大的弹坑。

"那里还遗留着造反的痕迹！"庄园主把手伸出窗外，高声叫喊着。

这时我才完全醒来。

他正在讲述那辆列车的故事。满载造反者的列车要完成一次突袭的任务。政府军从巴拉瓜里开出一辆装着炸弹的机车，在这个车站把造反军的列车炸毁了。

我们都知道这个故事，可是，看来胖庄园主喜欢宣扬这件事。

"今天我们必须在萨普开过夜，明天早晨才能继续我们的旅程。我不明白为什么不马上换车。真见鬼！其实这并不费劲，至少在站台修

74

好以前可以这样做。这种情况已经持续五年多了，自从有了这个大坑以后，一直是这样。真是急死人！"

"这件事您也可以向政府官员提出来，"奥苏纳对他说，"您的同党就是干这种事的。"

庄园主没有听出这句话的含义。

"直到现在，"他说，"修路工人还能不断从坑里挖出死人的骨头……"

这时我们听到了达米亚娜的惨叫声。她把上半身探出车窗外，头发被风吹得乱成一团，她发疯似的叫喊着：

"他偷走了我的孩子……他偷走了我的孩子！"

车轮和风吞没了她的呼声。旅客骚动起来，谁也不明白发生了什么事。

在一片混乱中，外国人抱着达米亚娜的孩子疲惫不堪地走过来。他一声不响地走着，好像是走在风暴中。在愤怒的人群中，只有外国人的天蓝色眼睛闪着温柔的光芒。

达米亚娜用她那双几乎要跳出眼眶的眼睛瞪着外国人，一下把孩子从他怀里夺过来。男人们立刻向他扑去。他试图辩解，可是，人们不容他解释，而且也听不懂他的话。他们不准备听任何辩解。卡萨帕的庄园主握着手枪，用枪柄把他打倒在过道上。

当列车停在已是一片废墟的车站时，人们拳打脚踢地把他推下车。他跌倒在站台上，双膝跪在地上，嘴和鼻子流着血，脸上到处是伤痕，衬衣也被撕破了。不知哪个旅客把他的外衣和蓝皮书扔下去，他急忙把它们捡起来，站起身，像醉汉似的走了几步。人们又把他推倒。他一动不动地趴在红土地上，直到镇政府的警卫赶来，用绳子把他捆起来。

越过挤在小窗口前和站台上的人群，我们看到那个驼背的高个子被卫兵反绑着双手带走了。

达米亚娜没有向车外看，她还在浑身颤抖地抚摸睡在怀里的婴儿。在旅客下车的时候，一些妇女手足无措地围在她身边。

我很喜欢在萨普开过夜。因为这将使我有机会亲眼看看这个经历过可怕事件的镇子，至今，那件事仍在铁路沿线流传。

旅客们都在仔细地观看废墟。我也走下车，混在他们当中。我们看到了被炸坏的车厢。有一节车厢几乎完好无缺地停在离车站七八百米远的支线上，好像是被炸弹的气浪抛到那里的。

镇上的居民全都现出一副死气沉沉的样子，至少在我眼里是那样。

我回到车上的时候，庄园主正在试图说服达米亚娜陪他到客店过夜。我是从他们背后走过去的，所以听到了他们之间的谈话。

"您年轻又漂亮，您需要一个伴。"

"不，谢谢。我有伴……"

"谁？是坐在您旁边的那个孩子吗？"他笑得肚子颤抖，可是，他脸上总没有笑容。他拍了拍钱包，正要再说什么，可是，达米亚娜转过身来，看到了我。

她迎着我走过来，说：

"我们得把东西拿下去……"

## 9

二等车厢的旅客都在瓦砾中寻找睡觉的地方。

天很热。我们把小行李铺平，达米亚娜从小包里取出一条毯子铺在上面，那就是我们的床。在我们附近的一堵断墙后面，躺着那对新婚夫妇。

夜幕一下子笼罩了小镇。

我似乎还能闻到野草、砖瓦和泥土上的火药味。从断墙的另一边传来了窃窃私语声和接吻声，时而也能听到女人的抱怨声，似乎对方的过分爱抚伤害了她。我还听到他们哧哧的笑声。这一切使我不能马上入睡。

从另一边传来一个老年人颤抖的声音，可能是镇上的某个老人正详细地向旅客介绍那场灾难的细节。

我一进入梦乡，就看到了剧烈的爆炸发出的火光。许多没有脑袋的人浑身流着血、穿着燃烧的衣服在壕沟里奔跑。我吓醒了，紧紧靠在达米亚娜身边。当我发现，她又在试图给婴儿喂奶时，一阵难以忍受的饥饿感再次向我袭来。

我试图重新入睡，但是，换来的只是一种昏昏沉沉的激动，这使我把一切东西都混淆在一起了。达米亚娜安静了，也许她睡着了。我想到这里，便用嘴去找她那湿润的奶头。我尝到了甜蜜的奶汁，那是真正的奶汁。开始，我几乎连嘴都不敢闭紧，生怕达米亚娜把她身上那个又圆又软的无花果从我嘴里抽回去，但是，她没有动，别人也看不到我们。谁也不会嘲笑我在黑暗中像个不满周岁的婴儿一样吃奶。我不知为什么又想起了拉格里玛·冈萨莱斯。我不愿意想到她，因此，我用手捧着乳房，使劲地吮吸着。奶被吸干了，达米亚娜轻轻地叹了口气，侧过身去。

我睡着了，再也不做梦了。


10


拂晓的时候，一辆机车起动的汽笛声把我们唤醒了，是该换车了。一些玫瑰色的人影沿着大坑的边缘迅速地移动着，向停在大坑另一侧的列车走去。

我的一只皮鞋不见了，可能是被饿狗叼去的，因此，同昨天早晨穿鞋花的气力相比，我只要付出一半的努力就够了。

达米亚娜抱着孩子继续在草丛中寻找着，但是，火车在催促我们。达米亚娜在乱石堆上跑着，我提着我的箱子和她的行李跟在后面。

我将赤着一只脚踏上我一生中的不幸旅程。


## 11


我对于那次旅行、对于拂晓时穿过坎坷不平的大弹坑、对于到那时为止所发生的一切的记忆，都远不及我对于到达亚松森的情景的记忆真切。

在车站，潮水般的人群挤在像人一样粗的柱子之间。达米亚娜头昏目眩，不得不抓住我的胳膊。

我们好不容易才来到走廊。那里的柱子更加高大，所有被炸弹炸坏的拱门都用四根柱子支撑着。在车站巨大的白色房顶上，有一个像镶嵌的装饰品一样的花园。比水蒸气更浓的茉莉花的芳香扑鼻而来。

那里有高大的建筑物、石铺的街道、马车、两匹纯色的骡子拉着的车。在车夫的吆喝声中，这些车辆不停地在街道上行驶。

车站对面有一个树木丛生的广场，那里每隔几步就有一些水龙头，从里面源源不断地涌出细小的水流。我把达米亚娜撇在栏杆边，一头钻进花草丛里。我走近一个水龙头，俯下身子，迫不及待地喝起水来。我在趴着喝水的时候，看到一幕意想不到的情景，吓得我连水都难以咽下。在广场的一角，一个高大的白人妇女正一动不动地站在台阶上嚼食小鸟。那些鸟自己从空中飞下来，鼓噪着，愉快地钻进她张开的嘴巴里。我好像还听到了她咀嚼骨头的响声。

# 四 迁徙

## 1

他们在山上的灌木丛中步履艰难地走着，在紧张和恐惧的驱使下，像野兽一样，盲目地乱冲乱撞。有时，由于过分莽撞，他们被盘结交错的植物绊倒。每逢遇到这种情况，失望之情便一发而不可收拾。为了挽回失去的时间和一切，男人疯狂地挥动着砍刀，一则为了证明自己还活着，同时也为了在杂草和荆棘丛中打开一个缺口。虽然他们历尽了千难万险，被折磨得骨瘦如柴，但是，茂密的植物仍把他们无情地阻拦在那里，如同筛子留住凝固的浆块一样。

女人怀里抱着一个初生的婴儿。为了和孩子保持平衡，她把头偏向一边。她头发蓬乱，现出一副极度疲劳的样子。在那个小生灵的重压下，妈妈的两只胳膊麻得像一块木头，完全失去了知觉。

除了身上涂的一层黑黏土以外，他们三人几乎是一丝不挂，与其说他们是人，不如说是在树丛中晃动的陶俑。蒸笼似的森林烤得他们全身直冒热气，泥巴也被烤裂了。在这种迷失方向的逃亡中，他们体内的全部汁液几乎都被吸干了。

太阳该是临近落山了。射在树木上的强烈白光渐渐被柔和的红光

79

代替。终于，他们踏上了一条荒芜的林间小道，走了一阵之后，隐隐约约听到近处有流水的声音。男人那张恐惧的脸上，露出一种难以捉摸的表情。他停下脚步并转向女人。长时间以来，这是他第一次跟她讲话。

"你听见了吗，纳蒂?"他用渴得发哑的声音问。

"听见了……"这是从另一张脸上发出的声音，只能看到她的两只眼睛在转动。

"也许是蒙代河!"

"可能……但愿如此!"

"我们已经远离……"男人有些骄傲地说，一时间，恐惧的心理为胜利的信心所取代。

"再往前走一点，我们就得救了!"他又说。

他们精神焕发地在被杂草淹没的小道上走着，但是，过了一会儿，女人发出一声惊叫。

"你听见了吗，卡西亚诺?"

他们又停下来。从他们身后传来一阵比流水声更响亮的马蹄声。

"天啊……他们追上来了!"女人呻吟道。

男人布满皱纹的脸变得发紫。

"我们快躲到山里!"

他们向茂密的灌木丛跑去。

"我知道他们会抓住我们的!"男人自言自语地说，连妻子都没有听清他说了些什么。

他们弓着腰，缩着身子钻进灌木丛中。在一瞬间的轻松之后，他们又陷入了恐惧的深渊。男人一边跑，一边流汗。女人一边跑，一边俯着身子，用头护住婴儿。现在，他们又成了掉进陷阱的野兽。

## 2

没有一个"逃亡者"能够活着逃出塔库鲁-普库茶园。

这种用门苏[1]的鲜血和幻想凝成的事实和传说，像沼泽地的瘴气一样，在那些梦想逃跑但希望化为泡影的人心中扎下了根，因此，抱有这种幻想的人寥寥无几；但是，如果有人敢于把这种幻想付诸实践，他必然会倒在半路上。于是，这个被警犬的牙齿和保镖的温切斯特步枪猎获的逃跑者的故事，又为上述传说增加了新的内容。

没有任何人能够逃掉。

有时，为了表示惩罚，某个奄奄一息的逃跑者会在骑马的保镖和猎狗的监视下被带回来。在敢怒而不敢言的门苏面前，他的手脚会被捆绑在四根木桩上。

连孩子也逃不过子弹、砍刀和绳索的惩罚。

塔库鲁-普库是这个残忍的国家的一个城堡，它的四周是上巴拉那大森林、因河水上涨而遍地毒蛇猛兽的沼泽地、悬崖峭壁和水流湍急的大河。在那里，血红的洪水瞬间就能把沼泽地淹没，但是，比这一切更加可怕的是那里的当权者无法无天的权力。他们留在那里，就是为了享用这些权力。"为了促进马黛茶和其他民族工业的繁荣……"里瓦罗拉总统在大战后不久颁布了这样一项法律。塔库鲁-普库的茶园主用这张王牌维护企业的利益。他们的行为是合法的，他们的一切暴行并没有超出法律本身规定的范围。法律第三条是这样规定的："未经庄园主或工头明确具名同意而擅离工作岗位的雇工，在庄园主或工头的要求下，将被押回庄园。追捕逃亡雇工和由此造成的一切损失均

---

1　按月付工资的短工。

由该雇工负责。"

因此，很少有人敢冒这种被"追捕"的风险。

即使有人逃出塔库鲁–普库茶园，也会被活活埋葬在茶园的坟墓里。一首无名氏用西班牙语和瓜拉尼语创作的歌曲，就描写了这些雇工的遭遇。在农民的吉他伴奏下，歌曲唱出了门苏的苦难。他们成年累月地在皮鞭下劳动，只有在耶稣受难日才能休息一天，似乎也只有在这一天才能离开他们的十字架，但是，他们却不像耶稣那样死后还能复活，因为这些卑贱的赤脚基督真的死了，他们是不能复活的被遗忘的人。在巴拉圭工业公司的茶园里是这样，在其他庄园里也是这样。今天，这些长在巴拉圭森林中心的毒瘤，仍在重温耶稣会帝国那田园诗般的美梦。

一个门苏悲哀地唱道：

> 不要唱了，不要唱了，我的朋友，
> 你要把我的心撕碎了……

无论是狗，还是保镖、山岗和沼泽地，都没能阻止这首《门苏之歌》的传播。

那是马黛茶园唯一的一个"逃亡者"。


## 3


1912 年的农民起义被镇压之后不久，工业公司的代理人利用起义者逃亡和居民迁徙的机会，招收了一批又一批雇工。卡西亚诺·哈拉和他的妻子纳蒂维达·埃斯皮诺萨[1] 就是被这股潮流卷到塔库鲁–普库

---

1　文中亦简称为纳蒂。

来的。

刚结婚不久的卡西亚诺和纳蒂是在比亚里卡入行的。他们都是萨普开人。

卡西亚诺·哈拉和埃利萨多·迪亚斯大尉率领的远征军一起登上了起义军的列车，他们试图袭击首都。在三月那个悲惨的夜晚，纳蒂和聚集在车站的人一起，在"土地和自由"的呼声中，送别远征军的战士。由于发报员的告密，计划失败了。政府军的一辆满载炸弹的机车，迎着起义军的列车开来。

在那次可怕的爆炸的幸存者中，许多人都没能逃脱政府的集体砍头和枪杀。卡西亚诺·哈拉和纳蒂却奇迹般地逃跑了。一些失望和饥饿的幸存者在瓜伊拉山区流浪了几天，后来沿铁路向阿根廷边境逃去。为了免于落入军事委员会的魔掌，他们不敢靠近铁路。

在比亚里卡，他们听说镇压已经缓和，工业公司的代表正在为塔库鲁-普库的马黛茶园"招工"。

卡西亚诺夫妇和几乎所有的同伴都加入了那支到马黛茶园卖命的队伍。他们感到高兴，感到幸福，因为终于遇到了一个他们认为可以逃避不幸命运的机会。

另外，他们还拿到了预支给他们的崭新的钞票。

"这是代理这一行的圈套，"有一个人提醒说，"我们不应该上当……"

谁也没有理会这些话，因为他们已经眼花缭乱。

在"瓜伊雷尼亚"商店，卡西亚诺用唰唰作响的新钞票给纳蒂买了新衣服。纳蒂在商店的试衣间里一件一件地试穿着。当她撩起上衣，穿混纺面料的裤子时，卡西亚诺发现，妻子黝黑的大腿是多么健壮，他已经很长时间没有见过她的大腿了。他还给妻子买了一条玻璃珠项链、一把镶着橄榄石的小梳子和一瓶香水。她走出商店时，简直变成了一位真正的贵妇人。他自己也买了一双凉鞋、一件呢子斗篷、一把索林根牌剃刀、一条花手帕和一顶毡帽。

在商店的一面模糊不清的镜子里，现出了面带笑容、穿着时髦的一男一女的形象。他们好像是要去参加庆典。

总之，离开商店的时候，他们已经变成了另外两个人。

他们用剩余的钱在市中心的一家饭馆吃了一顿像样的饭，这还是几个月来的第一次。因为在那些日子里，他们吃的尽是草根和从荒芜的田野里捡来的烂西瓜。

这也将是他们的最后一顿美餐，然而，他们那时并不知道。对未来的幼稚的幻想遮住了他们的眼睛。

"纳蒂，也许那个地方不像人们说的那样坏。"酒足饭饱的卡西亚诺透过窗户的栏杆望着大街说。

"愿上帝保佑，亲爱的！"纳蒂低着头，对着空盘子祈祷似的说。


4


天刚破晓，人们就上路了。穿过卡瓜苏山，离茶园还有五十里格。

工头在马背上像赶牲口似的催促他们前进，他们只有晚上才能休息几个小时。不到一星期，他们便到达了目的地，然而，一路上历尽了艰难：口粮很快就吃完了；过小溪时，他们和工头的马一起在河里喝水。

进入原始森林之前，他们从蒙代河的一处浅滩涉水过河。那是茶园的水上门户。过河时，有人还在开玩笑地说：

"蒙代的意思是小偷的水，用它漱漱口吧，小伙子们！"

人们想在河里洗澡，但是，工头不答应，他们要赶路。

纳蒂的盛装变成了破布，卡西亚诺的时髦衣裳也遭到了同样的命运。无情的森林撕破了一切伪装，也撕破了一切希望。像铁丝一样坚硬的皮鞭的抽打，扁虱、蚊虫、毒蛇和蝎子的叮咬，发烧或恐惧引起的寒战，使他们看清了那种渐渐地、无情地吞食他们的现实。

一些人倒在漫无尽头的路上。工头用鞭子抽打他们，试图让他们重新起来，但是，黄热病和毒蛇的毒液比工头更厉害。工头只好让他们躺在那里。为了让他们更加安静，同时也为了不让活着的人走上这条道路，工头在躺倒的人的头部加进了几颗子弹。

走在前面的人不时听到背后的枪声。他们的队伍中又少了一个同伴，遇难者的名单上又多了一个名字，一份预支的钱在一具尸体身上消失了。

现在他们明白了，但是已经太晚。

"我们错了，纳蒂！"卡西亚诺边走边说，"真是刚出龙潭，又入虎穴！……"

"那该怎么办呢，我的天啊！"

"别着急……我们不会在那里久留！"

她的绿色眼睛暗淡无光，像两片挤干了汁液的树叶，像通往塔库鲁-普库的林间小道上被工头的马践踏的黑色树叶。


5


谁也不知道广阔的马黛茶园的边缘在哪里，任何一个角落都可能是它的中心。茶园主阿基莱奥·科罗内尔的权力，通过管家、工头和保镖，无情地延伸到庄园的每个角落：从河流到沼泽，从森林到边远的基地。

巴拉那河的对岸是阿根廷开发公司的马黛茶园。巴拉圭的雇工羡慕对岸的雇工，如同被判入地狱的人羡慕炼狱一样。

阿基莱奥·科罗内尔会突然出现在原野。他骑着一匹有黑花的白马，白色头盔下露出一张阴森的脸。采集马黛茶的工人一个个从他面前走过。有时，他们要背着八阿罗瓦[1]的茶叶捆走一里格半的路程。茶叶捆比它下面衣衫褴褛、气喘吁吁的人高两倍、宽十倍。

每当科罗内尔在马背上看着这些衣不蔽体的人从他面前走过时，公司的，同时也是塔库鲁-普库居民区的保安局局长胡安·克鲁斯·恰帕罗总是站在他的身边。满脸麻子、身材臃肿的独眼龙恰帕罗和可憎的茶园主形影不离，也许他比后者更可憎。人们在背地里管他叫十字胡安，或十字。因为他是使人蒙难的十字架的化身，同时也因为他的皮鞭和十字架上的蛇跑得同样快，同样置人于死地。

过秤是阿基莱奥·科罗内尔充分行使他的权力的时刻，因为这是衡量雇工的血汗的价值的时刻。他们必须从茶园采集八阿罗瓦马黛茶，同时还要跋山涉水，将其从很远的地方背回来。

只有在秤的指针指向底部时，才能看到茶园主的金牙在咧开的嘴里闪闪发光。超过的分量他从不放在心上，但是，哪怕只差一点，他也会吼叫着拒绝接受。伴随着恰帕罗的皮鞭的回声，他的吼声在原野上空回旋，震荡着可怜的雇工的五脏六腑。

这样一来雇工一天的劳动便付诸东流，他必须重回茶园凑齐八阿罗瓦马黛茶。因此，一天的劳动结束后，当雇工们看到主人那颗犬齿的闪光，看到他嘴里那颗受秤的指针操纵的金牙像闪电一样发出金光时，他们的脸上才会露出笑容。

"这捆够了，好样的!"

谁都想多采些，以换取这种不记在账上的赞赏。

晚上，矮胖的茶园主面对着马黛茶烤炉，看雇工们在燃烧的树枝

---

1　西班牙旧重量单位。

上烤手。身材高大的恰帕罗站在他的背后。

在火焰熊熊的炉口边观察火候的工头，像一只鸟或一条双头蛇一样呆呆地望着他们，一时忘记了他的本职工作。

有时，连工头也逃不过恰帕罗的皮鞭。一天晚上，一个工头在和保安局局长争论时，失足跌进火炉。谁也没有试图抢救他，因为在他跌下去的瞬间，恰帕罗的点四五手枪已经把一颗子弹射进了他的太阳穴。当工头的尸体在火焰中缩成一团并发出哗哗剥剥的响声时，十字胡安大声吼叫着说那个手持砍刀的可怜虫、无赖、婊子养的曾试图向茶园主扑去。其实大家都知道，炉口旁的工头根本没有砍刀。

阿基莱奥·科罗内尔用一个手势制止了他的吼叫。在一片寂静中，只能听到烤焦的马黛叶的响声和从炉口发出的嗡嗡的火焰声。一股烧焦的人肉味扑鼻而来，一缕缕蓝烟熏得低着头的人直流眼泪。在炉火的映照下，恰帕罗的独眼射出一道蓝光，越过茶园主的肩膀，监视着那群被吓得一动不动、在浓烟中流着眼泪的幽灵。

阿基莱奥·科罗内尔直盯着火苗。他看到，工头的尸体在马黛叶之间抽动着、跳跃着。总能找到一个新工头接替他。谁也不会活到老，谁也逃不出他们的魔掌。

6

然而，在最初的日子里，卡西亚诺和纳蒂的日子过得并不太坏。纳蒂在村里的一家私人酒铺当杂工。店主圣保罗人西尔维拉和他的妻子埃尔梅林达对她深表同情。背地里，纳蒂伏在太太的肩上哭过许多次，太太用她那男人般的声音安慰她。夫妇俩待纳蒂如同亲人。为了报答主人的恩情，无论在酒锅边，还是在柜台后，纳蒂都像一个男人一样拼命干活。

卡西亚诺在营地的一个仓库里烤马黛茶，虽然不如纳蒂，但比其他雇工的处境好得多。白天，他不停地烤马黛茶，经常到半夜才能休息，有时他还要到炉口代替烧死的工头看火候。他曾亲眼看到被恰帕罗的子弹打中的工头跌进火炉的情景，因此，他知道应该注意些什么，不能有丝毫的疏忽大意。

无论是烤马黛茶还是看火候，他都做得很好，深受工头的赞赏。因此，开始时，其他雇工对他怀有敌意，但是，在良心的驱使下，他一如既往，在十四或十六个小时的劳动中，从不惜力，不偷懒。另外，每天晚上或黎明前，他都要急忙赶一里格多的路程，穿过码头附近的茅屋群，来到酒铺的小窝棚里，在纳蒂身边躺一会儿。

起床后，纳蒂给他热一点表面凝着一层猪油的约帕拉[1]，或在炭火上烤几块腌肉、一个老玉米。卡西亚诺毫无胃口地吃着。十几个小时的烟熏火烤使他头昏脑涨，疟疾使他全身发抖，浑身无力，也许疟原虫已经破坏了他的血液。

纳蒂抚摸着丈夫又湿又黏的头发。在炭火边，他们默默地互相望着；在黑暗中，他们则紧紧地依偎在一起。他们无须说话，因为自从世界形成之日起，在一个男人和一个女人之间，一切都是明确的。这种植物、动物和饱经沧桑的人类的本能的谅解，把他们紧紧地联结在一起。他们可以同归于尽，但是绝不能分离。也许这就是爱情使他们深信不疑的东西。

他们躺在苇席上，紧紧地挨在一起，听着波涛拍打岩石的声音，听着对方心脏激烈的跳动声。睡意渐渐征服了他们，把他们融为一体，他们像一块石头一样沉入了梦乡。

---

1 瓜拉尼语，又名霍帕拉，是一种用肉、豆子和玉米烧制成的饭菜。

第一年就这样过去了，虽然长得像一个世纪，但是，至少他们两人生活在一起。


## 7


夏初，公司经理到塔库鲁-普库茶园视察。

雇工们看到，一艘白色快艇像一只张开翅膀的苍鹭逆流而上。

茶园主、保安局局长、整个茶园的工头和保镖都紧急行动起来，比以往更加凶残和严厉。

从这些迹象可以看出，经理已经来了。

但是，雇工们并没有看到经理。从茶园管理处到偏僻的采集站，人们都在谈论那个外国人。在雇工的嘴里，经理的名字就像马黛茶保护神的名字一样。那个保护神到巴拉圭散播这种榨取人的骨髓和血汗的神奇植物的种子时，在巴拉瓜里的山洞里留下了深深的脚印。

"圣托马斯来了！"

"帕伊·苏梅来了！"

外国经理的视察带来了近乎神秘的恐惧，背着大捆马黛茶叶的雇工们，用他们内心仅有的几句讽刺话小声地议论着。传说中的马黛茶保护神和现在的公司经理都叫托马斯。

托马斯先生的快艇像长了翅膀一样绕过浅滩，向河流下游驶去。


## 8


托马斯的快艇掀起的波浪还没有消失，阿基莱奥·科罗内尔就发布了以下命令：一切私人酒铺由茶园管理处经营。除公司的柜台以外，这里不允许有别人的柜台。

有些人抗拒这道命令，西尔维拉就是其中的一个。由于他是圣保罗人，他以为可以逃避这种命运。他想，这可能是科罗内尔一时心血来潮，马上就会过去的。

"这是外国佬的主意，"埃尔梅林达太太说，"没有外国佬的命令，科罗内尔连屁都不敢放。"

"我不会离开这里！"西尔维拉用葡萄牙语和瓜拉尼语大声叫喊着。

"阿方索，他们不会放过你的，"她预感到事情不妙，大声提醒丈夫说，"他们要霸占一切！"

"就是我的头朝下，我也要留在这里！……"

一天晚上，他在关店门的时候，被子弹打死了。他的确留下来了，但是，却是头朝下地留在那里。那些敢于向科罗内尔的权力挑战的巴拉圭人，也遭到了和圣保罗人同样的下场。

纳蒂偷偷对卡西亚诺说，她亲眼看到恰帕罗从一棵树后向巴西人开枪射击，就像他冷酷地向炉口旁的工头开枪一样。另外，他的点四五手枪留下的痕迹是不容置疑的。过去人们曾猜测，保安局局长那只镇定的独眼，使他的枪法具有奇特的准确性。

"他不需要瞄准。"一个雇工说。他的话后来成了一句谚语："着了魔的眼比猫头鹰的眼看得更清。"

经理的"白鸟"掀起的暴力浪潮，把村里的其他居民都赶走了。

夜间又响起了枪声，坚持不走的人家的房屋莫名其妙地升起了火焰。这一切都使他们不得不低价卖掉家产，像河里的浮萍一样顺流而下。

这样一来，阿基莱奥·科罗内尔几乎是毫不费力地为他的供应处收集了蒸馏锅、酒桶、一缸一缸的食品和一堆一堆长了蛆的腌肉。他带着胜利者的神色站在办公室的窗边，看着一户户居民迁走，那颗金牙在阴暗处闪闪发光。

圣保罗人的寡妇和最后一批迁居者一起渡过巴拉那河，向巴西的福斯-杜伊瓜苏方向走去。

## 9

卡西亚诺和纳蒂非常羡慕那些迁走的人，他们不能走，只能出卖自己的汗水，但是，欠债已经夺走了卡西亚诺的全部劳动成果，他无法减少和还清这笔债。所有的雇工都一样，他们拼命干活，也只能换来勉强糊口的食品和少量借以消愁的烧酒。衣服的销售价格是实际价格的十倍，因此，他们的欠债总是维持原数不动。这笔债是束缚他们的皮带、套在脖子上的枷锁。也许他们只有进入坟墓才能得到解脱。

现在他们明白了，但是已经太晚。

卡西亚诺和纳蒂用棕榈树的枝叶搭了一个窝棚。她到供应处工作了。

一天晚上，卡西亚诺刚进屋，妻子就对他说：

"我有孩子了。"

卡西亚诺不知是该高兴还是该悲伤。终于，他那张凄楚的脸上露出一丝笑容。

"好……"他淡淡地说。

他忘记了他还会有孩子。真不是时候！不过，有孩子总是件好事。内心的激情这样告诉他，但是，他的喉咙里好像有个疙瘩，噎得他说不出话来。这应该是件好事，尽管孩子将出生在塔库鲁-普库这个倒霉的地方，这个以坟头上的十字架为唯一路标的地方！他隔着炭火望着纳蒂暗淡的眼睛，那双眼睛中流露出正在她体内形成的秘密。在世界上，尽管土地上布满坟墓，可唯一永恒的秘密仍旧存在于一个男人和一个女人之间。

这时他说：

"现在必须为孩子而奋斗。"

"是的。"纳蒂回答道。

"如果是男孩，我们就叫他克里斯托瓦尔，和他爷爷的名字一样……"

在可怕的彗星年代和其他农夫一起创建了萨普开镇的白发老人，跨过吱吱作响的棕榈墙，在黑暗中向他们微笑着。夫妻两人的手握在一起。纳蒂感到，丈夫的手是潮湿的。雇工的眼里也常常含着水珠，那是他灵魂的汗珠。当内心的痛苦向他袭来，当他意识到自己内心那一点极难实现的、比一大捆马黛茶更沉重的希望时，他的眼里就会出现这种水珠。

是的，生活就是这样，不管你是回顾过去，展望未来，还是着眼于逼仄的现实，它都是如此。生活是人体大熔炉中的一点顽强的火焰，是人们的一种需要：再向前迈进几步，坚持到底，越过障碍，再忍耐一下。

处于一个过世的老人和一个尚未问世的胎儿之间的卡西亚诺和纳蒂，现在已经懂得了生活的含义。他们也明白了为什么在瓜拉尼语中，他们遥远的故乡叫"格里托[1]"。对于被炸得千疮百孔的萨普开的悲惨景象，他们仍然记忆犹新。

他们非常清醒。夜风吹拂着棕榈墙，波涛拍打着悬崖。

"也许在你生产以前我们能回到故乡……"

为了达到这一目的，卡西亚诺辛勤地劳动着。他想：我要把整个身体变成一条胳膊、一只手、一个拳头……我必须咬着牙过日子。我

---

1 这是瓜拉尼语引进的一个西班牙语词汇，意思是"呐喊"。

希望能用积蓄还清债务。也许以后我能还清三百元的预支钱。也许封锁将会解除，那时我们虽然一贫如洗，却可以带着这个将要出生的孩子逃回家乡。

"那该多好呀，亲爱的！"纳蒂喃喃地说，像那次在饭馆吃饭时把头埋在空盘子里的样子一样。现在她也没有把握，这样说只是为了安慰卡西亚诺而已。

"人们可能已经忘记了过去的事情。"

"也许是。已经快两年了，卡西亚诺。"

"我还可以到砖瓦厂工作，如果不行，我就去种田。我们的土地能长出很好的棉花和玉米。我也可以在沼泽地试种水稻。"

"是的……"

他们试图欺骗自己，像白日做梦一样，但是，在他们面前开花的炸弹吞噬了他们那块杂草丛生的农田；即便没有炸弹，国家也会把农田连同卡西亚诺·哈拉种植的一切作物都收归国有。

对他们来说，不幸并没有到此为止，可以说，这仅仅是开始。


## 10


居民迁走以后，村子里只剩下为数不多的一些妇女。她们有的是年老无用的妓女，有的是为了生存而被迫走上这条道路的寡妇。

在这些女人中，年轻、健壮、由于怀着尚未出世的胎儿而变得生气勃勃的纳蒂显得格外突出。

胡安·克鲁斯·恰帕罗的那只独眼盯上了她。

克鲁斯不是一个鲁莽的人，他有耐心，善于选择时机。在他结识的众多女人之中，他几乎用了两年的时间才发现萨普开的这朵鲜花。当然他可以再等待一阵子，塔库鲁-普库的时间是属于他的。另外，由于他所遇到的其他女人都俯首听命，所以，他喜欢这个不甚驯服的女人。他会像驯服一匹母马一样使她变得温顺，但是，要慢慢来，不要露马脚。他的眼睛盯着猎物，不能让那个无比残暴的科罗内尔抢在他的前头。

他采取的第一个行动是派卡西亚诺为烤炉运送劈柴。这是茶园中最艰苦的工作，比背马黛茶还苦。柴捆的重量至少是八阿罗瓦，而且这些树枝不像丝绒般的马黛茶那样柔软。卡西亚诺必须在林间小道和水潭中背着柴捆走几里格，树枝把他的脊背都磨破了。

晚上，卡西亚诺也不能在棕榈窝棚中和纳蒂躺在一起了。在群山中，每当夜幕降临或遇到暴雨袭击时，他就用树枝搭一个临时栖身的棚子。只有在因高烧而浑身发抖时，他才能拖着被树枝、扁虱和兀鹰弄得遍体鳞伤的躯体回到妻子身边。

然而，卡西亚诺并没有对正在发生的事情产生怀疑。他以为这是命运的一种不祥的转折。过去，他一直担心这个时刻的来临。

"我们过了很长时间的好日子，现在该是转折的时候了……"他试图用这些话安慰妻子和他自己。

但是，她知道这种变化的原因。当她给丈夫用草药和油脂涂抹背上的脓疮时，她看到的不是被树枝划出的伤痕，而是恰帕罗的马刺留下的斑斑血迹。虽然恰帕罗依然采用逐步诱惑的手段，或者说，首先使猎物处于昏迷状态，然后再用绳索捆住对方，但是，他却越来越凶恶了。


11


一天下午，他在山上迎着卡西亚诺骑去。他的马几乎把雇工撞倒在地上。

恰帕罗开门见山地说：

"哈拉，我喜欢你的女人。我出三百元钱和你交换……"

从他的独眼中发出一种灰光。被劈柴压得直不起腰的卡西亚诺打了一个寒战。

"或者我让你离开这里，"保安局局长友好地补充道，"但是，你必须还债。"

卡西亚诺背上的柴捆也像得了疟疾似的颤抖着，而柴捆下面的他嘴唇发青，牙齿咬得咯咯作响，好像在嚼沙子一样。

"说话呀！你不喜欢这样的交易吗？"

"不……不……"他结结巴巴地说。他的声音显得如此微弱和遥远，恰帕罗不得不转过身去，以为他是在和另一个人说话。

"为什么？"

"她是……我的女人……"紧闭着的嘴颤抖着回答。

"这我知道，所以我才肯出三百元钱……一元不多，一元不少，这正是你欠公司的债款，还清债你就可以回家。至少从我在塔库鲁-普库当权以来，谁也没有遇到过这样的好机会。"

"不……"

"机不可失！说到底，她无非是你的一个情妇！"

"她不是我的情妇……她是我的妻子……"

恰帕罗发出一阵狂笑。

"她是你的妻子！哈哈！笨蛋！在这里，情妇和妻子是一码事，终归是一个女人，两条腿、一个洞，这才是有用的……如果长得漂亮……"

"她有了……"

"她有了什么？"

"她有孩子了！……"这是从柴捆下发出的颤抖的声音。

这是一种荒谬而可笑的表白，像是一个被判处死刑的人的无力哀

95

求，但是，这种表白产生了效果，一种同样荒谬而可笑的效果。

"她有孩子了？"

"是的……已经四个月了……"

"这么说我的两只眼都瞎了，竟看不出……"

听上去好像是两个接生婆在教堂门口谈话。

"那么我们再等一等。"

两人沿着小道往回走。恰帕罗骑马走在前边，一条腿放在马鞍上。后边，在几乎擦着地面的柴捆下，只露出两只像蟑螂爪子一样的脚。

## 12

"我们必须离开这里！"当天晚上卡西亚诺对妻子说。

他全身颤抖着，一连说了几遍。开始，纳蒂以为他是由于发烧而说胡话。可是，退烧后，他依然用沙哑的声音坚持说：

"我们必须离开这里！越早越好！……"

"为什么？"

"不知道……但是，我们必须逃走！"

他脸色发青，像着了魔似的不停地重复着这句话。

"这不可能！"纳蒂跪在瘫软的丈夫身边，喃喃地说。

她开始明白，卡西亚诺对她说的话，就像是发自她内心深处的一种声音的回声。

"克鲁斯对我说……"

他们的目光碰在一起了，犹如久别重逢一样，妻子眼里含着羞愧，丈夫眼里流露出失望。

"他想出三百元钱把你买去！……"

她疯狂地、凄楚地笑起来。

"正好是预支钱！……我们的欠债！"

他也像疯子似的笑着，由于气愤，他嘴里吐着白沫。随着又一次高烧，他的身子抽动起来。被汗水浸湿的脑袋耷拉到一边，他衰竭到了极点，但是迫切的愿望像指甲一样抓着他的喉咙。

纳蒂试图使他安静下来。她用醋在丈夫身上揉搓着，然后，将在"瓜伊雷尼亚"商店买的那件破斗篷和比它更破的毛毯盖在他身上。

卡西亚诺有气无力地喘息着，他睡着了，好像整个森林的树木都压在他身上。纳蒂含着眼泪，直勾勾地望着前方，望着无情的茶园上方寂静的夜空，但是，没有任何东西比她的经历更暗淡、更凄惨。

她呆呆地坐在那里，似乎连心脏都停止了跳动，一切东西都化为乌有。

只有那个胎儿不时地在她腹内蠕动。

## 13

逃跑的念头像一次新的发烧一样冲击着卡西亚诺，同时也影响着纳蒂。在他们有限的会面时刻，这个念头不停地酝酿着，如同一种隐患在不停地滋长一样。这种念头可能比其他隐患更能置人于死地，但是，它是唯一可能让人得救的念头。至少，它不会像疟疾那样使卡西亚诺浑身颤抖、发烧和瘫软。

这是另一种形式的发烧，但是，它不会显露出来。这种持续不断的、令人发狂的高烧只是烧灼着他的眼圈和嘴唇，只通过呼吸发泄出来。

卡西亚诺和纳蒂试图说服别人一起逃跑，但是，其他人很害怕。另外，这些人还没有完全消除对卡西亚诺过去偶然得到的好处的嫉妒心理。昔日科斯塔杜尔赛砖瓦厂起义的头目，曾一度被擢升为茶园的烤炉工头。茶园的雇工不知道这个最有骨气的人是何时屈服的。

"是他女人说服了他。"一些同乡在背后这样议论道。

关于逃跑的事，其他人连听都不想听。那是不可能实现的。卡西亚诺和纳蒂的朋友试图劝阻他们，因此，他们两人决定单独行动。为了孩子，他们决定去冒险。

"我不愿让孩子出生在这里……"他这样想，而且也不断地这样说。

在这方面，哈拉夫妇的想法是一致的。

而胡安·克鲁斯·恰帕罗也似乎决定再等一等，正如他在山上对雇工说的那样。他静静地看着纳蒂的肚子一天天大起来，没有再去纠缠她。有时，他只是得意地向她投以嘲讽的微笑；有时，他甚至做出完全忘记她的样子；不过，有时他也站在供应处的酒坛上骂她，好像她的身孕和妓女们的低贱同样，甚至更加使他讨厌。在路上碰到妓女时，他也恶毒地侮辱她们。

卡西亚诺和纳蒂仔细地计议着逃跑计划的每一个细节。他们研究了保镖的活动规律、保卫系统、可能的路线、可用的计策、哨兵放哨的薄弱环节，以及他们自己的优势和劣势。他们外表的那种明显的软弱无力起了一定的掩护作用。如果连饱经风霜的男人都未能逃脱河流、山脉和沼泽的种种陷阱，那就更不要说一个被疟疾耗尽精力的男人和一个怀孕的妇女了。

他们的思想日日夜夜都在这个只有他们才拥有钥匙的迷宫中活动，但是，有时他们自己也找不到头绪，这时，他们便陷入一种可怕的绝望之中。他们害怕在森林中迷失方向，怕被警犬逼到沼泽地的边缘，或在追捕者的射击下束手就擒。

卡西亚诺和恰帕罗在山上的那次会见已经过去四个月了。

合适的时机似乎到来了：阿基莱奥·科罗内尔去下游的恩卡纳西

翁办理一些谁也不甚了解的事情。为了制止福斯-杜伊瓜苏的马黛茶的季节性走私活动，胡安·克鲁斯·恰帕罗和保镖头目也离开了塔库鲁-普库茶园。

他们如果失掉这个良机，在相当长的时间内肯定不会再遇到类似的机会了。这远远超过了卡西亚诺和纳蒂的希望，也许超得太多了。这似乎是魔鬼亲自安排的一个机会。据人们回忆，在塔库鲁-普库，茶园主和保安局局长从来没有同时离开过，通常总要留下一个。这次甚至可能是他们设下的一个陷阱。

那天晚上，卡西亚诺和纳蒂逃走了。

## 14

黎明，运柴的工头没有看到萨普开人。虽然那天不是卡西亚诺疟疾发作的日子，但是，工头仍然以为他生病了。出于怀疑，他通知了保安局的保镖。

出于怀疑，整个保卫系统动员起来寻找卡西亚诺。

追捕者毫不费力地在离村子只有几里格远的一处打柴的地方找到了他。临产的纳蒂痛苦地在地上翻滚着。卡西亚诺无可奈何地蹲在妻子身边。

开始他们没有发现纳蒂。卡西亚诺面向太阳，站在黑马前面哀求着。他的身边放着一把斧头。没有任何行李，也没有长途旅行所需要的干粮，只有那个临产的女人在草丛中翻滚。她紧咬着牙齿，不停地发出呻吟。

保镖们有些不知所措，因为他们不像要逃跑的样子，所以，不需要对他们开枪，但是，出于怀疑，一个人留下看着他们，其余的人一边往回走，一边嘲笑这场虚惊。一时间，渐渐远去的保镖们的笑声和产妇的呻吟声在那个山洞里汇成一种奇异的旋律。

中午，一个雇工赶来一辆马车。面对这种不可思议的人道主义行为，卡西亚诺惊异不已，感动得几乎哭出来。

他和车夫一起把仍在地上翻滚的纳蒂抬上车。在保镖的监视下，他们往回走。

在颠簸的马车上，婴儿出世了。卡西亚诺脱下被汗水浸湿的破衬衫，把婴儿包起来。

"克里斯托瓦尔，纳蒂！"

婴儿拼命地哭着。

"唉……我的孩子！"

骑在马上的保镖的身影投在那辆颠簸的"摇篮"上。这时，连他的脸上也微微现出一种仁慈的表情。

出于怀疑，他们把卡西亚诺关在保安局的牢房里，等待茶园主和保安局局长回来后处置他。不管怎么说，雇工的行为有可疑之处。

在牢房里，他的疟疾发作了三次，他颤抖得骨头都要散架了。尽管如此，他们既没有放他出去，也没有让他探望妻子和儿子。

在卡西亚诺发烧的间隙中，恰帕罗回来了。十天以后，茶园主也回来了。他乘坐的小船后面拖着一只运送牲畜的平底船，船上满载着在下游港口新招的雇工。


15


一个穿着袍子的影子钻进了牢房，黑影在阴暗的牢房里搜索着囚犯。

"你在哪儿，我的孩子?"他低声问道。

他的脚磕在沉重的木枷上。他骂了一句，接着是一声温和的叹息。他的身子摇晃着，为了防止摔倒，他用手扶着躺在地上的囚犯。黑影蹲在浑身散发着臭味的囚犯旁边，用手抚摸着他的身体。脖子上套着木枷的囚犯艰难地大口喘着气。在初次审判中，他的嘴被保安局局长踢破了。

黑影向囚犯的头部凑过去。

"我是恩卡纳西翁的神父，我的孩子，"似乎由于过分温柔，他的声音变得有些异样，"他们让我来给你做忏悔……"

他等待着。囚犯仍旧一动不动地躺着，艰难地喘息着。

"由于你试图逃跑，他们要在天亮前处决你。我曾尽力为你辩护，救你的命，但是，似乎没有可能。他们非常恼火……"他又停了一会儿，"我们都是要死的，我的孩子。每个人都必须在上帝指定的日子结束自己的生命，而不是在这之前。你必须有所准备。你大胆地把一切罪过统统告诉我。这样我才能原谅你，为你祈祷，好使你的灵魂得救……他们要把你扔在蚂蚁堆上，让蚂蚁把你活活吃掉。如果你告诉我，谁想和你一起逃跑，我向你担保，我会设法使他们不这样残酷地惩罚你。如果你把一切真情都告诉我，说不定他们会给你一条活路……"

囚犯只是向对方的脸上喷着嘴里的臭气。神父把脸转向一边，厌恶地吐了口唾沫。

"你不说吗?你不肯忏悔吗?"他立即改口说。

于是，囚犯一面摇着枷锁，一面结结巴巴地说起来。他说了许多不连贯的表示命令和诀别的话。他多次提到纳蒂的名字，接着，又像指挥员一样发布着狂妄的命令。由于感情激动，他的脖子胀得很粗，木枷的圆孔卡得他透不过气。他一面说，一面吐着白沫。

神父没有发怒，甚至也没有急躁，他只是带着一种厌恶的表情站起来。他走出牢房，剩下囚犯一人独自在那里前言不搭后语地倾诉着。

恰帕罗在牢房外面等着他。

"把他放了……"茶园主一把扯下袍子，汗流满面地命令道，"这家伙比我奶奶还固执。我们是在白费功夫。"

"现在除掉他有好处，"保安局局长在一边建议，"他已经成了一个废物，发烧的时间比干活的时间还长。特别是现在，如果把他的四肢捆绑在木桩上，那将是一次很好的警诫。"

"不，"科罗内尔说，"对一个可怜虫的重罚，不是一种警诫。"

"只不过是利用这个时机而已……"恰帕罗坚持说。

"我已经说了，把他放了！"科罗内尔大叫着结束了这场争论。由于暴怒，这个混血人的厚嘴唇在颤抖。

人们都感到茫然。

片刻后，十五天来被枷锁夹得全身麻木、脖子红肿的卡西亚诺·哈拉，踉踉跄跄地走出保安局，多日来初见阳光的眼睛不停地眨巴着。


## 16


科罗内尔有时也喜欢拨弄几下吉他，哼几支走调的舞曲，以"回忆他的过去"。

那天晚上，他兴致盎然，竭力拨动琴弦，在他的记忆中搜索一首他尚不熟悉的新曲。

聚在一起欢迎主人归来的恰帕罗和其他保镖，一面谦恭地听他弹吉他，一面开着玩笑。恰帕罗正在讲述"神父"和牢房里丧失理智的雇工的趣事。可以看出，他试图驱散那天下午主人对他的不悦，重新获得科罗内尔的欢心，但是，后者只顾弹吉他，没有理睬他。

装着甘蔗酒的坛子不停地在走廊里的人群中间传递。

外面，黑夜在飒飒的小雨中颤抖着。

"听着,孩子们,"科罗内尔说,"听我在恩卡纳西翁学的一首新歌。这是一支最新的歌曲,在那里非常流行,是特别为我们创作的……《门苏之歌》。我唱得不太熟,但是,能唱几句……"

不要唱了,不要唱了,我的朋友,
你要把我的心撕碎了……

他吃力地唱着,刺耳的声音里充满了悲伤。也许歌唱者记起了他的青年时代,痛恨现在这种死气沉沉的生活,甚至比门苏的生活更加死气沉沉和索然无味。他像一个不用功的小学生,总是一遍又一遍地重复着末尾的几句歌词,而且每次唱得都不一样,不是增加几个字,就是减少几个字。

"这是在为我们宣传!"恰帕罗说,"为了鼓励人们到茶园来游览!"

人群中发出一阵狂笑。科罗内尔汗流浃背,竭力在吉他上弹出《门苏之歌》的旋律。此时,他满面愁容,好像马上就会哭起来。

一个女人凭窗望着聚集在走廊里的人们,听着低沉的歌声。她的长发披在肩上,人们看不见她的脸。一盏灯笼映出她的身影,并把它投射在人们脚下。他们不时地偷偷望着她,但是谁也不敢轻举妄动。

后来,女人的影子消失了。

含糊不清的歌声淹没在雨夜之中。

你要把我的心撕碎了……

17

卡西亚诺跪在棕榈窝棚里,抱起婴儿。他紧紧地搂着这个熟睡的亲骨肉。他的出生使第一次逃跑计划失败了，使爸爸的颈上套上了枷锁。"我不要他出生在这里……"但是，他却在这里，在茶园的中心出生了，就像那首歌一样，它曾一度从这里消失，但现在又在那张令人憎恶的嘴里响起来。

婴儿突然哇哇地哭起来。纳蒂刚在干粮包裹上打了几个结。她的动作很慢，好像仍在进行激烈的思想斗争。

"我们走吧！"卡西亚诺催促道。

"可是还在下雨，行吗？"

"不要紧，走吧！"

"要为克里斯托瓦尔想一想，他太小了！"

"我们要带着他……把他从这里带走！"

女人低下头，她受到丈夫的狂热情绪的感染，这种狂热以一种超人的力量在那个生命垂危的人的眼睛里闪耀着。

他们一前一后走出窝棚。丈夫抱着孩子，拉着在后面慢慢走的妻子。他们弯着腰，谨慎地绕了一个大圈，然后消失在山里。

从他们身后传来醉汉结结巴巴的歌声：


　　　我们也有母亲和故乡……[1]




## 18


"唱完了！"科罗内尔起身说。

其他人也都随着他站起来。

---

1　原文为瓜拉尼语。

"现在我来弹另一种吉他……"茶园主带着一副淫秽和可怜的表情望着他的部下，龇着金牙说，"过来，我给你们看看我带来的恩卡纳西翁女郎……"

他走进屋里，恰帕罗和其他人在门口等着。

"弗拉维亚娜!"他叫道。

从套间里走出一个女人，她轻轻地扭着腰肢，慢慢地向前跨了几步。她穿着一套十分合身的花衣服，黑色的长发使她显得更加高大和丰满。

"弗拉维亚娜，我想让我的同事们开开眼，你走近点……"他指着挂在天花板上的灯笼说。

她向那只圆灯笼走过去。混血儿那张阔大而丰满的嘴巴露出一丝笑容。人们看不清她的眼睛，但那一定是一双乌黑的眼睛。

"这次我绝不会弄错!"茶园主大声说，"她是一块软骨! 总是十分温柔……对吧，弗拉维亚娜?"他用肚子轻轻碰着她赞扬道。

"我不知道……"随着身子的摆动，她的长发飘荡着。她的声音和她本人一样：热情，有力，肉感。

人们围在门口，一动不动地站着。

"来，脱掉衣服。我想让他们好好看看你。"

姑娘的脸沉了下来。她没有马上照他的话去做，她想，也许主人是在和她开玩笑。

"我说，把衣服脱光……"科罗内尔厉声喝道，"总之，他们都是自己人。脱掉你的衣服……"。

他一把撕裂了姑娘的乳罩，霎时间，两个乳房跳了出来。她弯下腰，头发遮住了她的脸。衣服顺着她的上身向下滑去，但是，滑到宽大的臀部时卡住了。她猛地一扭身，衣服滑落在地上，盖在她那双赤脚上。她一丝不挂地站在众人面前。

## 19

整个晚上他们都在拼命赶路。

每次卡西亚诺跌倒在地上，总是纳蒂把他扶起来，鼓励他继续前进。他们像发疯一样，不停地沿着林间小道和林间空地奔走。

曙光渐渐驱走了黑暗，勾画出一棵棵挂着露珠的树木的轮廓。通过树木间的隙缝，可以看到被朝霞染红的天空。背着曙光、踏着雨水汇成的红色小溪逃命的两个人影，渐渐清晰起来。

他们进入一片开阔地时，清楚地听到了鸡叫声。两人又惊又喜地对望着。

"听见了吗，卡西亚诺？"

"是的，早就听见了，但我不敢相信。"

"附近肯定有村庄。"

"不……还差得很远。"

"那么是哪儿来的鸡叫声？"

"不知道……"

卡西亚诺低下头，他差点又要晕倒，纳蒂也突然明白了。他们原以为已经逃出很远，但是，现在才发现，他们好像被拴在一个无形的绞盘上，被它邪恶的魔术迷惑，因为整个夜晚，他们都在围着塔库鲁-普库兜圈子。现在他们才明白，为什么雨夜中狗叫声忽而在远处消失，忽而又在其他方向出现，河流的怒吼声也是如此。他们一直觉得奇怪，似乎大地在水下面原地转动，并没有向任何方向前进。

在他们的计划中，唯独没有考虑到这一点，他们做梦也没有想到会出现这种情况。

尽管如此，目前的处境也许可以使他们得救，因为他们处在任何"逃亡者"都不敢停留的、离村子只有一里格远的地方，而各路追捕者无疑正在远处搜捕他们。但是，追捕者有警犬，而且他们也不会轻易上当。

夫妇两人盲目地跑着，但是，总是背对着曙光升起的方向。这不祥的曙光随着犬吠和鸡鸣渐渐扩散开来，向逃亡者预告危险时刻的降临。

他们进入一片沼泽地，昨晚的倾盆大雨使这里的水位上涨。在由暴雨汇集而成的红色水面下，烂泥正在发酵。

逃亡者向一片山地走去。污泥淹没了他们的膝盖，瘴气使他们难以喘气，然而，对于这一切，他们全不在意。在红色水雾中飞舞的成群的蚊虫无情地叮咬他们，他们也顾不得去拍打。纳蒂抱着裹在被雨水浸透的毛毯里的孩子。卡西亚诺走在前边，用砍刀清除交织在一起的杂草。

"这是一个泥塘！"纳蒂长叹一口气，似乎预感到它将把他们三人吞没。

"不……下面是沙底……"为了安抚妻子，他不得不撒谎说。

在一座露出水面的小岛上的草丛中有几棵蓖麻和车前草。他们停在那里喘气时，纳蒂好不容易从那儿拔了几棵嫩苗。卡西亚诺一边喘气，一边看着妻子，污泥浊水把她的臀部都浸湿了。

"我们走吧！"他说。

"我带几棵草，它能治你的脓疮……"

从草丛中传来一种咯吱咯吱的响声，好像几个圆骨片在空牛角中摇动时发出的声音。卡西亚诺和纳蒂吓得面面相觑。

"响尾蛇！"他们异口同声地说。

这可怕的声音使他们毛骨悚然，疲劳也被赶跑了。纳蒂本能地把婴儿高高举起，以防毒蛇袭击。响尾蛇已经向他们腾空扑来。卡西亚诺试图从烂泥中拔出双脚，但是，他跌倒了，全身淹没在水里。

在那短暂的，但对纳蒂而言却非常漫长的一刹那，她只看到丈夫倒下的地方泛起一两个气泡。她跟跟跄跄地向前走了几步，为了不弄湿孩子，她用一只手拼命地在水中摸索。这时，卡西亚诺已经跌跌撞撞地站起来，他全身沾满了黑泥，嘴和鼻子不住地向外流黑水。

"我们走吧……我们走吧！"他一面吐着污水，一面结结巴巴地说。

他们踏着被红色水雾笼罩的烂泥，向山地的方向走去。由于全身沾满了污泥，他们的轮廓变得模糊不清。

一串串水泡慢慢消失了，被划开的水面渐渐"合拢"了。只有几棵被揉皱的车前草漂浮在小岛附近的水面上。


20


被人们用枪托和双脚捣毁的小窝棚，现在只剩下几根柱子孤零零地立在那里。警犬一面狂叫，一面不停地东闻闻、西嗅嗅，用牙齿撕扯窝棚里的每件东西。

与其说它们是狗，倒不如说它们是一群饿得瘦骨嶙峋的猪，正在那里用鼻子拱着一桌未到口的筵席的残羹冷饭。然而，当意识到自己像猪一样受到了嘲弄时，它们就变成了一群疯狗，时刻准备用万无一失的嗅觉去搜捕整个茶园的逃亡者。所有的破衣烂衫、摊在席上的包婴儿用的破褥子、陶盘和有裂纹的铁壶都要在它们鼻子底下过一遍。警犬狂叫着，用鼻子搜索着已逃离现场的人们。在潮湿的黑土地上，一双双闪闪发光的眼睛射出凶恶的光，在它们眼里，那些无形的躯体似乎化成了一个个四肢被捆在木桩上的人。

保镖们的手腕被系在警犬项圈上的皮带勒得青肿，他们的脸也呈现出同样的状态。由于缺乏睡眠、酗酒和纵欲，特别是由于那个被他解除枷锁并饶恕生命的门苏的逃跑，愤怒的茶园主的脸肿得尤其厉害。

胡安·克鲁斯·恰帕罗带着一副扬扬自得的神情偷偷地看着主人。

阿基莱奥·科罗内尔对他的下属大骂一顿之后，叉开两条短腿愤愤地喘着粗气。然后，他走近窝棚，朝废墟吐了一口黄痰。他迎风站立，龇着牙环顾四周。他做出这种近乎神秘的样子，为的是风干他那颗闪闪发光的金牙。当他高兴的时候，他常说，在需要的时候，那颗金牙会像发报机一样发出指示信号。现在，他显然情绪不佳，但是，却可以看出，他在期待那颗犬齿发出莫尔斯电码。

"浑蛋，你们在等什么？"他大声吼叫着。

保镖们立即牵着警犬行动起来。在一片狗吠声中，恰帕罗迅速地发布命令。

"向南追击！沿河边搜索！他们肯定要渡河。派一个信使到莫隆比，通知茶园的所有保安点！洛维拉，你去！准备好，出发！"

"遵命，长官！"被点名的人回答说。

人们向保安局跑去，那里已经准备好了马匹。

"莱基！……"恰帕罗又喊道。

一个头戴大草帽的人猛地收住脚步，转身向保安局局长跑去。

"我们到蒙代山口去！"

"是，亲爱的长官！……"戴草帽的人回答说，显然，他为这种与众不同的待遇而感到高兴和骄傲。他是个豁嘴，说起话来特别吃力。

"我早就对您说过，老板！"恰帕罗从茶园主面前走过时咕哝道。

科罗内尔没有回答，缓步向管理处走去。

顷刻间，马蹄声、温切斯特步枪射击声和狗吠声震撼着塔库鲁-普库的每个角落。

在保安局里，一个哨兵的脖子上戴着枷锁，因为他曾经离开哨位，走到管理处的窗边，偷偷欣赏那个裸体的恩卡纳西翁女人。

在那女人蓬乱的头发下面，露出一张由于睡眠不足和饮酒过度而肿胀的脸。喧闹声把她引到走廊，她不知道发生了什么事情。


## 21


警犬没有向南追，而是首先向北面跑去，因为逃亡者正是从那里开始，盲目地围着村子转了几个圈。

保镖们不知所措。一切都和原先的计划相反，一些无法解释的情况打乱了追踪的惯常安排。警犬追到雨后涨水的沼泽地，但是，在一片腐烂的气味中，它们再也嗅不出逃亡者的踪迹了。于是，搜捕不得不从头开始。这种无用的搜索反复进行了三次。在皮鞭的抽打下，警犬沿着河岸向南跑去，以包抄无法通过的山区和沼泽地。

但是，哪里都没有出现他们所期待的神秘身影。


## 22


在丛林中，沼泽终结于一条小河。卡西亚诺和纳蒂涉过小河，但没有找到任何一处他们认为比较安全的地方。后来，他们终于在小河转弯处，一片长着茂密水生植物的地方停下来。卡西亚诺再也走不动了。由于过度疲劳，卡西亚诺的疟疾提前发作了。

他们坐在粗大的印加树根上，脚浸泡在积水中。向一侧倾斜的树冠还在不停地滴水，他们躲在繁茂的枝叶下。孩子突然哭起来，哭声就好像是从一眼井里发出来的。气喘吁吁的纳蒂赶忙给孩子喂奶。

这时，他们第一次听到从沼泽对面传来的狗叫声。坐在又黑又黏的树根上的卡西亚诺就好像坐在水蛇身上一样，一面瑟瑟发抖，一面说胡话。纳蒂在一旁徒劳地给他驱赶蚊群。连婴儿都无声无息地看着他，好像可怜他似的。

"他们会抓住我们的！……"

"他们已经走了，亲爱的！"纳蒂忧心忡忡地低声说。

"他们迟早……会抓住我们的！"

狗叫声真的越来越远了。后来，他们又听到两次从同一方向传来的狗叫声，每次的间隔时间都差不多。警犬还在那边兜圈子。后来，他们虽然没有再听到那种声音，但是，卡西亚诺在发冷和颤抖的时候，仍然神志不清地喊着：

"狗！你听，狗叫得多凶呀！……"

纳蒂紧紧地抱着孩子。为了用她的身体温暖在潮湿的树荫下发抖的丈夫，她也把丈夫紧紧地搂在怀里。他们虽然看不到太阳，可是，估计已接近中午了，因为树荫下被烤得像一个火炉，一股股水汽冉冉升起。

退烧后，卡西亚诺感到饿了。纳蒂从布包里掏出一块腌肉，递给丈夫。他用一个反感的手势推开，脸色阴沉地揉着手腕。

"吃点吧，亲爱的！"

经过一番斗争，他终于接过腌肉，并机械地嚼起来。尽管他被打破的嘴唇肿得很厉害，但是，他吃得越来越香。然后，夫妇二人用酸甜的印加果填饱了肚子。

卡西亚诺感到好多了，他向浑浊的水面俯下身去。纳蒂以为他要喝水，但是，他只是从水里捞起一把黏泥。他把泥递给纳蒂，让她把泥涂在他脊背的脓疮上，以防蚊虫叮咬。然后，他给自己从头到脚都涂上一层令人作呕的黑泥。他从妻子手里接过孩子，让她也照自己的

111

样子做。纳蒂摇摇头说:

"我还有衣服呢!"

"这不仅是为了对付蚊子,"他坚持说,"也是为了对付警犬,这样,它们就嗅不到我们的气味了……"他忘了病痛,一口气说了这些话,好像已经复原了。

于是,纳蒂也弯腰去捞散发着腐烂植物臭味的泥巴。她在衣服、面孔、胳膊和腿上都涂了一层,好像在篱笆墙外加了一层土坯,只剩下两个奶头没有抹泥。

他们两个像圣巴尔塔萨尔节日中化装的黑人。两个黑人,一男一女,还有一个偷来的白孩子,在表演坎东贝舞。

"我们还得继续赶路……"他把孩子递给纳蒂说。

"可是往哪儿走呀?"她呆呆地问。

卡西亚诺也不知道。他完全不知道他们在什么地方。这条小河可能是巴拉那河的支流,但是,它可能流入一个小湖、一片沼泽地或其他任何地方。

卡西亚诺推开遮盖着他们的树叶,观察太阳的方位,强烈的光线刺得他直眨眼睛。

"那边是太阳落山的方向……"他指着河流上游含糊地说,"我们继续往西走,也许能走到蒙代山。巴拉那河沿岸一定戒备森严。我们从山上走……"

他的话哽在喉咙里。一见阳光,恐惧又向他袭来,压得他连气都透不过来。

"我们走吧……"他喃喃地说。

他们离开藏身处,向森林走去。两个可怜人全身被一层伪装覆盖,只有眼珠不停地转动着,在丛林中寻找通道。他们一个手拿砍刀摇摇晃晃地走在前面,另一个抱着孩子一声不响地跟在后面。

23

　　一个几乎连砍刀都拿不动的男人和一个几乎连孩子都抱不动的女人，正在第二次尝试难以实现的事情。他们步履艰难地向太阳落山的方向走着。

　　影响和阻止他们前进的主要障碍不是交织在一起的杂草，也不是疲劳、饥饿、口渴、羸弱和失望，而是恐惧。这种使视觉和听觉更敏锐的恐惧产生于他们的内心，流露于他们的外表，给他们的压力愈来愈大。他们在瘴气弥漫、毒蛇出没的沼泽地走着，脚下的水发出噼噼啪啪的响声。有时，黏泥把脚吸住，半天拔不出来。他们的恐惧也来自外部，即恐惧心理所产生的幻觉。突然，骑着白底黑花马的茶园主的形象出现在他们眼前，草帽下一颗闪闪发光的可怕金牙的形象，在灌木丛中时隐时现；有时出现的又是骑在灰马上的保安局局长克鲁斯的形象；或者是在温切斯特步枪的射击声中，在沼泽地的黑水里和小山包上策马飞奔的保镖们的形象。两个人的幻觉也许是不同的，但是，就像他们拥有共同的命运一样，他们的恐惧是相同的。

　　妻子跟在丈夫后面，怀里的孩子不时发出一声哭泣。有时，他们索性倒在草丛中，长时间地喘着气，但谁也不看谁，因为那样只会增加各自的恐惧。然后他们重新爬起来，继续走那条没有尽头的路。

　　两个昼夜，他们不停地在这种噩梦中拖着沉重的脚步走着。他们已经忘记了这次逃亡生活的起点，似乎过去一直都在过这种生活。他们也不知道，自己是已经逃离了茶园那个死气沉沉的村庄，还是继续在它周围兜圈子。那个村庄像一个被森林覆盖的火山口，公鸡随时都会发出啼鸣，向他们报告灾难的来临……

113

## 24

胡安·克鲁斯·恰帕罗纵马飞奔，头戴大草帽的保镖在后面紧紧相随。那只独眼不停地在林间小路的杂草丛中搜索着。

"他们可能已经渡过了巴拉那河……"那个叫莱基的保镖厌烦地说，"谁也不敢到这边来。长官，我们为什么不到拉斯帕尔马斯去？"

"你别急，老弟……"保安局局长咕哝道，他的视线始终没有离开小道上的腐枝烂叶，"这里好像有新脚印。"

"我什么也没看到。"保镖说。

"应该仔细看，笨蛋。"

"至少我们应该把狗带来……"

这时传来一阵呜咽声。两人警觉地对望着。

"好像是婴儿的哭声。"莱基说，他嘴唇的豁口处流出一串口水。

但是，几乎在听到呜咽声的同时，他们也听到了一只美洲豹凄厉的吼声。吼声压倒了呜咽声，它好像又是从呜咽声中发出的，高亢而冷酷的声响使人们忘记了后者。

"豹子！"保安局局长惊呼道，他掏出手枪，注视着吼声传来的方向。

## 25

丈夫和妻子蜷缩在荆棘丛中，倾听着追捕者的对话和美洲豹的吼叫。两张涂着泥巴的面孔吓得变了形。

母亲把孩子的嘴贴在干瘪的乳房上。他们从藏身处看到，豹子卧在一个树杈上，露出锐利的牙齿咆哮着，随时准备向他们扑过来。

他们腹背受敌。如果要在这两种凶恶的动物之间做选择，他们宁愿让豹子吞噬。

在树荫下，豹子的两眼炯炯发光。有力的、曲直自如的尾巴抽打着布满花斑的躯干，腹部急剧起伏着。现在，寒光闪烁的眼睛盯住了对它威胁更大的骑士。

保安局局长也发现了豹子。他策马向前，闻到野兽气味的马两只前蹄腾空而起。

"走呀，浑蛋！"保安局局长边骂，边用马刺刺马。

他伸直持枪的胳膊，靠那只似乎能够缩短与目标间距离的灰眼睛不慌不忙地瞄准野兽。豹子刚刚跳起来，枪响了。头部中弹的豹子倒在离保安局局长的灰马仅几步远的地方。它挣扎了片刻，终于四爪朝天，一动不动地躺在地上。

"好家伙！"莱基赞叹道，他走近豹子的尸体，准确地往上面吐了口唾沫，"如果没有打中，这畜生一定会扑到我们脸上……"

"我从不会失误……把它捆起来带走，"恰帕罗命令道，同时扬扬得意地吹着枪膛，"至少我们得了一只豹子。"

大草帽下面的瘦男人慢慢跳下马。他走近豹子，试探着摸摸它，好像那是一块火炭，一不小心，就会烧着他似的。

"胆小鬼！快把它放在马上！"保安局局长叫道。

保镖像挨了一鞭似的，立即行动起来。他用皮带把豹子的四肢捆好，然后用尽全身的气力把它提起来，拴在马鞍的铁环上，但是，皮带松开了，他不得不改用绳索。他怒气冲冲地把豹子捆了好几道，以发泄对自己遭受的辱骂的不满，保安局局长的责骂使他异常恼火。豹子像一条肥香肠一样挂在马的一侧，只有它的头还在摆动。

"咱们走吧！莱基。"恰帕罗又叫嚷起来，他骑上马，在打死豹子的地方掉转马头，顺着崎岖的山间小道往回走。

保镖上马后，拼命用马刺刺马，以发泄他的愤怒。马跳跃着跑起来，那颗血淋淋的、露着锐利牙齿的豹子头挨着马的臀部摇摆着。

<h1 style="text-align:center">26</h1>

荆棘丛中惶恐不安的卡西亚诺和纳蒂还没有理解他们命运中的这场戏剧性演出：美洲豹和保安局局长的较量救了他们的性命。纳蒂松开那只几乎把孩子闷死的手，凝神思索这个问题，孩子的哭声才使她醒悟过来。卡西亚诺的病又发作了，他不停地说胡话。眼睛在满脸的泥土间发出昏暗的光，但那并不是发烧的结果。纳蒂一边给孩子喂奶，一边悲伤地望着丈夫。她想，他必然会落到这种地步：死亡的阴影已降落到他的灵魂里了。

"快，纳蒂！"他眼里闪着那种临终的目光，含糊不清地喊着。

"怎么啦，亲爱的？"

"火车就要开了！"

"什么火车？"她忧郁地、声音发颤地问。

"明天亚松森就要陷落了！……"

"卡西亚诺！"

"让我们勇敢地冲上去！……"这是神志不清的人用那裂开的嘴唇发出的沙哑而固执的声音。

"是的……"她不敢反驳他。

"我们为土地而奋斗！为我们自己的土地！"

"对……"

"不许别人再愚弄我们！……"他激动得全身抽动，"独裁者就在那里！我们要消灭他们！"

纳蒂靠近卡西亚诺身边，用一只胳膊抱住贴在她肩上的那张沾满泥土的脸。


## 27


傍晚,他们来到一条河边。他们一头扎到水里，像牲口似的喝起来。纳蒂认出那就是蒙代河的浅滩，在去马黛茶园的路上，他们曾经过这里。她也记起了卡西亚诺当时说的话：我们不会在那里久留……现在她还不知道，这句话是否能够实现。

河水洗去了干掉的泥土，两张死人般的面孔恢复了原来的样子。纳蒂在河里给儿子洗澡。她还记得，就是在这里，工头不让雇工们洗澡。

卡西亚诺默默地看着儿子，但是，没有说一句话。

纳蒂和从供应处带来的火柴搏斗了好一会儿，终于点起一堆火。她从包裹里取出一个空罐头，熬了一点草药水为卡西亚诺清洗伤口。虽然身处山谷，她却像在自己的厨房一样忙碌起来。她拿起砍刀，从河里砍了几棵水玉米，他们还吃了王莲的嫩芽。然后，一家三口人紧靠在一起，在纳蒂搭起的棚子下睡着了。


## 28


拂晓，她被铁环碰击的叮咚声惊醒了。

开始，她以为是马具上的铁环发出的响声。透过枝叶间的缝隙，她发现原来是套在一辆小车上的两头牛在河边饮水。用来赶牛的棍子在牛背上来回摆动，棍上的铁环也随之发出响声。

纳蒂起身向车夫跑去。如果小车到附近的村庄去，她想求车夫载他们一程。开始，纳蒂没有马上看到车夫在哪里。他坐在空车的前边，下巴埋在胸口，像是睡着的样子。那是一个满面皱纹的老人。车夫没有听到纳蒂的问话，她不得不抬高声音：

"老爷爷，您到哪儿去？"

她好像听老人说要到伊塔库鲁比去，她的心猛地跳了一下。那是离萨普开不远的一个小山村，但是，也许老人说的不是这个名字。他的声音含糊不清，似乎比他本人还老。那简直不像人发出的声音，而像是从石头缝中发出的风声或水声。

"我们两个人……我和丈夫，还有一个小儿子……您让我们搭一下车好吗？"她大声问道。

老人微微点了点头。在那一瞬间，她看到了老人的眼睛。那双眼睛几乎和年轻人的一样有神，同他满脸的皱纹、沙哑的声音，以及迟钝的手脚极不相称。但是，纳蒂没有心思观察这些细节，老人给她留下一个很好的印象。他身上没有茶园里那些人的气息，这就足够了。

她回去找卡西亚诺。他正跪在棚子后面等待着。

"克里斯托瓦尔爷爷来接我们了！……"她异常激动地低声说。

这时纳蒂才意识到，那个车夫的确很像克里斯托瓦尔爷爷。

"走吧，亲爱的！"

她抱起孩子，卡西亚诺颤颤巍巍地、顺从地跟在后面。纳蒂扶丈夫上车后，回去取砍刀。她拆掉棚子，抱了一捆草放在车板上，给卡西亚诺做褥子。

与此同时，老人用牛皮在车上搭了一个棚子。纳蒂没有看到棚子是什么时候搭起来的，因此她想，可能是她在那边拆草棚的时候，老人干完了这一切。也许车上原来就有棚子，只是她没有注意罢了。没有迹象表明车夫离开过他坐的地方。


## 29


车轴吱吱呀呀地响着，牛车正在爬一个山坡。两头瘦骨嶙峋的牛，一头浅棕色，一头褐色，慢慢地、不知疲倦地走着。平原和山地相继在它们的蹄子下向后退去。上坡时，车轴的响声变了调，像山鹰发出的哀鸣。

三天来，牛车的车轮不停地在路上滚动着，车轴像山鹰似的叫着，赶牛棍上的铁环丁零当啷地响着，但从未落在牛背上。

除了人和牲畜到河边喝水、中午在树荫下休息，以及午夜到天亮的睡眠时间以外，牛车从不停息。老人似乎不知疲倦，也不知饥饿。一路上，纳蒂再也没有听他说过话。有时，她抬眼看看老人，越看越觉得他像死去的公公。也许她是用卡西亚诺的眼光来看老人的，丈夫对她的影响越来越大。

她感到，一路上都好像是在梦中，然而，这是另一种梦。大部分时间她都在轻微的颠簸中，在两种不同的、单调的和不间断的声响中，在老人和卡西亚诺那两种古怪而不同的沉默中度过的。车夫坐在前边，卡西亚诺趴在车板上，通过车板缝看着大地向后滚去。

从用作棚顶的牛皮旁边，纳蒂看到天也在向后移动。天空时而晴朗，时而阴暗，随着阳光的出没变换着颜色。有时她感到，车上的四个人好像都是死人。在这个颠簸的摇篮里，每当孩子饿得哭叫时，她就头也不抬地把乳头塞到他嘴里。她继续望着头顶上向后面移动的天空。

他们忽上忽下地行驶在卡瓜苏山的红色山坡上。第四天拂晓，老人伸出胳膊指着前方。卡西亚诺和纳蒂从干草上爬起来。远处，明媚的萨普开平原展现在他们眼前，中间矗立着锥形的塞罗贝尔德山峰。他们也看到了铁路旁的村庄、倒塌的房屋的瓦砾、列车的残骸、弹坑和像蚂蚁一样在上面移动的人群。

老人示意他们下车。纳蒂和卡西亚诺非常激动，连一句感谢的话都说不出来。

牛车又继续前进，在道路的一个拐弯处消失了。

他们向村庄走去。卡西亚诺眼花缭乱地走在前面，太阳烤着他满是伤疤的脊背。不一会儿他们就来到了村头的几所房屋前面。人们无动于衷地看着他们走过去。

"我们回科斯塔杜尔赛去……回我们家去吧！……"纳蒂哀求道。

卡西亚诺似乎没有听到妻子的话，他拖着僵硬的腿继续往前走。一种固执的念头像弹片一样嵌在他的头脑中，在他在茶园的最后一天，这种念头就已经形成了。

走在后面的纳蒂可以想象丈夫那种呆滞的目光，她顺从地跟在他后边。在一条废铁路的尽头，一节比较完好的车厢停在被枪弹毁坏的、烧焦的树丛中。

他们向那里走去。

# 五 家




## 1


　　卡车在棉花田和甘蔗田间坎坷不平的蜿蜒土路上颠簸，在离村庄约三里格远的地方突然拐进一条小路，向坐落在丛林中的砖瓦厂驶去。经过麻风病人的住所时，一些面色苍白的人从没有装门的小屋里探出身来，在树荫下的泥土地上，另一些人抬起变形的脑袋，大声向我们喊着：

　　"克里斯托瓦尔，再见！"

　　克里斯托瓦尔·哈拉向他们挥手以示回答。

　　"他们是什么人？"我问他。

　　他没有回答，好像没有听到我的问话似的。我转过身去。几个赤裸着身子、腹部鼓胀的孩子跟在卡车后面，一边跑，一边像生病的小鸟一样叽叽喳喳地叫。

　　坐在车厢里的一个矮胖子向孩子们做着鬼脸，然后，从口袋里掏出几块饼干，一块一块地向他们掷去。

　　"接着，孩子们！"他不停地喊着。

　　大肚子小孩扑倒在路边，在沙地上滚动着抢饼干。

在一片茅屋中，我看到一座用树干搭成的小圆屋。那是许多年前创建了麻风病院的俄国医生的家，后来，不知什么原因，这个医生逃走了。我仿佛又一次看到他被愤怒的旅客从火车上推下来，倒在萨普开车站的红色站台上。人们说他试图偷走一个小孩。

他的小屋没有被人破坏，依然屹立在原来的地方，但是，由于年深日久，木头变黑了。只有那座小屋还在，因为主人逃走了，谁也不知道他去了哪里。麻风病人恶臭难闻的房屋依次搭建在他的小屋周围。好多年以后，也许那些幸存的病人依然在固执地等待他们的恩人归来。这些满身脓疮的病人无人照管，这里的孩子就在他们中间出生和成长。不幸的人们居住的这个科斯塔杜尔赛小村庄，像长在邻村脊背上的脓疮一样，在荒凉的群山中扩展。这一切都证明，这里的人需要那个医生。

我想，在每座小屋里，一定都会像保护文物似的保留着一尊被斧子砍坏的雕像。那些雕像是医生在神秘地离开之前砍坏的。

卡车猛地颠了一下，我的思路被打断了。

"听说麻风病人时常参加村里的狂欢，是吗？"

我的同伴仍然没有理睬我，没有听我讲话。

卡车驶过麻风病人聚居的地方，前面就是公墓。一个女人正忙着在十字架之间锄草。一个黄头发、蓝眼睛的孩子在帮她干活。

矮胖子大声向他们喊道：

"马利亚·雷加拉达，再见！"

经过长时间的颠簸，我们终于来到椰林中的一片空地。这里可能经常停车，因为地上布满了轮胎留下的纵横交错的痕迹，这些痕迹有新有旧，通向各个方向。我在空地的另一边看到了砖瓦厂低矮细长的草棚、砖炉和用来粉碎黏土的绞盘。路旁石头似的干泥块堆得像小山一样。卡车的马达声惊动了一群栖息在那里的鹞鹰，它们懒洋洋地拍着翅膀飞向四方。

砖瓦厂既无烟火，也无动静。由于干旱，科斯塔杜尔赛的所有砖瓦厂现在都停工了。

司机把车停稳后，纵身跳到地上。矮胖子也跳下车，好像一条毛毛虫从树叶上掉下来似的。克里斯托瓦尔·哈拉以命令的口吻低声向他说了些什么，然后，向我做了一个手势，表示我们要开始步行了。

"就到这儿吗？"由于怕热，我指着卡车问道。

"这里是卡尼亚维河，"矮个子解释道，"汽车过不去。"

我的向导迈开步子走起来。我从座位上拿起旅途中解下来的、挂着一把左轮手枪的皮带。矮个子好奇地望着我。我一边扎皮带，一边问他：

"您不去吗？"

"不，我要留在这儿，看着……"他躲躲闪闪地说，好像他后悔说出了这句不谨慎的话；他天生的坦率性格胜过了他的谨慎。

"看着什么？"

"比如……卡车。"他信口说。

我跟在向导后面，紧走几步追上他。干裂的泥灰质土地结了一层盐碱，又硬又脆的芦苇上落满了尘土。这一切都表明，在这片湿热的沼泽地上，既有水，但又缺水。

他赤着脚，我穿着野外穿的皮靴。在令人窒息的中午，两个影子愈来愈短，最后终于消失在我们脚下。


2


他很少讲话，也不想讲话，更不愿意用西班牙语讲话。他回答我的问题时连头也不回，而且只回答一两个字。他的眼睛被太阳照得眯起来，看上去像两条伤疤。

关于他，我只知道他的名字和那段有关车厢的故事。在村里，人们曾告诉我，被炸弹炸坏的车厢奇妙地从原地消失了。

在坎坷不平的旅途中，在砖瓦厂的那辆卡车上，我曾千方百计地引他说话，打破他的沉默。我亲切地拍他的肩膀，不厌其烦地称赞他，拐弯抹角地向他提问题，甚至把行军水壶里的甘蔗酒给他喝。通常，这些办法总会奏效，从而在人与人之间建立起友谊。然而，我的向导却不然，他似乎在考虑别的问题。有时，我最多看到他的嘴抽动几下，那虽然不是嘲笑，但是很像嘲笑，因为那是由长期在他身上积累起来的沉默汇成的微笑，也许他并不在意，但是，那的确是一种沉默的微笑。

在河谷的一个树荫下休息时，我唯一从他嘴里得到的是有关硬木轨道的一些细节，他们一家就是沿着木轨把那节被遗弃的车厢推走的。他把两只瘦骨嶙峋的手并在一起，慢慢地在地上移动着。他的动作如此之慢，在我看来，似乎是有意夸大车厢移动速度的缓慢。当时，我想起了工兵架设浮桥的情景，同时，也想起了我从军事学校毕业时后勤课考试失败的情形。且不说这都是往事，在那样的场合，把它们联系在一起，也是荒谬的。

关于木轨的事可能是我首先提起的，但是，根据他当时的表情，很难洞察他的思想活动。他说话时把下巴压在膝盖上，忧郁的目光总是望着远处灌木丛中的暗淡阳光。

"怎么推的？"我怂恿他说下去。

"一点一点地……"他的嘴唇几乎动也没有动。

"用了多长时间？"

他一遍又一遍地看着他的手指。他是想用印第安人表示时间的方式向我指出用了五个月、十个月或者五年、十年，还是想说明付出的辛劳和代价无法用一个人的双手计算？

"是从这儿推上来的吗?"

他用指甲搔着肿胀的脚跟,弓着腰一言不发地坐着。我不知道该如何引他说话了。也许他不晓得其他情节,也许他全都说完了。

即使是一条干涸的小河,对我来说也是不可逾越的障碍。对于卡车来说并非如此,但是对于那节车厢而言则是更大的障碍,因为它必须从某个平坦的浅滩渡过这条没有桥的小河。

"卡尼亚维河经常干涸吗?"

"主流从未干涸过,这只是一条支流。"

"现在干旱还在持续。"

"是的。"

"这样,砖瓦厂就无法开工。"

"对。"

在沙质的河道边上,鹅卵石和爬满蚂蚁的腐烂鱼骨在阳光下闪闪发光。

我在思考卡尼亚维河的命运。麻风病人饮用河水并在河里洗澡,河水既能治疗他们的脓疮又能映出他们丑陋的面孔。现在河流干涸了,但是,它并非常年干涸。支流汇入干流后,河水缓缓地向其他村庄流去。在河道转弯处,健康的人也在那里取水和洗澡,阿卡哈伊和卡拉佩瓜的妇女们也在那里洗衣服。

同人们对卡尼亚维河毫不关注一样,无疑,那节车厢也是在人们没有注意的情况下渐渐离开原地的。我猛然向克里斯托瓦尔·哈拉望去。无疑,他正在想别的事情,与小河无关,与车厢也无关,但是,他一句话也不说,也许他在等待时机。

这时,从河谷的一个洞里露出一张犰狳的嘴。待它的头全部伸出来之后,我掏出左轮,向它开了一枪。犰狳缩成一团,躺倒不动了。我捡起滴着鲜血的动物,把它装进袋子里。

向导站起来，继续往前走。长着一层厚茧的脚走在路上发出嚓嚓的响声，看上去很像装在我袋子里的那只血淋淋的、带甲胄的动物。我顺从地跟在他后边。他的背上到处是伤疤，在破烂的衣衫下，被汗水浸得油腻腻的。他大概不到二十岁，但从背后看去，像一个老头。我想，可能正是由于这些伤疤，或者由于他的性格，他变成了一个沉默寡言、无动于衷且反应迟钝的人。

一连几个小时，我们都在充满阳光和牛虻的草丛中，在一片片椰林和其他树林中赶路。我们有时前进，有时后退，因此，很难计算走了多少路。一路上没有看到一辆车，没有看到一个人，在蜷曲的兰科植物和羊齿植物间，甚至连任何小路的痕迹都看不出。能看到的只是射在黑色洼地上的刺眼白光，还没有看到山的影子。

我放眼向远处望去，但是，什么也看不见。

我已无法辨别我们出发的村庄的方位了，我也记不清麻风病人的房子、砖瓦厂和卡尼亚维河坐落在哪里。我怀疑向导是在故意带我兜圈子。他这样做也许是为了让我迷路，也许是为了得到更多的报酬，天晓得他到底想干什么。

也许当真应该这样走。


3


每逢冬天雨季来临和小河泛滥时，这块龟裂的平地就会化为一片沼泽。我无法理解那节车厢如何能从这里通过，尤其使我不能理解的是，车厢主要不是由一对、两对、三对甚至四对牛沿着原始的木轨拉走的，而是由一个固执的、具有非凡毅力的人推走的，是他一步不停地一直把它推进森林隐藏起来的。

但是，事实就是如此。现在，我走在麻木的向导后面，看到的只是他背上的伤疤、干裂的土地和像盖了一层石棉似的昏暗的天空。现在我也许能够理解车厢在平原上进行的那种近乎虚幻的移动了，至少从表面上看，那是一次没有明确方向和目标的转移。

我仿佛看到，那个固执的人正在耐心地选择路线，安放枕木和沉重的硬木轨，套上从农田或牧场里找来的耕牛；我仿佛看到他正在抽打瘦牛，迫使它们在夜间短短的几个小时内，拉着车厢在吱吱作响的木轨上前进。他用低沉而沙哑的声音、呆滞而失望的目光催促着牲畜。无论是在赤日炎炎的夏天，还是在阴雨连绵的冬天，他都坚定不移地从事着那项同他一样难对付的工作。他无意识地迸发出来的那种近似勇敢和智慧的可怕力量，也感染和降服了他身边的那个女人。她不仅关心和张罗转移车厢的各项事宜，而且要照顾她的男人和不满周岁的儿子，这个出生在茶园并从那里逃出来的婴儿，每天都看着那些车轮缓慢地、令人目眩地向前滚动。随着车厢的移动和岁月的流逝，吃奶的婴儿渐渐长大成人。当他能够干活的时候，他便帮助父母去推这个被炸坏但尚能移动的盒子，但是，如同村里的麻风病人的后代和健康人的后代都没有染上这种病一样，他也没有受到父亲的疯狂的感染，因为人的免疫力是无穷尽的，有时，它足以抵挡某些看起来不可救药的疾病。

仔细想一想，这一切也是可以理解的。

我了解这段历史，由于没有亲身经历过，当然只知道一些皮毛。

我所不能理解的是，他们首先把车厢偷出来，然后又把它推走，这两件紧密联结在一起的事竟没有被人发现。那节车厢在缓慢地、不停地移动时，必然会引起别人的注意。那个人一定会把他的狂热传给更多的人，如同传给他的妻子一样，否则，车厢静静地在旷野中移动而没有任何人出来阻止，那就令人难以置信了。镇长、法官和神父都曾在各自的管辖范围内密切关注这件事，因为人们甚至把它说成是巫术。一个普通发报员的告密曾使暴动者的一次重大行动夭折，并造成了一场灾难，但是，对于车厢事件，大家都保持缄默。站长、铁路检查员或筑路工人的领班，其中任何一个人都可以秘密地发出警报，但是，谁也没有那样做。如果不是这些人的默契（和车厢的消失一样荒唐），那么，就是随着岁月的流逝，人们已不再怀疑车厢的移动是一个阴谋，或者至少是一次集体行动了。车厢已经没有任何用处了，这是事实，因为它只不过是一堆废铁朽木，但是，之所以说这是一件荒唐的事，是因为竟有人置一切有关财产、尊严和常理的法律于不顾，把那节车厢慢慢地推走了。

可怕的爆炸事件引起的惊恐、迁徙和死亡，使人们长期处于死气沉沉的状态。如同弹坑需要用土填平一样，人们精神上的恐惧和冷漠只有时间才能弥补。

只有这样才能理解，为什么谁也没有发现车厢已经开始移动，为什么谁也不关心这件本身并不十分重要，但影响却无法估量的事情。灾难之夜延续了两年之久，对萨普开人来说，这个黑夜还将持续下去。他们像走投无路的女人，尽管感到无比愤怒和痛苦，却不知该如何是好。

只有这样才能理解，奇迹般逃出茶园那座人间地狱的男人、女人和孩子，为什么首先得以隐蔽在车厢里，以车厢为家，然后又慢慢地把它推到旷野，而且没有被任何人发现。

开始，夫妇两人在双重黑暗中工作——那是惊恐不安、精神空虚的黑暗和没有月亮的夜晚的黑暗。无疑，即使在狂风暴雨中，即使在寒风凛冽的夜间，他们也未曾停止工作。现在，人们才知道或者想象得出其中的某些情节。

为了使车轮准确地沿着木轨前进，他们用树胶把萤火虫粘在车轮的边缘。现在我能够想象，当那个男人在黑夜中看到车轮闪烁着点点萤火，向前移动时，他的脸上一定会现出刚毅的笑容。也许正是那些粘着光源的车轮，带来了车厢着了魔的传说。

白天，车厢似乎纹丝不动。在人们眼中，在移动的或者似乎在移动的是大地，如同悬崖在缓慢地消失一样。

车厢终于消失了。

然而，在人们心中，它好像仍然会出现在遥远的天际。这究竟是一种幻影，还是一种错觉，我也不清楚。从其形式和规模看，这也像一种星体陨落的现象，一颗陨落的星体的光辉将在太空存在千百年。人们习惯于这样看待那节看不到的车厢，它已不复存在，但它的幻影仍然出现在原来的地方。难道是可怕的爆炸把车厢炸飞了，而后它又落在离铁路几里格远的地方？可是，它并没有被炸飞，它是在硬木轨道上慢慢地、不停息地前进并消失的，几乎未被人觉察。在这块不毛之地，小偷、流浪汉、逃犯，甚至俄国医生创建的居民区的麻风病人，都曾和那对夫妇及孩子一起推过车，他们是为了分享创建那个"家"的快乐。那个"家"在这块平地上向前移动，或者说，它是在向过去倒退，没有方向，没有目的，但是，它带来了一种自信、勇敢、神秘、野蛮、充满幻想的胜利气氛。正因为如此，他们都感到有责任保守秘密。

这些纯属猜测的传说愈传愈离奇。也许事实本身要简单得多，但这是二十年前的事，现在已无从查起，因为留下来的只不过是一些痕迹、传说和不系统的证据。现在，在这个唯一可以给我带路的向导的引导下，我将要见到这节车厢，它就是这个不真实的故事的痕迹之一。我原不指望看到它，更重要的是，我不相信，那个已被人埋葬在森林中的、有关一个神话或传说的残缺不全的物证依然存在。

# 4

闷热的空气使我头晕。口袋里的狁猭似乎越来越重，它的血和我的汗浸透了我的袋子。我气愤地抓住它带鳞片的短腿，把它从袋子里掏出来，在头上甩了几圈之后，把它扔到远处。狁猭"嚓"的一声落到灌木丛中，那声音犹如斧头砍在树干上发出的沉闷响声。克里斯托瓦尔·哈拉转过那张深不可测的脸，眯着眼看看我，露出一种不知是同情还是嘲笑的表情。

我们走上林间小道。虽然已临近黄昏，但是，丛林中的热气仍发出唑唑的响声。我停了片刻，试图辨别方向。为了方便使用，我把左轮的枪套向前拨动了一下，使之贴在我的腹部。向导又朝我看了看。也许他认为，森林给我带来了恐惧，或者我对他不甚放心。他那张土色面孔是当地风光的缩影，甚至像收获后的农田。现在，嘲笑和疏远的神情更加明显地挂在他的嘴角，也许那不是嘲笑和疏远，而只不过是厌烦，是为完成一项任务而表现出来的急躁情绪。

也许，在砖瓦厂卡车司机的职务之外，他真正的职业是向导。他利用出车到科斯塔杜尔赛砖瓦厂的机会，在老板的许可下，时而带几个愿意参观隐蔽在深山中的车厢的好奇游客游览。往往是砖瓦厂老板本人为他的司机招徕顾客，特别是现在，由于干旱，他把大部分时间都消磨在客店或酒馆里，消耗用最后一些产品换来的钱，现在正是他需要钱的时候。

同干其他事情时一样，克里斯托瓦尔·哈拉毫无感情地为外来人做向导，他正在看顾由于昔日不明智的梦想而遗留在山间的东西。也许他对此并不理解，也许他在以自己的方式理解它。后来我才知道，他为能够把这件和自己血肉相连的、已经无用的珍品介绍给别人而感到骄傲。

今天早晨，他们到我下榻的客店找我时，我已预感到了这种情绪。客店坐落在河边，店主就是那位人人熟悉的身材高大、爱说话的洛勒太太。凡从萨普开路过的客人，都把她看成母系社会的妇女象征。

我来到镇子的时间不长，我不记得和别人订过旅游合同。矮胖子来到我的卧室把我叫醒。在黑暗中，我看到他那个肥大的脑袋在行军床周围来回晃动。他走到我身边，俯在我耳边低声说：

"我们走吧，克里斯托瓦尔在等您呢……"

他亲自到厨房给我端马黛茶。我听到女佣在走廊里和他开玩笑。有的叫他加玛拉，有的叫他"半米高"，这个绰号最能描绘他的形象。从洛勒太太房间里传出的浑厚叫声吓跑了那群像母鸡一样喧闹的姑娘。不一会儿，"半米高"端着茶走进来。我一边用芦苇管吸马黛茶，一边慢慢地穿衣服。前一天晚上，我在酒馆的走廊里和一些陌生人一起喝得酩酊大醉，早晨起来时我还感到嘴里发苦，脑袋嗡嗡作响。因此，我不想向矮胖子提任何问题。

一辆破旧不堪的福特牌卡车停在客店外面。车上歪歪扭扭地写着砖瓦厂和老板的名字。在驾驶室顶棚的边缘，有一条瓜拉尼语谚语，字迹更难看，好像是小学生写的。

我和司机一起登上卡车，车子开动了。我顺便到镇政府说明我要做一次临时旅行。我必须这样做，免得别人认为我刚到这里就逃跑了。

黎明的清新空气使我渐渐清醒。我好像第一次看到这个镇子。在许多年前的那个夜晚，当我还是一个孩子的时候，我们曾在被炸弹炸毁的萨普开车站的瓦砾中过了一夜。现在，萨普开依然带给我一种奇特的印象。

"老车站在哪儿?"我问向导。

他抬手指向新车站和铁路修配厂之间的一块荒地，那里还有一些发黑的石块。二十年前的一个晚上，我第一次到首都去的时候，曾躺在达米亚娜·达瓦洛斯身边的石头上，和其他旅客一起等待第二天早晨在那里换车。我对二十年前的那个夜晚记忆犹新。我还记得那个巨大的弹坑，似乎一切黑暗都是从它的底部冒出来的。月亮刚刚升起，就被那个黑漆漆的弹坑吞没了。

那天晚上，我躺在被午后的太阳烤得滚烫的石头上，紧紧靠在搂着生病的儿子打盹的洗衣妇身边，久久不能入睡。我又靠近她一点，但是，仍旧不能成眠。她柔软的身躯使我这个翩翩少年局促不安。不知从哪儿传来一个老人絮絮叨叨地讲述列车爆炸事件的声音。老头的声音消失后，从断墙的另一边传来一对青年夫妇的笑声、窃窃私语声、轻微的呻吟声和膝盖碰击墙壁的响声。这一切都使我无法入睡。由于我的试探性动作，达米亚娜·达瓦洛斯也在一旁唉声叹气、辗转反侧。就是在那个晚上，在死亡和恐怖的回忆中，在饥饿和困倦中，在我尚不知晓但又有所预感的一切东西中，我吮吸了她的奶头，不但偷去了睡在她身边的病儿的奶汁，而且也有负于她被关在牢房中的丈夫。我像是一个在夜间渎圣和行窃的人，在被夜幕笼罩的颓垣断壁中，第一次发现了这种可悲的爱情。

也许就在同一个晚上，在遥远的茶园的一座棕榈窝棚里，这个现在走在我身边的、已经成年的克里斯托瓦尔·哈拉，正在他的头几声啼哭中寻找妈妈的奶头，而他爸爸的脖子则夹在保安局的木枷中。在那个夜晚以后的二十年中，我历尽了沧桑。现在，我可以来撰写这段历史的其余章节了。这是我的历史，而不是梦，但是，现在我似乎仍处于梦中。

他吐掉嘴里的烟叶，走进遮掩着古老的林间小道的草丛。他不时用砍刀砍杂草，以便为我开路。

1912 年农民暴动失败后，起义军游击队经过一次冒险性的转移，汇集并驻扎在刚刚重建起来的萨普开镇。这个镇子是在不吉利的彗星出现的年代诞生的，而现在正准备接受血与火的洗礼。

埃利萨多·迪亚斯大尉率领驻守在巴拉瓜里的一个团倒向农民军，并掌握了起义军的领导权。他们占领了车站和停在那里的一列设备齐全的列车。当时他们只能从铁路对首都发动最后一次进攻。在那个大胆的、孤注一掷的计划中，只有在很偶然的情况下，他们才能获得胜利，借那次大胆的进攻挫败政府军。虽然前景非常渺茫，但是，革命者没有其他选择。在其他任何情况下，等待着他们的都是死亡。

迪亚斯大尉命令列车于 3 月 1 日晚间出发。他的整个团和上千名匆匆武装起来的农民志愿军都在那列火车上。

在对部队发表的演说中，起义军司令提到了洛佩斯元帅在科拉山的就义。在大战即将结束之际，为了捍卫祖国的领土，元帅流尽了最后一滴血。

"我们也要像他那样，"他向士兵大声疾呼，"誓死捍卫我们的权益！……"

卡西亚诺·哈拉动员科斯塔杜尔赛砖瓦厂的百余名雇工参加了起义军，他们当中的大多数人都曾在正规军服过役。当时，卡西亚诺刚刚和纳蒂维达·埃斯皮诺萨结婚。在砖瓦厂附近，他们租了一块国家的土地。纳蒂照料农田，卡西亚诺烧砖，但是，他们一刻也没有忘记，应该参加反对剥削全国人民的政府文武官员的斗争。因此，农民起义爆发后，他立即动员砖瓦厂的工人。他们像一个人一样，整整齐齐地列队出现在那个勇敢的大尉面前。迪亚斯大尉和其他军官不同，他毫不动摇地站出来保卫被剥削者和被压迫者。大尉没有长官的神气，而是像兄长那样接待了他们。他把砖瓦厂工人列入作战计划，并指定那个朝气勃勃的青年为砖瓦厂工人连的连长。那个连马上就成了大尉的得力助手。

决战前的准备工作很快就完成了。

当时，由于人们的大意，萨普开的发报员得以用莫尔斯电码把这一计划连同列车开出的时间统统报告给了政府军。政府军立即采取了措施：在巴拉瓜里车站，他们在一辆机车上装满了威力强大的炸弹。在起义军的列车开出的同时，政府军也将发出那辆机车，这样，一个屠杀性的撞车事件将在山下唯一的铁路线上的埃斯科瓦尔车站附近发生。

但是，在列车开出之前，发生了一个意外，因而造成了更加悲惨的结局。由于司机开了小差，列车开出的时间推迟了。在没有光亮的夜晚，村民成群结队地到车站为远征军送行。车站里里外外挤满了激动的人。姑娘们吻着士兵，老太太给他们递水壶、面包、烟叶、香蕉和橘子。歌声和口号声响彻整辆列车，在三月寂静的夜晚，千百副沙哑的嗓音异口同声地高呼着"土地和自由"等口号。

突然，一个怪物的轰鸣声压倒了人们的喧闹。它喷着黑烟、喘着粗气，飞速地向车站驶来。人们陷入了死一般的沉寂，只能听到机车越来越大的吼叫声。几秒钟后，在车站上空，一根巨大的火柱腾空而起，爆炸的巨响震撼着夜空。

当然，那个弹坑必然会以某种形式被填平。在二十年中，随着一代新人的成长和新事物的出现，大坑已经被填平了。人们是健忘的，也是喜新厌旧的。火车又开始从萨普开车站通过，在喧嚣的黄昏，它的汽笛声不仅不会让人们惶恐不安，相反，庆祝它的通过反而成了该镇居民每周唯一的节目。

## 6

然而，不是所有人都忘记了或者能够忘记那场灾难。

在那个凄惨之夜过去两年后，卡西亚诺·哈拉和妻子纳蒂维达带着孩子从茶园回来了，结束了他们四处逃命的生活。从此，被炸弹的气浪抛到支线尽头的一节车厢便成了他们的家。车厢被抛得如此猛烈，以至于两年以后还继续跟着他们一起移动。据一些迷信的传说，它继续在空中飞行。其实，事实是，在两年前官方公布的名单中以死亡者身份出现的卡西亚诺·哈拉并没有被炸死，而是被某个粗心且厌倦工作的军官从活人世界的名单上一笔勾销了，那时他已经复活并开始了转移车厢的活动。卡西亚诺、他的妻子和儿子，像三只蚂蚁一样，在干裂的平原上成年累月地推着那节车厢。

现在，我和上述三个人中的最后一个在一起走着。我看到他的背上尽是伤疤。但是，即使如此，即使我亲眼看着这个有血有肉的人在我前面走，我依然感到，这个故事是虚构的、不可信的和荒谬的，也许这仅仅是因为它还没有完结。

## 7

糟糕的是，车厢突然在山林中的一块空地上出现了。我没有料到它会在那里。

阳光透过树叶斜射在这片空地上。车厢像着了魔似的慢慢地向我们移过来。开始，我只看到半掩在杂草中的车轮。车轴下垫着深紫色树干，以防整个车轮陷入杂草丛生的烂泥中。然后，布满了常春藤、苔藓和蛀虫洞的车厢渐渐从下面升起来。森林顽强地挡着它前进的道路，几乎和把它推到这里的那个起义军连长的意志一样顽强。从被炸破的地方露出了长着宽大的锯齿形叶子的荨麻。我看到了生满铁锈的踏板、像麻风病人一样发绿的铜扶手和布满芦苇及蜘蛛网的车窗。在木桦已经散开的车厢的一角，依然可以辨认出用刀尖刻出的几个很难看的大字：

## 卡西亚诺·阿莫伊特连长——第一连
### 亚松森战役

他的姓也改了，似乎哈拉已经被忘却了，代替它的是阿莫伊特。在印第安语中，阿莫伊特指遥远的东西，不仅遥远，而且在时间和空间的长河中，人的眼睛和意志都不可能捕捉到。

这就是那个战士所留下的一切。他在这里一年年衰老，最后死去了。他始终在梦想着参加那场从未实现的战役，至少他没能参与那场为像他一样的人争取一点土地和自由的战役。

我一登上车厢的踏板，脚下便腾起一股尘雾，随之听到一种轻微的响声。我感到有蜘蛛网粘在我的脸上。我走进阴暗的车厢。车厢的墙壁上吊着几个大马蜂窝，在散发着酸甜的田野气味的车厢里，红色的马蜂嗡嗡地飞舞着。在一个座位的残骸上，放着一把女人头上戴的小梳子。煤油桶上放着一个发了霉的蜡烛头，周围的蜡油上也覆盖着一层黑霉。已故的阿莫伊特连长可能曾在这盏烛火下不倦地起草和修改作战计划，而寂静的夏夜笼罩着这里的一切。我正沉湎于这些回忆，突然听到了向导的声音，我不禁大吃一惊。

"他们正在等您呢，他们想和您谈话。"

"谁？……"由于惊恐，我的声音中流露出不安的情绪。

他没有回答，只是冷冷地望着我，同时用草帽慢慢地扇风。这时，我第一次看到他的整个面孔。我觉得，他的眼睛微微发绿，好像覆盖着车厢的苔藓。我想，他母亲的眼睛可能就是这种颜色。我和他从另一边的踏板走下去，我颤抖的手紧握着手枪的枪柄。

五十几个人围成一个半圆在草丛中等着我，看到我，都异口同声地向我问好。我机械地把手放在帽檐下，好像在检阅仪仗队似的。

他们当中最高大、最魁梧的那个人走过来对我说：

"我叫西尔维斯特雷·阿基诺，"他的语气友好而坚定，"这是我的战友们，他们来自这个镇子的各种行业。我们让克里斯托瓦尔·哈拉把您带到这里，是想请您助我们一臂之力。"

犹如站在指控我犯了我根本不知道，或根本没有犯过的罪行的法官面前，我茫然不知所措。

"你们要我帮什么忙？"

西尔维斯特雷·阿基诺没有马上回答。

"我们知道您是一个军人。"

"是的。"我不得不承认。

"而军方把您流放到萨普开来。"

"是的……"

"我们还知道，在军事学校的暴乱阴谋败露以后，军方差点把您枪毙了。"

我望着他们那一张张消瘦而结实的面孔。他们都是乡下的劳动人民，虽然可能大部分是文盲，但是，他们都很自信，流露出一种内在的信念。

他们对我的一切了如指掌。其实，我的回答是多余的。

"您本来可以到集中营去，可是您却选择了这个地方。"

我想，他们唯一不清楚的是我做这种选择的原因，不过，我自己也不清楚。

"全国很快就会爆发革命，"西尔维斯特雷·阿基诺说，"我们要在这里组织游击队，希望您能做我们的首领……我们的教官。"他马上更正说。

"我是受警方监视的人，"我说，"我想，这你们也知道。"

"是的，但是您可以常来这里打猎，这他们不会拒绝。哈拉用卡车接送您。"

一阵长长的沉默。上百只眼睛从头到脚地打量着我。

"你们有武器吗？"

"有一些，这仅仅是开始。到适当的时候，我们将袭击镇政府。"

我放在腿边的手有些发抖。他们一个个像泥人一样，身子和面孔像沼泽地的污泥一样黑。

"您答应吗？"那个自称是西尔维斯特雷·阿基诺的人大胆地问。

"我不知道，让我想一想……"

但是，我很清楚，我迟早会答应的。一个新篇章开始了，我又被卷了进去。我已经模模糊糊地预感到这种结局。难道不能做一个局外人吗？

我转向克里斯托瓦尔·哈拉，他正靠在长了一层绿霉的破车厢上。这个二十岁的青年，也许是个百岁老人。他目不转睛地盯着我。在烤热的树胶散发出的甜味中，红色马蜂在他头上嗡嗡地飞舞着。夜幕笼罩了深山。

我走下踏板，对他说：

"我们走吧……"

# 六 联欢

## 1

孩子解开铁链，慢慢地推着公墓的大门，仿佛他不经常到这里来，或者这一次是要偷偷地溜进去似的。门的响声吓了他一跳。他把手放在门闩上，一动不动地站着。那双活泼的、天蓝色的小眼睛小心地向四处张望。在太阳当顶的正午，到处是一片寂静，连木麻黄也在阳光下垂头打盹。动物都躲进山里乘凉了，通向村子的路上连个人影都没有。小孩向半掩在橘树林中的房子望去。一个女人站在房檐下，从远处向他做了一个推门的手势。孩子的胆子壮了一点，他用手撩了一下遮住眼睛的一缕头发，接着又去推大门，他的动作比刚才更慢。门嘎吱响了一下，声音随即消失了，于是，他从地上拿起布包和锄头，走了进去。

他一边在坟堆中走着，一边漫不经心地东一锄西一锄地锄着草。当走到长满灌木的小路的一个转弯处时，他便不再装作干活的样子，而是径直向公墓最偏僻的角落走去。萋蒿花香气袭人，他贪婪地吸着。

有人趴在一棵枝叶茂密的月桂树下的十字架中间。孩子走到他身边，看着他，但没敢惊动他。也许孩子在想，这人简直像一个从坟墓里挖出来的死人，要不就是一个尚未埋葬的死人。后来，他就像叫一个死人那样低声叫他。

"克里斯托瓦尔……"

他不得不提高声音重新唤了两声。趴着的人从睡梦中惊醒，一骨碌坐起来，他眨了眨那双像独木舟上的绿霉一样的绿眼睛，盯着小孩不安地问道：

"什么事，阿列霍？"

"妈妈让我给你带来一点吃的。"孩子把小布包递过去。那是一个用破布包起来的盘子，上面打了两道结，两边还微微冒着热气。

那人的脸上露出一种不悦的表情。

"就这么一点约帕拉……"孩子说。

"你干吗带吃的东西来？要是让别人看见，该怎么办？谁会相信你是来给死人送饭的。"

小孩机警的眼睛变得暗淡了，他低下头，用脚踢着一棵小荨麻。

"妈妈没有想到……"

"我对她说过，不要给我送东西。她留我在这里，风险已经够大了。"

"人总得吃饭，克里斯托瓦尔。你已经两天没有吃东西了。"孩子又把布包递过去，那人勉强接过。孩子从口袋里掏出两个橘子，也递给了他。

他解开布包，白铁盘里的腌肉烧豆冒着热气，里面有一个小勺和一块木薯。他贪婪地吃起来。他一边大口大口地嚼着，一边问道：

"你妈妈有打听到什么情况吗？"

"今天下午他们把西尔维斯特雷和其他俘虏用火车押走了，俘虏全都戴着脚镣。"

"你知道押到哪里去了？"

"不知道，但准是押到巴拉瓜里。押送的士兵就是那儿的骑兵队。"

"都押走了吗?"

"除去死了的……"

大人深情地看了孩子一眼。白铁勺碰击着他的牙齿。

"大家去给他们送饭,可是,士兵不让他们走近。士兵不准外人和犯人讲话。"

那人贪婪的脸上,突然不由自主地蒙上一层羞愧的神色。

"我和妈妈一起到车站去了,"孩子用一种天真而骄傲的口吻说,"我看到了犯人。西尔维斯特雷的腿上尽是血,可是,他照样戴了脚镣。他和加玛拉锁在一起。我扔给他的那个橘子滚到他的两腿中间,火车开动时,他和加玛拉每人一半吃起来。"

"她还听到些什么?"那人一边几乎不加咀嚼地吃着,一边问道。

"妈妈说,士兵们还在山里找你,昨天他们烧毁了车厢。那边还在冒烟,在小河边就能看到。妈妈还说,在烧车厢以前,他们把周围的地方都挖遍了,准是为了找武器。"

那个人眨了眨眼,稍稍犹豫了片刻,手中的勺子也停住了。他的脸忽然变得阴沉起来,仿佛突然被车厢燃烧的烟雾笼罩,然而那其实只是约帕拉冒出的浑浊而油腻的热气罢了。

"他们已不在村里找你了,挨家挨户都搜查过了。结果他们弄错了,把克列托·罗达斯打死了。他藏在一口井里,士兵从井口向他开枪射击。妈妈说,他们以为井里的人是你,于是反复向他喊:'克里斯托瓦尔·哈拉,你投降吧……你逃不掉啦!'他被捞上来的时候,已经死了,闹了半天不是你……"

"她还说了什么?"那个人有些不耐烦地追问。

"她说,在麻风病人居住区周围还有哨兵。"

"我要是能藏在他们中间就好啦!"那个人几乎是在自言自语,"起码躲到那些家伙滚蛋了再说!"

"今天早晨妈妈去给他们送饭。她说，她看到巡逻队在远处围着房子转来转去。"

"当然，那里他们是不敢进去的。"

"可是，他们也不会让你进去的。你的模样没变，他们立刻就会认出你。"

"通往村子的路上还有警卫吗？"

"已经撤了。这一带他们都搜查过了，就剩下这个地方了，"孩子朝公墓努了努嘴，"可是，他们不会想到……"

"还有什么消息？"那个人咕哝着问，一边用勺子刮着盘子。

"妈妈还说，镇政府要举行一次舞会。"

"舞会？"他那忧郁的脸抽搐了一下，绿霉似的眼睛闪闪发光。

"是的，是为骑兵队的军官举办的。"

"什么时候？"过了一会儿，他突然关切地问。

"星期六晚上。"

"明天？"

"是的，明天。"

他陷入了沉思。孩子好奇地望着他，没敢打破他的沉默。

"阿列霍，告诉你妈妈，给我弄一套衣服，我要去参加这次舞会。"

"参加士兵的舞会？"孩子简直无法相信，但他不知道，这样的想法是不是可笑。

"为什么不可以呢？"

"我的天哪！"

"你只要告诉妈妈给我准备衣服就行了，以后的事我们再说。我必须离开这里……"

正在透过竹林漫不经心地向外张望的孩子突然坐起来。

"克里斯托瓦尔，你瞧！"

潜逃者严峻而敏锐的眼睛顺着孩子所指的方向望去，只见三个身扎武装带、肩挎步枪的骑兵奔驰在大路上。三人一边谈话，一边开玩笑，偶尔可以听到他们的笑声和马刀碰击马镫的响声。

大人和小孩隐藏在灌木丛中，一动不动地观察着。从远处看不到他们，但是，他们弄不清悠然自得的巡逻队的去向和意图。那个人把餐具连同剩下的饭一起埋在土里，然后重新趴在老坟坑的草丛中，直到整个身体全部消失，好像泥土又把他吞没了似的。小孩又开始锄草，为了转移视线，他渐渐地离开了那里。

骑兵过去了，没有注意公墓。

2

在离那里两里格远的地方，另一个人躺在镇政府拘留所的泥土地上。一束阳光穿过灰尘，透过牢房半开半掩的门射在他的胸部，把他的身体分成阴阳分明的两段。他的脸几乎贴在墙上，只能看到他蓬乱而油腻的头发。他光着脚，但那不是农民的脚。他颤抖的手放在胸口，在阳光照射下，现出几条纤细的指骨，手背上布满了青筋。另外还有两个人，他们背对着阳光，神经质地看着他。其中一个穿着野战军服装和一双布满尘土与裂纹的大皮靴，正焦躁不安地围着躺在地上的人踱步，另一个穿长筒靴的文人站在稍远一点的地方。那个军人的声音生硬而刺耳，但他还是竭力掩盖着他的狂暴。

"我最后对您说一遍，这是为了您好。您是在拿生命开玩笑。只要您把知道的都说出来，事情就算了结了。"

躺在地上的人一动不动，只有抽动着的双手随着呼吸上下起伏。

"贝拉上尉……"军官咕哝道，"您听见我说的话了吗？"他用靴尖踢踢那人。

"我什么都不知道……"头发蓬乱的贝拉上尉一动也不动地说。他的声音非常平淡，既没有流露出恐惧，也没有流露出疲倦，只流露出一种近似失望的厌恶情绪。

"我所问的事，您了如指掌。现在您假装不知道也无济于事。那天晚上您亲口讲过了……"他转向文官，"镇长先生，不是这样吗?"

"当然是，大尉! 我不懂他为什么不肯详谈。"镇长又俯身对躺在地上的人说，"那天晚上，您在马蒂亚斯·索萨的杂货铺里喝醉了，您可是把主要线索都告诉我了。"

"酒后失言，不足为凭……"含糊不清的声音碰到砖墙后，变得更加微弱。

"但是，您说的是真话!"大尉急忙说，"那么您是想说，您酒后比清醒的时候更加崇高吧? 由于叛乱罪，您被流放到这里，您曾发誓要尊重法律和各种条令。米格尔·贝拉，您是军事学校的一个军官呀!"大尉激动起来，"您就是这样履行您的公民义务、捍卫您的军人荣誉的吗? 您怎么能同那些试图在平民中制造死亡和破产的强盗同流合污! ……"他竭力控制自己的感情，"幸好您把他们供了出来。"

"我没有告发他们……"那人的声音单调而微弱，好像是从隔壁传来的。

"不对，您揭发了他们。您只是履行了自己的义务。"大尉这些话好像是在开导他。

"当时我喝醉了……"

"没有! ……"大尉叫道，"一个喝醉酒的人会胡说，而您所说的一切可都是真情。这里有过游击队……您本人曾自愿训练那些恶棍! 您教他们打仗，还教他们制造炸药! 这个罪过可不轻啊!"

"我把您当成老实人，而您却欺骗我，借口打猎钻到山里去!"镇长插话说，"幸好您在酒后……"

"不，"大尉打断镇长的话，并意味深长地望着那人说，"您没有醉，也不是想告发谁。我宁愿这样想，您是在良心的感召下，想悔过自新……"

从泥土地上传来一种分辨不清的咕哝声，听不出那人说了些什么。

"什么，您说什么？"

就算他刚才说了些什么，现在他也不再重复了，他也无意去说清楚。他的手垂到一边。阳光下，随着胸部的起伏，没有系纽扣的肮脏衬衫下的肋骨清晰可见。

"我真不懂，您为什么不理会我，我是在以一个同袍的身份帮助您。我们必须找到减轻您的罪行的办法，以便在事情尚可补救的时候，改变您的处境，否则，我以为，军事委员会现在不会给您减刑……"

又是一阵咕哝声，但是，躺在地上的人仍然一动不动。在阳光照射下，他的胸部缓慢地起伏着。他呼出的气，在光柱中形成一股股细小明亮的微粒。

"贝拉上尉，说出来对您是有好处的。"镇长在一边帮腔，"自信会害死人。您既然把毒蛇的头都交出来了，就不要把尾巴藏在口袋里了。"

"我现在需要知道的是这个暴动中心的每个支部。它是您建立的，您应该知道一些……"

"我什么也不知道……"

"至少您应该知道逃掉的那个人藏在什么地方。他不可能逃出我们的罗网。我们的士兵最后一次看到他时，他正躲在一匹死马后面，试图掩护他的同伙逃跑。请您提供一些线索，那个克里斯托瓦尔·哈拉是您的心腹。告诉我，他在哪里？"

"我什么也不知道……让我安静一会儿吧！"他用痛苦和厌恶的口吻平淡地说。

"您这个卑鄙的家伙！"大尉咬牙切齿地说，"我要把您交给军事法庭！看您怎样为自己开脱！"他离去时，踏得皮靴咯噔作响，镇长紧跟在他的后面。

士兵闩上牢门，牢房里的人又陷入一片黑暗之中。


### 3


搜捕不停地进行。三天前，在一个砖窑里顽抗的最后一批人，在子弹打完后也被俘虏了。幸存者当中，有游击队的头头西尔维斯特雷·阿基诺。他的大腿被一颗子弹打穿了。士兵严刑拷打他，甚至做出要枪毙他的样子，但是，没有从他嘴里得到任何东西。

从此，在曾是游击队员的秘密藏身处的车厢残骸周围几公里内，骑兵队日夜不停地搜索卡尼亚维河附近的沼泽和森林。烧焦的车厢残骸还在群山中冒烟。在那个仍然矗立着，但只剩下铁架子的瞭望台对面，有一个哨所。从这里开始，士兵的人数逐段增加，在沼泽地周围形成了一条封锁线，同时，骑兵巡逻队在所有的路上进行盘查。

士兵把科斯塔杜尔赛的所有茅屋都挨个搜查过了，一直到麻风病人肮脏的茅屋前才停下来。不过，在茅屋周围的哨所，军官们仍用望远镜对它们进行窥探。

装载造反者的列车已经起程了，但是，士兵还在继续寻找那个奇迹般地从他们手中逃跑的人。他的逃跑，使巴拉瓜里骑兵光彩夺目的行动黯然失色。

士兵企图用威胁，甚至用金钱和食品，使砖瓦厂与稻田里的老人、妇女和孩子们开口说话；但是，谁都说不知道，或者谁都不想说。他们都闭口不谈，一方面，因为骑兵队的所作所为激起了他们的新仇；

另一方面，他们仍保留着旧恨，而眼前的残酷镇压，使旧恨有增无减。在成年人的记忆中，这次镇压和1912年那次对农民起义的镇压非常相似。同当时一样，他们的亲人又要被从这块沼泽地上赶走了。

村里的住所也都被强行搜查过，里里外外都被翻腾了一遍。他们搜查了教堂、畜栏、水井和池塘。这种搜查一度使人觉得，他们寻找的不是那个经常驾驶砖瓦厂破旧卡车的司机，而是一个大家合谋藏起来的非常珍贵的战利品。卡车的主人布鲁诺·梅诺雷特先生对此也一无所知。他比往常更爱喝酒，整天叉开双腿坐在马蒂亚斯·索萨的杂货铺的椅子上，结结巴巴地抱怨砖瓦厂的暴动给他带来的危害。骑兵队长能够从他嘴里得到的东西，对任何人来说都不是秘密。

"您瞧，将军……"加泰罗尼亚人固执地这样称呼大尉，将军一词中的"L"带着浓厚的喉音。

"大尉……马雷科大尉。"对方不耐烦地纠正道。

"您别因为我抬高您两三级而生气……总之，您就会得到这个称呼的。干杯！"他做出一个举杯的姿势，"好，您听着，大尉……您要知道，这个克里斯托瓦尔·哈拉是个好小伙子，像他这样勤劳的人是少有的，他不折不扣地完成我交给他的工作。我不知道他怎么会变坏。有时，他也常常运送来这里参观那个被推进山中的车厢的游客和布港人。他干这种事无非是为了挣几个比索的小费，但是，他是经过我许可的。我怎么知道会发生别的事呢！……二十年前，克里斯托瓦尔的父亲卡西亚诺·哈拉从没有铁轨的道路上推走的车厢，是上次暴动的纪念品。那时，您还是一个孩子，您总该听说过那次暴动吧？这个车厢是本地的稀罕玩意儿……谁也不晓得，那个疯子怎么能把它推走。为了看这节车厢，外地人乐于掏腰包，而对他的儿子来说，把它介绍给别人看，是一种骄傲。我不能从中阻拦啊！……"

"我问的是，他是否接送过那个被流放到这里的军官。"长着一副厚嘴唇和一张葫芦脸的大尉愤愤地打断他。由于几个昼夜的紧张战斗，大尉的眼都熬红了，但是，他仍然官气十足，表现出一种年轻人发号施令的欲望和傲气。

"是的，他接送过那个人……我认为那是得到镇长本人批准的。具体的情况，我不知道。上尉本人也在这里讲过那些年轻人在沼泽地准备的情况，你们为什么不去问他？镇长先生也听见了……你们来这里就是为了这件事，是吗？我什么也不知道……我怎么会知道这些事呢！我是一个务实的人……从来不参与政治！"

大尉猛然站起来，走出杂货铺。毫无疑问，他在想，加泰罗尼亚人只不过是装作一个醉鬼来嘲弄他罢了。

他跨上金黄色的骏马，向哨所飞驰而去。


4


空卡车停在砖窑旁边，袭击发生前的那个下午它就停在那里。驾驶室的一侧写有这样几个形状丑陋但内容狂妄的字：


**萨普开希望砖瓦厂**


在顶棚突出来的边缘，有一条醒目的谚语，字迹更加难看，好像是用手指画的：


**什么也不会使我着急……谁也不会超过我……**


148

沼泽地上布满了干泥堆和像月亮上的沟壑一样的水沟。在这一片荒芜的景色中，被抛弃在草棚和绞盘当中的破卡车上的名字和谚语，好像是在跟人们开玩笑，似乎马上就会发生一次突然袭击，或者会有孩子们来这里做游戏，而司机随时都可能笑着从干泥堆后面跳出来；但是，双腿夹着步枪、坐在那里打盹的两个哨兵，使这种印象烟消云散，并使人产生一种凄凉之感。没有卸鞍的马被拴在一棵番石榴树上，它们一边啃着枯萎的草，一边不断地使劲打着喷嚏，以赶跑钻进鼻孔的小虫。

"不知道司令部要我们在这儿待到什么时候……"一个新兵说着，突然伸手使劲地在帽子下搔起痒来。随着手的动作，挂在他身边的马刀在卡车上划来划去。"由于麻风病人的罪孽，我们连在河里洗个澡都不成！"

"那个雇工的逃跑使大尉很恼火，"另一个说道，"他可能真的是飞走了，因为连一点痕迹都没有留下……"透过上衣被划破的几处地方，可以看到他那长着稀疏汗毛的胸膛。

"这关我们什么事！"

"他刚被提升成大尉就想出风头。"

"其余的人，我们已经全部抓到了，他还想干什么？"

"那个逃掉的人使他坐卧不安，看来他是一个爱出风头的人！"

"抓这一个比活捉其他九十个还费劲。"士兵用拇指和食指在又黑又硬的头发里挠来挠去，挎在身边的刀仍在轻轻地摆动。

"他可能快到巴拉那河上游了，那里有更多的游击队在等着一块儿暴动。"

"可是，那里也有更多的军队在清剿革命中心。你忘了，我们团的另一个骑兵队被派去增援南方了。"

"这么说，他到了那里也会被捕的。"穿破军装的士兵含糊不清地说，好像不希望发生那样的事情似的，"他们肯定会抓住他的。他干吗那么着急呢？"

"在巴拉瓜里的骑兵中，我们的骑兵队是最好的一支，因此，大尉很恼火，他想逮住那个逃跑的人。你知道大尉昨天是怎么说的吗？'一个无名小卒怎么逃得出我的手心呢！'"

"马雷科大尉是个读书人，而且出身于有钱人的家庭，所以，他很狂妄。"

"他可能很狂妄，可是，我的屁股却被马鞍磨破了。我这可不是开玩笑！"那个在帽子下面捉虱子的士兵说，他用牙把刚捉到的虱子咬死。

他的同伴笑了笑，然后，两人又陷入沉默。他们看到，午后的太阳似乎在烧灼着椰林。太阳很大，好像充满了整片天空，万里无云，一缕烟柱在远处的山顶上冉冉升起。

"那节车厢老是烧不完！"年轻士兵说，"是不是它果真着了魔？"

"萨普开这鬼地方没有年轻女人，你注意到了吗，胡安德？"那个生虱子的士兵改变话题说。

"肯定有，但是，由于担惊受怕，她们都变老了。"

"也许是由于怕我们，她们都藏起来了。"

"我们打死了砖瓦厂的十个雇工。凡是死了男人的地方，那里的女人都会一下子变老。在上次革命中，我们村里也发生了这样的怪事。当时我还小，但我已经懂事了。他们一杀死我爸爸，妈妈的头发就全白了。"

另一个士兵只是听着同伴低声的、喋喋不休的控诉。

"我真想找一个十五岁的姑娘玩一玩……"他把帽子拉到眼睛上，把步枪夹在两腿间，向后仰了仰身子说，"听说麻风病人中有一个卡拉佩瓜的女教师，她是一个法国人的女儿，似乎还挺漂亮。有人看到她从那边的茅屋走出来到河边去。那时，我们正在埋死尸。"

又是一阵沉默，比前几次更长。这时，只能听到马咬牙的声音。大苍蝇在它们周围嗡嗡地飞着。

"我不明白我们为什么要杀死这些人，"胸部汗毛稀疏的士兵几乎是自言自语地说，"毫不留情地向他们开枪射击！他们还什么事情都没干。"

"命令就是命令，"另一个说，他好像在帽子下面睡着了，"我们在为祖国效力，这就是一切。我们白白吃饱饭干什么呢！"

"我不明白，卢奇。为祖国效力就要互相残杀吗？"

"这些人反对政府。"

"因为政府压迫他们。"

"政府就是压迫人的嘛。"

"但是，它不压迫它自己的人。"

"别这么说！我爸爸是自由党人，我爷爷也是自由党人，但是，他们从未摆脱贫困。我们在家乡林皮奥的那块地显得越来越小，因为家里吃饭的人多了，而土地却没有增加。"

"我爸爸既不是自由党，也不是红党。可是，政府的士兵把他打死了，因为他想把马藏起来，不交给政府的士兵，也就是我们这样的士兵。"

"把马藏起来？"

"在卡瓜苏山，那是一匹无敌的白额赤色快马。当士兵们像我们到这里一样突然开到我们村的时候，爸爸就把马藏进后屋。他和马一起藏在那里，躲了整整三天，等着部队离开。一天下午，马叫了起来。士兵们想进去把人和马一起带走。爸爸火了，士兵开枪打死了爸爸，把马牵走了。我至今还记得很清楚，妈妈扑在尸体上痛哭，同士兵们据理力争。爸爸脸朝外瞪着眼睛。我想，他一定是在那里眼巴巴地看着连长把马牵走而说不出一句话，但其实他已经死了，血流了一地，招来一群又一群苍蝇。"

"胡安德，如果他是自由党，士兵至少不会打死他。"

"不，卢奇，没有什么自由党和红党之分，只有穿红戴绿的人和赤脚的人、上层人和下层人的区别，仅此而已……"在破烂的军服下面，他那汗毛稀疏的胸脯在起伏。

"我们有什么办法呢！"戴草帽的人急促地说。

"他们给你一支毛瑟枪，命令你：开枪！于是，你就必须向反政府的人开枪，哪怕是杀你的父亲。"

"我们在军队就是干这一行的……"

"是的，命令就是命令。我只不过是一个新兵。"年轻人那双深棕色眼睛突然闪出光芒，他盯着昏昏欲睡的伙伴看了一会儿，神秘而疑惧地说，"卢奇，我告诉你一件事……"

"什么事？"

"我在沼泽地开过枪……"他一边说，一边指了指反射着暗淡阳光的牧草，"是的，我开过枪，但没有向他们开枪。"

另一个士兵坐了起来，茫然地眨着眼睛。

"那你是朝谁打的？"

"我是朝天打的，谁也没有发现。"

"可是……"那个叫卢奇的士兵又急又怕，一时找不到合适的话来表达他的惊讶，"你为什么要这样干？"

"我只是在胡思乱想。也许我爸爸会骑着他的白额赤色马突然从某个地方出现。我在草丛中趴着，免得看到他。我知道，如果我睁开眼，就会看到他用那双死人的眼睛盯着我，就会看到他血淋淋的胸膛。为了不伤害他，我才向高处开枪……"

"你发疯了，胡安德！"卢奇气冲冲地说，"要是大尉知道了，他是不会饶过你的!"

"如果你愿意的话,你可以告诉他。这对我来说已无关紧要了……"

"我不会告诉他的,不过要是大尉看见你那样做,那可不得了! 这可是生死攸关的事,游击队员也会打死你的。"

"可是,我们为什么要杀死他们呢? 我们和他们一样都是受苦的人……"

"现在不一样,"卢奇打断他的话说,"我们已经骑上了剪过耳朵尖的军马[1]……"

胡安德茫然地望着阳光灿烂的远方。


## 5


俘虏挤在运货的车厢里,可以向两旁滑动的车厢铁门上加了挂锁并贴了封条。阴暗处轰鸣阵阵,灰尘弥漫,连人的面孔都看不清楚。多数人趴在地板上,喘着粗气,昏昏欲睡;有些人弓背坐着,靠在这个不知把他们运往何处的颠簸牢房粗糙的铁墙壁上。他们只要一动,火车的轰鸣声中就增添了铁链的沉闷响声。铁链两端分别固定在一段废弃的铁轨上,把他们一对一对连在一起。这种在铁路修配厂焊接的简陋脚镣,使锁和封条都成了多余的东西,好像它们的存在仅仅是为了防止俘虏受到某种来自外界的感染。

他们已经好几个小时没吃没喝了。前一天夜里,他们就被关进了车厢。他们是一对一对地被赶上车的。当铁路修配厂的德国铅管工在马雷科亲自监督下焊接脚镣时,卫兵们用沾满机油的桶给他们喝水。

---

1 在南美拉普拉塔河流域的一些国家,凡属国家的牲畜,都要剪掉一个耳朵尖作为标记。

153

桶里的水本来是用来冷却他们踝骨旁的焊接处的，水一浇上去，焊接处就发出嗞嗞的响声。这项工作持续了整整一个下午。从那时起，他们除了用越来越少的唾液发泄无力的愤怒之外，嘴里没有进过任何东西。车厢里的空气令人窒息，加上汗和尿的气味，恶臭难闻，让他们感到更加口渴。车厢里的灰尘越来越多，俘虏们口干舌燥，咳嗽声不断。他们好像是一群哮喘和肺痨患者。受伤的人低声呻吟，与其说是为了减轻伤痛，倒不如说是为了便于呼吸。

列车到达萨普开的下一站埃斯科瓦尔车站时，人们发现，这节车厢就挂在一列客车的末尾。列车停了下来。俘虏们听到站台上为数不多的人的喧闹声，特别是卖蜜糖水的女贩子的叫卖声，但声音好像是从很远的地方传来的。

由隙缝射进来的充满灰尘的细小光柱渐渐转变成红色。黄昏快要来临了。在车厢中，在面目不清的人群里，有一个人特别显眼。他靠在车厢的一角，正聚精会神地看着那些隙缝。他长着大胡子的脸抵在胸口，他的眼里没有恐惧，也许有一点那些不清楚自己命运的犯人常有的焦虑不安，以及无能为力的忧郁；但是，那双眼里更多的是一种近于嘲讽的凶狠，似乎他在独自玩味这次失败。从他的上半身就能看出，他是一个身材高大的人。他一条腿的膝盖用破布包着，上面到处是黏稠的血污。又矮又胖的"镣伴"躺在他身边，轻轻地揉着被铁链勒肿的脚踝。

"他们会把我们运到……"矮胖子突然问道，但是，后面的话消逝在车轮的轰鸣声中。

大胡子继续凝视着车厢上那个脱落的铆钉留下的亮孔。过了好一会儿，矮胖子好像已经忘记了刚才提过那个问题似的，又把头转向他的伙伴，问道：

"西尔维斯特雷，你看车会把我们运到哪里去？"

"我不知道，"大胡子看也没有看他就回答，"我已对你说过了，'半米高'，不要急，看看再说。"

"依我看，他们要把我们押到巴拉瓜里。听说骑兵司令部的牢房很坚固。"

"如果要把我们押送到那里，他们就会让我们步行。从萨普开到巴拉瓜里还不到十里格，那就不会给我们戴这种脚镣了。"西尔维斯特雷说。他收回那条没受伤的腿，弄得链子哗哗作响。

"但愿我们能在巴拉瓜里下车。"

"这跟你有什么关系！就好像你要去参加守护神降生节！依我看，路途越长越好。一句话，你不用买车票。"

"我渴极了！"

"骑兵队不会在巴拉瓜里请你喝啤酒！"

"我还担心你的腿。"

"你不要为我的伤难过。"

外号叫"半米高"的人不说了，把两条胳膊交叉放在胸前。他半张开的嘴里有什么东西在动，也许他是在用舌头搜集唾液，然后，他使劲地吮着牙齿。

"我在想克里斯托瓦尔，"过了一会儿，他这样说，但没有睁眼，"他会怎么样呢？他们肯定已经逮住他了。"

"他们抓不住他。"大胡子说。

"克里斯托瓦尔是个机灵鬼！"矮胖子赞扬道。

"对他来说，骑兵们不过是一群草包。比这更危险的情况，他也能对付，他会逃出去的。他一生下来就过着逃亡的生活。这些穿着国家军装的猪猡是抓不到他的，他们要比克里斯托瓦尔更厉害才成。"

"当他们用枪威胁我的时候，我想嘲弄他们一番！'大尉，我来告诉你哈拉藏在哪里。'我拼命地缩紧肛门对他喊道。这样一来，我的便秘也好了，至少在这方面我要感谢他们!"

另一些人也转过头来听他说话。在被一道道布满灰尘的光柱分割开的黑暗中，一些人的脸上似乎露出了笑容。

"你们记得卡马丘-库埃沟边那棵被雷电烧焦的廷波树[1]吗?"他发现有人在听他讲故事，就坐起身来，用眼睛搜寻着听众，"那棵树是空的。"

"这我们知道，加玛拉。"一个人说道。

"我把巡逻队带到那里，用他们给我的刀清理杂草丛生的小河沟的入口。'哈拉就藏在这里。'我漫不经心地对他们说。我想，说不定那个大尉会相信我的话。'矮胖子，你想捉弄我们吧?'他龇着猪一样的獠牙说。我感到我又被吓得拉稀了。'不，我的大尉! 我亲眼看见哈拉钻进去了! ……'"加玛拉竭力模仿着骑兵队长的表情和粗嗓门，"'这里怎么能容下他?''的确能，长官。'我对他说，'哈拉甚至能钻进犰狳洞里……''他肯定钻进你姐姐的洞里了! ……'他对我说。我感到说服不了他，他可能真的要枪毙我了。'嘿，反正我没有姐姐……哈拉就藏在这里……后来我就没有再看到他了……'大尉踢了我一脚。'那你也进去吧!'他对我说，还一个劲儿地踢我。别人在一边笑着，好像他真要把我塞进树洞似的!"

"要是我的话，也要把你塞进树洞里!"西尔维斯特雷·阿基诺插话说。他没有笑，突然伸长了那条和矮胖子连在一起的腿，这个动作把铁链子都牵动了。"你这个帮凶!"

"不，西尔维斯特雷，我对大尉说的是瞎话，我是想拿他寻开心……"

"你说的不是瞎话，"大胡子打断了他，"在我们被捕以后，克里

---

1 生长在巴拉圭和阿根廷一带的一种高大树木，通常用来做独木舟。

斯托瓦尔天黑时躲到那里去了。"

"不!"加玛拉睁大眼睛说。

"假如他们逮住他,那就是你的罪过。"

"我以为……"

"他们应该把你和贝拉上尉放在一起,"西尔维斯特雷厌恶地说,"他不惜出卖自己的同志!"

"可是他也被捕了……"

"那是为了掩护他!假装闹革命的上等人!我压根儿就不该相信他。"

"西尔维斯特雷……"矮胖子吃惊地问,"你当真认为他会出卖我们吗?……为了造反,他险些被枪毙……"

大胡子没有回答,他又盯住那个铆钉孔,从那里灌进来的一缕煤烟越来越淡。其他人也都默不作声。突然,列车通过一条隧道,发出隆隆的响声。

不一会儿,列车开始减速了,最后终于在车厢互相撞击的声音中停了下来。站台上又传来了喧嚷声。到处都能听到卖蜜糖水和玉米面包的女贩子的叫卖声。这一次,声音显得更近些。在充满酸味的黑暗的车厢里,人们沸腾起来了,铁链撞击声和叫骂声交织在一起。他们好像盼望着什么似的把一张张脸贴在车厢的隙缝上。加玛拉跪着从铆钉孔向外窥望,好像一个被拦腰砍掉下肢的人。他看到了散布在深紫色山影下的巨大兵营。

"喂……西尔维斯特雷,我们到巴拉瓜里了!"他说着,眼睛并没有离开铆钉孔,"看来他们不会让我们在这里下车,否则,早来开门了。"

大胡子喃喃地说了些什么,他动了动身子,一边低声地呻吟着。

"嘿……多好的蜜糖水呀!"加玛拉喊道,一边用舌头舔着嘴唇,"我能一口气喝一桶!"

157

另一个人也跪着凑过去，把加玛拉从观望孔边推开。那些贴在墙壁上、渴望得到一点什么的躯体和面孔，顿时给黑暗的车厢增添了生机。他们看到，卖蜜糖水和玉米面包的女贩子们在他们的车厢前面来回走动。他们有些人伸着双手，有些人一边用手抓着、敲着车厢，一边粗鲁地叫嚷着。

在叫喊声停息的一瞬间，他们听到，一个嚼着面包、噎得喘不过气来的士兵，耀武扬威地对女贩子们说：

"我们不费吹灰之力就在卡尼亚维沼泽地把他们俘虏了。就算不让他们烂在亚松森的监狱里，也得把他们送进查科的集中营，让他们再也不能参加……"他下面的话就听不到了。

"为什么这样押运犯人！就是牲口，也不能这样对待呀！"一个女贩子抗议道。

"他们是土匪！"卫兵咕哝着说。

"去你的吧，参加游击队的人不是土匪！"女贩子说。

犯人们虽然看不见那个女人，可是感到她离他们很近。他们试图从隙缝中找到她，但是，未能如愿。他们只能感觉到，车厢周围聚集的人越来越多。看来，人们不单是为了看热闹，那个素不相识的女人向他们表达了众人的声援。卫兵们无意驱散围观的人群。他们一个个趾高气扬、不可一世，在那里贪婪地吃着东西。

"他们是我们的人，和你们一样，他们也是人！"女人继续说。

"可别让我们的拉米雷斯上校听到你的这些话！"卫兵朝兵营方向努了努嘴，半真半假地说。

"拉米雷斯上校是我的好朋友！"女贩子反驳说，"没有我的玉米面包，他的夫人就喝不下甜马黛茶！"

"我们把你也逮起来！"在人们的喧笑声中，卫兵班长插嘴说。

双方对话的语气变了，士兵们的话越来越粗野，女贩子的话越来越尖刻。

"你凭什么抓我！你还想白吃我的玉米面包……"

她朝车厢走去，在越聚越多的人中显得很突出。从这个农妇的外表，很难判断她的年龄。在晚霞映照下，她黝黑而粗糙的脸泛着红光。在头上顶着的大篮子的阴影下，她的眼睛时不时闪烁着狡黠而温柔的光。她一只手提着装满蜜糖水的铁桶，若无其事地慢慢走近车厢。

"听说巴拉那的士兵昨天晚上开到了恩卡纳西翁和卡伊普恩特……当真整个南方都有暴动吗？"她装出一副无知和不悦的神色问道。

俘虏们互相对望着，一时间，拳头敲击车厢的声音停止了。

"你们听到军队方面的情况了吧！"加玛拉在布满灰尘的铆钉孔前跪着说。

在令人窒息的沉寂中，脚镣发出阵阵碰击声，腾起阵阵灰尘。一张张脸又贴在车厢的隙缝上。他们看到，一个班长模样的人走近那个女贩子。

"你最好不要多说了。给我一碗蜜糖水。"俘虏们听到他对女贩子说。

"可以，我给你，可是，你也得让我给犯人。"

班长简直想用枪托捣她，然而，看到女人的镇静神态和从古铜色面孔上射出的目光，他停住了。

"嗬，你这小伙子还挺神气，脾气可真大！你敢下令把车厢打开吗？不敢，就滚开！"

西尔维斯特雷·阿基诺向他的伙伴们使了个眼色。霎时间，车厢里叫喊声和敲击声大作，好像是一群精神病患者的喧闹。他们开始用铁链，甚至用一段段铁轨敲打车厢。污黑的面孔都贴在车厢的隙缝上。他们看到，在一片混乱中，卫兵和女贩子的表情各不相同。站台上汇聚了一堆堆密集的人群。一个军官纵马而来，他用马在人群中冲开一条通道。班长向他跑去，神色慌张地向他报告。女贩子们提着篮子和铁桶，面对车厢站着。主要由妇女组成的人群，焦急地等在后面。那个卖蜜糖水的女贩子向军官走去。她的表情是克制的，然而也是坚定的，显示着善良和魄力。俘虏们可以猜出她对军官说了些什么。军官挺着胸脯骑在马上，犹豫不决地向两旁望了一下。显然，下面的女贩子压倒了他，如同压倒了班长一样。终于，他斩钉截铁地向班长下了一道命令。班长低着头从子弹袋里掏出钥匙，快快不乐地向车厢走去。车厢好像一口巨大的棺材，装着一百个因口渴而呼叫的幽灵，里面继续传出震耳欲聋的响声。一些木板已经开始松动，在铁轨的敲击下变成了碎片。

当班长把钥匙插进锁里的时候，敲击声顷刻间停止了。卫兵队在班长旁边组成一道封锁线。当时，车厢内外一片寂静，拉开车厢门闩和沉重铁门的声音便显得格外清晰。由于泥土的阻塞，车门险些卡住。大家一起使劲，门终于打开了，并发出了一声长而响亮的尖叫，似乎它也在为口渴而呼号。

傍晚柔和的阳光猛然照射在污秽的人影上，像火花一样把他们照得头晕目眩。他们涌到门口，铁链互相交错在一起。一双双不停地眨着的眼睛里流露出欣喜若狂的神情。士兵用枪托逼他们后退，但是，卖蜜糖水的女贩子们已经挤了过去，把她们的铁桶举到车厢上。一些孩子像猴子似的爬上去帮忙，两三个士兵在那里维持秩序。人们在一旁看到，犯人贪婪地喝着蜜糖水，好像有生以来从来没有喝过水一样。一些人咬住桶的边缘，蜜糖水顺着他们那变了形的脸往下流。顷刻间，车厢的地板被弄得又黏又滑，在车厢外面可以看到蜜糖水顺着地板的隙缝流到草地上。西尔维斯特雷·阿基诺想喝完桶里的最后一滴水，加玛拉便给他扶住铁桶，把剩下的蜜糖水一点一点倒进他的嘴里。与

160

此同时，妇女们在分发香味扑鼻的金黄色面包圈，犯人们大口大口地吃着。促使军官打开车门的那个女贩子的面孔黝黑而威严，她一直站在车厢门口，不时用狡黠而诙谐的话鼓励犯人，好像他们根本不是戴着脚镣的犯人，而是彩票棚里或守护神降生节上凑热闹的人们。孩子们拿着篮子和空桶从车上跳下来。

一个肥胖的军人用望远镜从兵营门口向车厢瞭望，他大概是当地驻军的长官。命令打开车厢门的军官站在他的身边。过了一会儿，门又关上了。长官走进兵营，卫兵严肃地向他持枪敬礼。

被意外事件耽误的客车开动了，渐渐消失在为夜幕所笼罩的利昂山坡上。

6

麻风病人是唯一免受审问的群体。这是一种特权，因此，他们现出一副扬扬自得的神气。他们整天在户外活动，好像是故意要展示裸露着的糜烂身躯，同时这也是他们的通行证。

从哨所可以看到，他们有时在树荫下走动，有时带着被豁免者的骄傲和嘲弄的神气到小河边散步。士兵们已经不再试图从这些浮肿的人中寻找克里斯托瓦尔·哈拉那年轻而坚韧的形象了，军官也不再用望远镜在满是肉瘤的面孔中寻找他那张丰满的脸了。他们早就知道在那里找不到他，他们甚至已经有些忘记了那个逃掉的人，然而，他们继续注视着那些茅屋——下级军官和士兵更是如此——也许是因为他们指望重新看到那个金发女郎。从远处看，她好像仍处于年轻貌美的黄金时代。

前几天的一个傍晚，当她向小河边走去的时候，他们曾隐隐约约地看见过她，但是，她很快就在山间小道上消失了。士兵们偷偷地侦察了附近的地形，只看到麻风病人在那里洗澡或洗脓疮，然而，却找不到金发女人。她只是从士兵们眼前一闪而过。一个麻风病人不可能有那样苗条的身材和蚕丝一样柔软的长发。彩虹女神的传说，被亲人无情地遗弃在那里的法国人的女儿，卡拉佩瓜的前女教师，这些都是哨兵津津乐道的话题。除去聊天，他们就独自胡思乱想。使人发狂的寂寞、厌倦和死亡的影子，折磨着士兵的神经。晚上，当满是绿斑的月亮升起时，他们就会想，月亮也和那个女人一样生病了，但是，他们没有再看到她。

把犯人押上火车的那天午后，马雷科大尉正好在一个监视麻风病人的哨所里。突然，士兵中起了一阵小小的骚动。班长对他的上司做了一个手势。

"您瞧，大尉！她在那儿！"

坐骑上的马雷科迅速转过身来。远处，那个女人从一所茅屋里走出来，正不慌不忙地在椰林中走着。士兵们目不转睛地盯着她。大尉正在捕捉其他目标，顿时，他那张哭丧的脸也舒展开了。他终于也和他的下级一样，全神贯注地看着那个女人。

由于他们期待了很久，背对着落日余晖的女人显得很美，从远处看去更是如此。她的确像一个会再度同她那奇迹般完美无缺的身体一起消失的幻影。她走起路来，修长的四肢有节奏地摆动着，微风吹拂着她披散在背上的长发。透过破旧的衣服，她的膝窝、粗壮的大腿和纤细而灵活的腰肢依稀可见。她走过椰林时，树冠的阴影不时投在她身上，使她的身影时而模糊，时而清晰。无疑，在观望者的眼里，幻影和现实交替出现，并把这两种截然相反的形象融合在了一起。

这时，女人来到小径的一个转弯处，于是，她渐渐向士兵们走了过去。士兵们期待的心情更加强烈了。又有一些人的轮廓在茅屋附近出现，但是，所有人的眼睛都盯在那个女人身上。她微低着头，从哨兵前方轻轻掠过。他们正在欣赏她的侧影，再过一会儿，在她进入小树林之前，他们还会看到她的正面。

马雷科大尉踮起踩在马镫上的脚尖，将望远镜对准并调好了棱镜。他的厚嘴唇微微颤抖，鹰钩鼻的鼻翼也随之翕动。过了一会儿，望远镜垂落在他的胸前。他脸上现出一种难以形容的厌恶表情，嘴里吐出一句脏话。如痴如狂的士兵们这才停止了他们的观赏；班长重重地把脚跟并在一起，做了一个立正的姿势，以为大尉要他们集合。

女人消失了，这时，他们才重新感到疾风从茅屋那边带来的令人作呕的气味。

大尉用马刺踢了踢马，在换班士兵的护卫下，愤愤地离开哨所回镇上去了。

他们走近位于沼泽地和镇子中间的公墓时，天已经黑了。大尉尽管由于生气而心神不定，但是，仍然发现，在一条小路上有一个可疑的东西。他猛然勒住马，掏出手枪，响亮地喊了声"站住!"。那个东西迟疑了一下，大尉向它开了一枪。它可能被大尉打伤了，一瘸一拐地穿过草地，几乎是匍匐着向远处逃去，还弓着身子以缩小目标。大尉勃然大怒，几乎不加瞄准地把整梭子弹向它打去。最后几发子弹把它打倒在公墓的铁丝网附近。大尉催马跑过去。那个东西还在挣扎。蜂拥而至的换班士兵又向它开枪射击。

"这个可耻的家伙终于完蛋了!"大尉用变了调的声音叫道。

大家都明白他指的是谁，然而，当时他们有些迷惑不解。在傍晚的光线中，那个一动不动的家伙似乎没有人那么大，至少没有他们搜捕的那个人那么大。他们想，也许是由于子弹的烧灼，那个被斗篷覆盖的东西缩成了一团。

"他妈的，下去看看!"大尉吼道。

两个士兵立即跳下马去。他们掀开斗篷，看到了尸体。首先露出来的是瘦小的、被打断的腿，然后是肿胀的肚子，最后是长着胡子的尖脑袋，胡子上沾满了血和唾液。

"报告大尉，是一只山羊!"一个士兵用手拎着湿透的斗篷，结结巴巴地说。

骑兵队长气得火冒三丈。他的下属第一次看到他的双脚离开马镫。他用靴尖盲目地寻找落脚的地方，把马镫踢得叮当作响，马惊恐不安地举起了前蹄。

"这是我的羊。"一个女人的声音在他背后响起。大尉转过身去。

"你是什么人?"

"我是马利亚·雷加拉达·卡塞列。"

一个小巧的、模糊不清的人影无畏地站在人和马中间。

"你想捉弄我们吧?"队长凶狠地叫道。

"不是，山羊是我的。"她重复了一遍，声音中没有恐惧。

"你怎么知道这是你的羊?"

"从这件斗篷就能认出来。"

"你把它盖起来干什么? 你怕我们偷你的羊?"

"这可怜的东西特别怕枪声，"马利亚·雷加拉达想了一下说，"因此，我把它盖起来，并把它关起来。"

"而现在你把它放出来嘲弄我们。"

"不是，是它自己跑掉的。它是挣脱拴在腿上的绳子跑出来的。"

"你的家在哪儿?"大尉的声音变得温和了。

"在那儿。"

"在公墓里?"

"在公墓旁边。"

"你不害怕吗?"

"不害怕，我从小就住在这里，我是掘墓人。"

"见鬼！勇敢的女人！"队长放声大笑起来，他的部下也跟着他一起笑起来。

"是的，大尉，"一个士兵证实说，"她是掘墓人。"

"那么你要把山羊埋掉吧？"

"既然它被你们打死了，我只好拿它来做腌肉。"

"一个人吃这么多肉？"

"我还要照顾病人。这地方没有肉，很穷，现在更穷了。"

谈话停顿时，山上一片寂静。在近处的一棵树上，一只猫头鹰凄厉地叫着。月亮那张麻风病人似的面孔在沼泽地上空懒洋洋地露了出来。

"把山羊给她送回家去！"大尉命令道，一边策马前进。

半小时后，他来到村里。路过镇政府门前时，他看到人们异常地忙碌。几个妇女正在挂满三色小旗和树枝的客厅里做最后的装饰工作。在客厅的天花板上、院子里和葡萄架上，到处挂着三角旗和未点燃的中式灯笼。

尽管一切都已安排就绪，但是，当看到大尉从街上走过时，妇女们干得更加起劲了。她们来去匆匆，并不时向大尉暗送秋波。

镇长急忙迎上去。

"您好，大尉！"

神色严肃的马雷科喃喃地做了回答。

"刚才我们听到公墓那边有枪声，有情况吗？"

"没有，一场虚惊。"

镇长指着辛劳的妇女们精心布置的客厅说：

"大尉，您看到了吗？大家对今晚的联欢会都很热心。"

"联欢会？"他冷冷地问。

"怎么！您忘了吗？这是萨普开居民为你们准备的庆祝活动！"

"啊！……"

"圣殿复兴委员会的女士和女教员像黑人那样卖劲，她们想在您面前炫耀一下。年轻姑娘们对你们的军官抱有幻想。众所周知，女人是不会放过良机的！连第三会的修女们也要来！……"他走到大尉的身边，用指节敲着骑在马上的大尉的皮靴，谄媚地笑着说。

"您可以陪我去酒馆喝一杯吗？"大尉没有对镇长的话表态，"我要喝它半升瓜里波拉[1]。"

"当然，当然！"

姑娘们失望地看着沼泽地上的胜利者驼着背策马而去。

## 7

冒着油烟的小灯笼的影子投射在茅屋的房檐下。马利亚·雷加拉达正在灯下腌羊排，她的儿子蹲在旁边的木盆前拾掇羊下水。

孩子用刀拨动羊肝，脸色突然变了。

"这里又有一粒子弹！"他把取出来的子弹扔到远处的黑影里。

马利亚·雷加拉达熟练地使用着屠宰工具。孩子用小眼睛盯着她，为的是更亲切地和她谈话。寂静和黑暗压得他透不过气来。

"原先我以为他们抓住了他，枪声好像就来自公墓里边……"

妈妈向他使了个眼色。

"阿列霍，我对你说过，他们会偷听我们的谈话……"她低声说。

小孩向四周望了一下，把声音压得特别低，好像是在窃窃私语。

---

1 在巴拉圭通常指酒类，特别指"巴拉圭酒"。

"我听到枪声时，正和别的孩子一起从学校回家。当时我差点喊出克里斯托瓦尔的名字。其他人都跑了，只留下我自己。路过公墓时，我真想进去看看。我发现，铁丝网旁边有几匹马。我摸着黑慢慢走过去，听见你正和他们说话。妈妈，你不怕吗？"

"不怕。"

"他们要是把你带走呢？"

"凭什么把我带走？"

"当兵的什么人都抓……"孩子天蓝色的眼睛十分羡慕地盯着妈妈，在阴影中宛如两滴水珠。

"要是我不迎上去，那真的要糟了。"

"为什么？"

"因为他们一定会找山羊的主人，一定会重新搜查一遍。那样，他们可能会找到克里斯托瓦尔。我出去是为了把他们打发走。"

"他们怎么还把羊给了你？"

"羊是我们的。"

"是呀，可是那个军人很恼火。我听他对你说，你是想嘲弄他。他们也可以把羊带走自己吃。"

"他们还帮我把羊拖回来，而克里斯托瓦尔也平安无事。"

这时，孩子呆呆地掏着羊肠里的臭血和粪便。

"我真不明白为什么他们到现在都没有发现他……"孩子用猜度的口气说，"只有那个地方他们还没有搜查过！"

"他知道该怎么办。"

"他知道士兵不会到那里去找他吗？"

"是的，那天上午我在草丛里发现他的时候，他把我吓了一跳。我以为那是一个从坟里钻出来的人，可是，那天既没有下雨，也没有发生别的事情。当时，他对我说……马利亚·雷加拉达，你不要怕。

如果你让我待在这里，他们是不会发现我的。他们搜捕的是一个活人，而这里只有死人……他确实像一个死人，因此，他们没有在那里找他。"

孩子的小脑袋使劲地琢磨那逃跑者魔鬼般的战术，可还是百思不得其解。

马利亚·雷加拉达正把一条大腿上的肉切成薄片做腌肉，肉片切得比橘子皮还要薄。切这个部位的肉要特别细心，因为肉不多，还被子弹打穿了好几处。

黑压压的橘子树布满了院子，小院里到处弥漫着羊肉的腥味。阿列霍出去倒垃圾，院里的灯光一时消失了。妈妈听到儿子在沟边撒尿的声音，然后，他无精打采地走回来。皎洁的月光洒在他的头发上，两颊的雀斑好像是闪闪发光的碎云母。他脸上带着孩子们熬夜时那种睡意蒙眬的样子。

母子俩一直工作到深夜。月亮已躲到天空的另一边，据阿列霍所知，它藏在远处山岗后面的伊波阿湖底了。在沼泽地那边，时而从哨所传来零星的枪声，火光像火柴的火舌一样在夜色中闪烁。

马利亚·雷加拉达走到徐徐燃烧的火炉边。她从炉火中取出一些火炭放在一块砖上，又把装着粗糙木把的光亮铁块放在火炭上烘烤。

然后，他们回到屋里。里面摆着一尊圣伊格纳西奥的大雕像。从黑木头的裂纹来看，它的年头已经不短了。那里还摆着一些小雕像，上面到处都是斧头砍出的伤痕，这是那个外国医生留下的痕迹。他创建了麻风病人的聚居点，后来，他失踪了，但在这个女人的脑海里，留下了他那疯狂行为的既仁慈又凶狠的影子，同时存在的还有她对他的记忆和怀念。无疑，马利亚·雷加拉达仍在等待阿列克赛·杜布洛夫斯基。无数的蜡烛头和流满蜡油的烛台，就是这种期望的见证，这期望比虔诚的信仰更加坚定。不管有多困难，它仍然把一种强烈的信念永远地保存了下来，因为它的目的十分单纯，且充满人性。除了对"从未得到的东西的怀念"之外，马利亚·雷加拉达还有什么真正的希望呢？这种怀念在那个在她身边长大的孩子身上得到了体现，他也在等待没有见过面的父亲。

马利亚·雷加拉达从一个大皮箱里找出一些男人的衣服。她从火炭上取来烧热的、代替烙铁的小铁块，开始熨烫满是皱褶的衣服。阿列霍在一边看妈妈干活。突然，他的兴致来了，带着睡意的面孔也焕发出神采。

"这是爸爸的衣服吗？"

"不是，是外祖父的。"

大战以来，卡塞列家族的每个男人都是科斯塔杜尔赛公墓的掘墓人。到阿列霍外祖父那一代，却发生了变化。对此，阿列霍一无所知，现在他关心的是其他事情。公墓已不再是死人的土地，而成了沼泽地里那个必须不惜一切代价逃生的人的藏身之地。

"你要把衣服送给克里斯托瓦尔吗？"

"是的。"

"他非要去参加舞会吗？"

"是的。"

"可是，妈妈，这个联欢会是为骑兵队开的呀！"他发自内心地反对道，"他们会在那儿抓住他的！"

"他想去。他知道应该怎么办，而我们应该帮助他。他不能老待在公墓里。如果村里死了人，尸体就要被送到这里埋葬。克利马科·卡瓦尼亚斯先生病得很厉害，说不定哪一天就不行了。他是调解法官，一定会有很多人给他送葬。"

"如果他去参加联欢会，他们一定会抓住他的！"孩子非常担心地说，这种担心似乎使他变得老成了。

"他们不会在那里找他，通往镇子的大路是唯一没有岗哨的路。"

"如果他和山羊落得同样的下场呢？"他的话里没有讽刺意味，但符合逻辑，不容反驳。

"他知道应该怎么办。"她支吾着说，看得出，她不愿意把这看成一种不明智的做法。实际上，这的确很像孩子们的胡闹。

"克里斯托瓦尔昨天对我说，他宁愿藏在麻风病人当中，至少等到部队开走之后。他就是这样对我说的。"

"可是，他进不去。那里有哨所，他们只让我一个人到那些茅屋里去。"

"那……"孩子打了个哈欠，好像表示，他对那件不可避免的事情无能为力，"那么，今天晚上他肯定是想穿过铁路进入山里……"

"唉，可不是嘛。为了履行自己的义务，他必须活着。"

"他的义务是什么，妈妈？"

"他是在为改变现在的苦日子做斗争……你去睡吧……"

阿列霍昏昏沉沉地站起来，向他的行军床走去。

他很快就睡着了，进入了寂寞的梦乡，如同进入一个不可到达的境域，在那里，过去和未来交织在一起。尽管这个孩子是一个男人用暴力与一个女人结合的产物，可是在这里，他却是人类的无辜和纯洁的见证人。因为，人的一生又在他身上从头开始了。

母亲盯着他看了一会儿。她熨完上衣和裤子以后，又打开箱子取出一件衣服，若有所思地熨起来。寂静压得她两鬓发胀。她用唾沫沾湿一个指头，在鬓角上擦拭着。然后，她又把一点唾沫弹到铁块上，却没有听到任何声音。

她去放在暗处的澡盆里洗澡。茅屋里到处是晃动的影子。已经看不到远处哨所的士兵射击时发出的火光了。从路上传来成群结队地参加联欢会的士兵的喧闹声、笑声和马蹄声，声音在茅屋里回荡。

她开始穿衣服。她一面谛听夜间的动静，一面机械地梳头。她给儿子盖上一条破毛毯，拿起男人的衣服，熄了灯，扣上门走了出去。兜了一个圈子之后，她才向公墓走去。

## 8

联欢会正进入高潮，大厅和院子里都挤满了人，到处都是军人。他们已经好几天没有刮脸了，军装和皮靴上沾满了泥土，全身散发着人和马的汗臭味，以及沼泽地的臭水味。尽管如此，他们的兴致却非常高。他们好像全身喷满了优质香水，在那里神气活现地自吹自擂。所有这些都给联欢会增添了特殊的色彩。联欢会是为沼泽地的英雄举办的，自然，那些浑身发臭的军人是那里的显赫人物。如同狐狸的气味使养鸡人坐卧不安一样，联欢会热烈的气氛也使妇女们心神不定。

在被电石灯照得光彩夺目的大厅里，军官们被村里的上层人物团团围住。身为镇委会成员的牧场主、庄园主和商人都汇聚在那里，铁路的职员也来了，当然，神父也不例外。在大厅的尽头，一些殷勤的人围在两眼充血、说话含糊不清的骑兵队长周围。

圣殿复兴委员会的女士们以主人的身份热情地给客人送着小吃，女教师和其他姑娘轮班给她们打下手。最年轻的姑娘们围着三个上尉眉来眼去地大献殷勤，她们穿着薄薄的半透明的衣服，兴致勃勃地微笑着，弄得三个军官应接不暇。那些姿色稍逊的姑娘，同更多的、容易接近的下级军官周旋。那些轮流送小吃的姑娘在一对对舞伴中穿来穿去，嫉妒地看着他们，并伺机把酒杯和装着肉饼或点心的盘子转交给别人。盘中的每块肉饼和点心上都插着一根带小旗的牙签。

马雷科大尉没有跳舞，这不能不使在场的青年和老人感到惊奇。因为他也是一个年轻人，只是他的地位和处境使他勉强带一点中年人的样子。人们发现，大尉是一个虚荣心很强的人，他用"上等人"那种典型的高雅风度来弥补他年龄上的欠缺。他以观赏者的身份参加联欢会，在交谈中，不时用行家的目光疾速地扫视一下跳舞的姑娘们，但不停留在任何人身上。人们不断给他送饮料，他一杯接一杯地喝着，但是，谁也不会说骑兵队长不善于社交。

人们的喧闹声淹没了小乐队的演奏。一把小提琴、一架竖琴和三把吉他不停地在活动舞台上奏出一支支欢乐动人的舞曲。竖琴手似乎是个瞎子，但他弹得最起劲。即使在舞曲的间隙中，他也在不停地调着音调。他把脸贴在琴弦上，好像他不仅是个瞎子，还是个聋子。

院子里人山人海，都是些看热闹的平民。他们来这里的目的各不相同，但主要是从近处看看这些骑兵。参加联欢会的士兵不下百人，每人都佩着一把马刀。中式灯笼把葡萄架照得光怪陆离，在阴影中，他们搂着赤脚的女人翩翩起舞。腾起的尘雾笼罩着他们紧紧贴在一起的轮廓，士兵长满胡子的面孔和女人不可揣测的面孔变得模糊不清。她们在士兵的怀抱中挪动着，好像身处睡梦中，正在某个凄凉可怕的战场上和死神跳舞。

在院子里几乎听不到从大厅传来的微弱的音乐声，士兵们只是根据自己的记忆随心所欲地跳着。他们紧紧地搂着女人的腰肢，有时，突然把颤抖的手伸向她们的臀部。欲火使他们明亮的眼睛变得暗淡无光。从他们汗流浃背的身上散发出令人作呕的兵营的酸味。

与此同时，布鲁诺·梅诺雷特先生正在观赏他所说的"军人狂欢"的盛况。在半明半暗的彩色灯光下，他突然发现，或者他以为发现了一个熟悉的人影，梅诺雷特先生怎么也想不到会在这里碰上那人。他再走近一点，简直惊得目瞪口呆，因为他看到的正是他的司机。哈拉正在几个村民中和女掘墓人跳舞。那些村民光着脚，草帽压在眼皮上，似乎因在这种场合跳舞而有些羞愧。加泰罗尼亚人好像突然喝醉了酒，跟跟跄跄地走开了。他这种举动不能不使他的熟人吃惊。有些人听到他边走边嘟囔着说："他发疯了……他简直是发疯了!"

该是接近午夜时分了,因为在舞曲的间隙中,神父起身向宾主告辞。

"联欢会非常美妙,但是,明天一早我要主持弥撒。"

"我知道,感谢您的光临。"大尉说。

"我要为您的使命祈祷,"神父亲切地握着大尉的手说,"愿上帝保佑您。"

"非常感谢,神父。"大尉做了一个军人立正的姿势。

神父出去了。随后,正在大厅角落热烈交谈的第三会的修女们也带着虔诚的神态离去。

她们和正在往里走,并用发疯的目光寻找大尉的布鲁诺先生撞了个满怀。他推开人群,终于走到大尉面前。镇委会的顾问和商人们看到,他带着神秘和恐惧的神态,拉住大尉的胳膊走到一边。

"我告诉您,大尉……我知道那个人在哪里。"他劈头对大尉说。

"谁?"大尉用通红的眼睛盯着他,似乎在努力辨别一个暗淡的轮廓。

"那个克里斯托瓦尔·哈拉……我的司机,你们正在搜捕的那个人……"

"他在哪儿?"

加泰罗尼亚人犹豫了,他用死人般的眼睛盯着地面,仿佛突然发现,地上裂开了一道深深的、冒着熊熊火焰的口子。谁也不知道,也许连他自己也不知道,当时他是去告发克里斯托瓦尔·哈拉,还是相反,是在试图捏造一个疯狂的谎言,虚构一个荒诞无稽的不在场证明。哈拉以魔鬼般的勇气,单枪匹马、孤注一掷地到这里来嘲弄所有敌人,而加泰罗尼亚人的行为比这更荒诞无稽,也许他猛然理解了这种荒唐行为的意义，并决定冒着生命危险保护它，使实现它的可能性远远超过事实所允许的范围。

这件事当时谁也不知道，而且永远也不会有人知道，因为就在那一刻，一阵无法形容的骚动使大厅和院子里的人，以及看热闹的人到处奔跑、呼叫。

"麻风病人……麻风病人！"妇女们惊叫着。

包括军官、士兵和乐师在内，所有在场的人都四处逃窜。只有竖琴手继续演奏着，对发生的事情视而不见，听而不闻。在哭叫着逃跑的人群中，马雷科大尉眨巴着眼睛停了一会儿，好像在做一场噩梦一样，他看到几对麻风病人拖着浮肿、糜烂的躯体，在微弱的灯光下滑稽地跳舞。

在葡萄架下的阴影里，克里斯托瓦尔和马利亚·雷加拉达也在丑陋的麻风病人中跳舞。军人的傲气很快被那种荒野的甜蜜气味吞没了。他们向大尉挤过来。克里斯托瓦尔甚至在越来越近的化脓的脸上发现了一种会心的微笑，马利亚·雷加拉达脸上则流露出一种满意而神秘的表情。

当竖琴手在空无一人的大厅里起劲地演奏一支活泼的舞曲时，他们在那些鬼怪的保护下，不慌不忙地离开了大厅。

# 七 流放者

1

1932 年 1 月 1 日

正值新年，在佩尼亚埃尔摩萨军事集中营，我们几乎感觉不到时间的流逝。对我们这些被流放到这个小荒岛的五十多名囚犯来说，每天都同样单调。小岛位于一条约一公里宽的河流的中央。这里水流缓慢，水面上不时荡起一圈圈涟漪。由于水浅，在太阳暴晒下，河水散发着一股污泥的臭味。有时，河流看上去像一个静止不动的死水潭，在这种情况下，似乎可以感到小岛正在向河流上游那闪闪发光的峡谷移动。

警备队的船每个月来集中营送一次给养和信件，有时也顺便带来一两名新囚犯。上个月随船送来了这个集中营的最后一名囚犯，他叫法贡多·梅迪纳，是学生领袖。由于他是左派，所以人们管他叫"左撇子"。他好像卷进了亚松森的十月事件。由于玻利维亚人不断向查科地区推进，亚松森的许多大学生涌到政府大厦前，要求政府保卫查科，结果遭到军警的开枪镇压。

连"左撇子"梅迪纳在内，平民囚犯共有六人。他们属于编外囚犯，但是，由于几乎全部囚犯都穿短裤，所以，很难区分谁是军人，谁是平民。

昨天晚上，集中营的全体人员举行了一次聚餐。上星期，船夫带来了三只羊，大伙摊钱买了下来，昨天宰了。囚犯和看守同桌就餐，连驻军长官也参加了我们的聚餐。他发表了一篇充满爱国主义精神的演讲，最后，他还向"期待自新的难友们"表示美好的祝愿。接着，他和我们一起喝酒。午夜，他乘着酒兴，一枪打灭了一盏灯笼，发出了向烤羊进攻的信号。萨亚斯大尉喜欢夸耀他当年荣获手枪射击冠军的事情。现在，他作为一个预备役军官，在这里看管犯人。看守班的士兵也鸣枪助兴。密集的射击声惊扰了一只鹦鹉，过了很久，它凄惨的叫声才平息下来。

吃完烤羊，米尼奥用手风琴演奏了一首他自己创作的曲子。一个新兵用吉他为他伴奏。大家一边喝酒，一边听着舞曲。我们这些男人组成一对对可笑的舞伴。每个人的眼睛都发出昏暗的光，双手神经质地颤抖着。我们嘴上都在诙谐地开着玩笑，心里却在怀念女人。在卡萨多港有许多印第安女人，可是我们这里连印第安女人也找不到。萨亚斯不停地哈哈大笑，他那鼓一样的肚子随着笑声上下起伏。他喝得酩酊大醉，几乎是被班长和两个士兵抬回房间的。

我依着一棵树席地而坐，从暗处看着狂欢的人们。我不想再喝酒，因此才溜到一边。也许是由于过去的那件事，我一看到酒，心里就感到厌恶。为了不失风度，我不得不喝两杯。我把酒全吐出去之后，才感到舒服些。我看到大伙都喝得酩酊大醉，就想起了蓄谋已久的逃跑计划。也许昨晚是一个机会，一切条件都很有利。看守比较容易对付，大部分囚犯，至少那些不会游泳的人可以乘坐集中营的小船，但是，犯人和看守同样醉得不省人事。

一个人趴在我身边的草丛中，嘴贴在地上，不停地低声呻吟。他几次想吐，但都没有吐出来。我知道那是希梅内斯，所以，我没有走过去。他的心情很坏，他打死了一个和他妻子勾搭的勤务兵，因此被判处流放五年。有时，他在梦中高呼妻子的名字，有时，则像昨晚那样不停地低声呻吟。他写了许多长信，但从来没有寄出过。每过一段时间，人们就会在厕所里看到被他撕碎的信。

"厕所成了保存这些情书的最佳信箱！"有一次，诺格拉这样说。

虽然大家都在背后讥笑他，但是，并没有人歧视他。

趁别人熟睡之际，我到河边去游泳。我一直游到精疲力竭、口干舌燥。哨兵在哨位上盯着我，我不知他为何多此一举，因为我并没有逃跑的念头。在这里，我感觉很好。现在，任何地方对我来说都一样，萨普开也好，佩尼亚埃尔摩萨也好，对我来说都一样。我没有任何希望，也没有任何欲望，就这样一天天混日子。我应该嗅嗅泥土和汗水的味道。

岛上没有一丝风。死一般的寂静偶尔被鹦鹉的几声尖叫打破。我感到，我好像置身于一个荒无人烟的小岛。当我在小本上写这篇日记时，我发现，我身上正在散发热气。为什么要写日记？也许是为了以后偶尔翻阅一下。到那时，这些日记就像是另一个人的消遣性的虚构作品了。我将朗诵它，好像在和某个人谈话，好像某个人在对我讲述陌生的故事。但是，我对记日记都感到厌烦，提不起精神。

凉水驱走了头痛，却增加了惰性。今天，我连书也不想看。上个月从家里寄来的一包书还没有打开。我最好能融化在石灰岩上，直到失去一切感觉，就像小时候趴在特维夸里的山崖上，俯视下面的河流，还有北风在河面上掀起闪闪发光的波纹时那样。

但是，眼前不是我童年时代熟悉的那条水流湍急、河道弯曲的河流。在那条河上，每逢这个季节，到处都可以看到洗衣服的女人、涉过浅滩的小车和饮水的牲畜，可以听到人畜的叫声。炊烟弥漫的天空

177

映在河里，岸上的行人倒映在水中，犹如踏着云天前进。

而这条被称作皇冠河的河流，昔日，瓜拉尼人对它无限崇拜，现在它却变成了一条被人唾弃的徒有虚名的河。由于水位下降，一片片沙滩裸露在水面上。在旭日照耀下，远处的山崖像云母一样闪闪发光。小岛犹如断了缆绳的小舟，正慢慢地向上游划动。

### 1月6日

不知哪个人又在向我挑衅。我醒来的时候，发现凉鞋里放着一条死蛇。也许是雷耶斯的"礼物"，他想以此威胁我。前几天我的手表不翼而飞，后来，又在一个土坯的裂缝里找到了。有时，蚊帐被划出几个小洞，有时，盛开水的小罐装满了小便。虽然他们都装作若无其事的样子，但是，我却在无意间发现他们在会意地交换眼色。

有时，他们私自打开亲友寄给我的书刊邮包。他们试图暗暗地侮辱我，以激起我的反感。

"左撇子"是唯一与我和睦相处的人。他试图对我进行思想说教，却越来越没有信心，以致流露出最初和我接近时那种羞涩的神情。

"您不要做一个顽固的军人！"昨天，他强作亲切地对我说，"总有些陈旧的东西死去，新的东西正在诞生。在您自己身上……"

至少他还和我讲话。我知道，事后别人也在批评他。

"'左撇子'，你是在白费唇舌！那家伙不会在你的革命中和你合作！"小黑子诺格拉对他说。

诺格拉原来是一个士官生，他比别人更讨厌我，虽然他的开朗和慈祥的外表掩盖了他真正的感情。我发现，那些挑衅行为虽然是出于集体的态度，但是，诺格拉是执行者。尽管如此，我不能把他看成坏人。匿名行为中包含着某种程度的敬意，尽管为了掩盖这种敬意，他们做出那种自负且看不起我的样子。只要他们不公开和我对抗……

1月10日

今天是星期日，我打开了书刊邮包。里面有几份过期的亚松森报纸，上面刊登了有关军民冲突的消息。据报纸说，为了阻止雪崩似的涌向总统府的示威学生，总统卫队不得不采取这种强硬措施。在混进学生队伍的恐怖分子的领导下，示威者试图杀害总统和部长们。我把报纸放在"左撇子"的行军床上，他一定很关心这些消息。

邮包里还有几本小说和《马伊斯神父回忆录》。回忆录一定是德尔米的丈夫放进邮包的，因为他是一个反洛佩斯[1]分子。这些书足够我读几个月，甚至几年。我漫不经心地翻阅着《战争与和平》。我记起了第一次阅读托尔斯泰这部小说的情景。那时我正在军事学校读书，在一个假期，我回到伊塔佩，当时我的疟疾刚好。我以为这本书和战术有关，所以才买了它。这次寄来的还是那一本，上面有我做的标记。这是一种坏习惯，用红铅笔把别人的思想标出来，然后不加思考地装在自己的脑子里。

对于这部小说，我只断断续续地记得一些片段，但是，看到这位俄国作家的名字，我想起了他有关一个早已消亡的部落的几句话，这两句我已记不清出处的话是："所有的阿苏雷人都死了，但是，那里还有一只会说几句阿苏雷话的鹦鹉……"托尔斯泰想暗示关于战争的哪些残余？我不知道我为什么会想起这件事，也许是听到鹦鹉的叫声才想起来的。整个下午，一直到太阳落山，那只鹦鹉都在扯着嘶哑的嗓子重复它唯一会说的两句话："我们逃跑吧！……我们大家都逃跑吧！……"它每叫一次，都要做一个怪动作，然后一边在生锈的铁环上摇晃，一边慢慢地捉虱子。那是一只有橙黄色花纹的蓝鹦鹉。在瓜

---

1　这里指的是1862年继其父卡洛斯·安东尼奥·洛佩斯任巴拉圭总统的弗朗西斯科·索拉诺·洛佩斯。洛佩斯总统在任期间，巴拉圭于1864年至1870年间和阿根廷、巴西、乌拉圭三国同盟作战，他本人于1870年在塞罗考拉战役中身亡。

拉尼语中，这种鹦鹉叫作"阿拉拉卡"，意思是空中的树枝。据说，它是集中营的第一个居民。是谁教会它这两句讽刺话的？它机械地重复的这两句话，倒真像是对我们的讽刺。

1 月 17 日

下午，一场倾盆大雨把我们困在屋里。一群一群玩纸牌的人扰动着湿热房间中弥漫的烟雾，他们不停地喝着凉马黛茶。外面暴雨如注，雨水把水井都灌满了。"左撇子"利用这个机会进行他的政治文化课学习。米尼奥拉起他的手风琴，即兴演唱一曲。歌词中穿插着民间谚语、黄段子和爱情谜语。他一句接一句地唱个不停。忽然，他模仿起鹦鹉结结巴巴的叫声，并且用下流话和鹦鹉斗嘴。看客们纷纷用自己的方式拍手叫好。米尼奥瞬间变换成老者的声音，嘟哝着：

> 我们逃吧！大家都逃吧！
> 如果你想活得长，就得变老……[1]

米尼奥的声音被大笑声和吐痰声淹没了。鹦鹉受惊了，尖叫起来，把头埋在翅膀下，像它说脏话时一样。

我记下了这句对自惭形秽的老年人说的话。对于我来说，我不会变老。晚年啊，那是生病的年岁，是唯一不可治愈的病痛啊。

在喧闹声中，我躺在行军床上，试图读菲德尔·马伊斯缺乏风度且厚颜无耻的自白，却没读进去。在自白中，年逾九旬的他为自己在三国同盟战争期间，在洛佩斯总统军队中的所作所为辩护，包括他对元帅的绝对服从阶段和之后的咒骂与反对阶段。

---

1　此两句原文为瓜拉尼语。

对于他来说,处于权力巅峰时期的洛佩斯是"巴拉圭人民的基督"。洛佩斯在塞罗考拉战役中被巴西战士刺死后,菲德尔·马伊斯斥责他,咒骂他是将民族拖向毁灭的"嗜血魔鬼"。洛佩斯牺牲前喊出了临终的谎言,那也是他的墓志铭:"与祖国共存亡!"洛佩斯元帅被巴西军队中的奇科·迪亚沃班长用长矛刺中时,喊的是"与祖国共存亡"还是"我为祖国献身",人们对此争论不休。无论怎样,大家都应该达成共识:洛佩斯那句话的意义不在于用的介词不同,而在于一个国家的元首被"与祖国共存亡"和"为祖国献身"的侵略者杀害。真是遗言中的笑柄。

洛佩斯和马伊斯是半斤对八两。洛佩斯把他的人民引向集体自杀的道路,自己则在阿基达万河附近被一位躲在暗处的巴西班长用长矛刺死,死得像个英雄。马伊斯在战争中幸存下来,却作为神父和掌握生杀大权的检察官,以一人之力在军事法庭上将大量的男人、妇女和儿童处死或杀害,他是极好的反英雄。

二十年前的那个圣周五下午,马伊斯出席了在伊塔佩村小山顶上举行的基督像的安放仪式,基督像由麻风病患者加斯帕尔·莫拉雕刻。马伊斯当时的样貌还在我眼前,他当时的说话声也仍在我耳畔回响,不祥的光环还在那尊矗立的雕像头上。马伊斯那不可抗拒的狂热信仰激荡着,在总主教的声音中变得甜蜜。从他说的话中透露出一种伪装过的怜悯,他向聚在小山脚下的异教徒们诉说着。这个圣堂中昏聩的老鹦鹉,披着像丧服的布道法衣,在日落时分,从高处向炙热的原野呱呱叫着,诵着十架七言。那时没人能够说,马伊斯神父谴责那个仪式是对福音派信众的扰乱,仪式源于底层民众的宗教自觉性。在三国同盟战争的大灾难之后,难道马伊斯神父不想重蹈覆辙?当然,他会用另一种方式,但是其目的却是相同的,都是为了不可能的救赎。难道他没有仅凭自身,以最卑鄙无耻的行为反抗占领军、同盟国办事处,以及挟持巴拉圭教会的修士团和梵蒂冈教廷吗？尽管最终梵蒂冈教廷迫使他屈服了。我们得看清，当马伊斯除了是一位被放逐回老家阿罗约斯和埃斯特罗斯的普通农民，其他什么都不是的时候，当他年近百岁还能在小庄园犁地，在自己家开设的小学教孩子们识字时，他一人的战争就最终停止了吗？他和三位妻妾及一群私生子一起生活在老家教区的房子里，其中一位还是他丧偶的嫂子。

在那个遥远的下午，在伊塔佩村，面对麻风病患者加斯帕尔·莫拉雕刻的基督像，我心中充满孩童的敬仰，我视它为卑微者、受压迫者的宗教先知。我当时说了或者做了什么该被父亲训斥的事情。我父亲之前是神学院的学生，之后屈才被安排在制糖厂工作。现在，在监狱中，读完托尔斯泰的小说后，我突然意识到，老神父、曾经掌握生杀大权的检察官就和小说中的鹦鹉一样，他所做的仅仅是重复一个已经消失的民族消亡的语言。我感到睡意难挡，或许我已经睡着了一会儿。猛然间，我又听见了雨点打在茅屋上的声音，夹在玩牌者的叫嚷声和米尼奥与鹦鹉的二重唱中间。我口渴了，但是谁也没有递给我一杯凉马黛茶。我尝试再次把精神集中在马伊斯神父心口不一的认错书上，但是我感到我的精神再也无法集中。

## 1 月 18 日

一切平淡无奇，唯有烈日炙烤着小岛。清晨早餐时，米尼奥和诺格拉一边打架一边吃饼干。平民囚犯和军事囚犯在一起闹着玩，不经意间向对手抢一拳，激怒他，同时也给他一块沾了马黛茶的饼干。"左撇子"想要介入，把双方拉开，但是黑人诺格拉却向着他的睾丸踢了一脚，他像被棍子打中的虫子一样，蜷缩在角落里。

萨亚斯罚他们三十天监禁。在被送去茅屋之前，诺格拉和米尼奥以滑稽的一幕和解了。他们很娘地拥抱、亲吻，激起了新的掌声、大笑声和对"失水蛟龙"最后的、带着爱国色彩的欢呼。

一段时间里，我们听不到诺格拉的笑话和米尼奥伴着满是补丁的手风琴唱出的谚语。萨亚斯改判错在"左撇子"，可能是由于"左撇子"的政治立场不同。在看守的监视下，"左撇子"在水牢中一连坐了几个小时。


1月21日

在河水腾起的浑浊雾气间，菲德尔·马伊斯的样子总是出现在我眼前，挥之不去。渐渐的，我看到他长及水面的法衣出现在波光之间。圣菲德尔·马伊斯，巴拉圭教会光复后的圣佩德罗一世正在监狱所在海峡的水面上踱步！很显然，在表象之下，记忆对相同的地点和庄严的行为有自己的修辞，这是被基督教文化同化后的结果。《新约》的影子迅速地投在我们千疮百孔的宗教情感保护层上。宗教情感是我们混血文化的催化剂。西班牙语、瓜拉尼语或者二者的混合语统统都被"福音化"了，变成了耶稣墓的囚徒，存在于耶稣舍身救世的瘴气之中，我们无处遁逃。


1月22日

"我想记得忘记。"我爸爸总重复圣阿古斯丁的这句话——这位智者在头发长长了出汗时讲过这句话。我虽然很努力，但还是无法忘记马伊斯神父，他那令人费解的所作所为始终困扰着我。

在圣卡洛斯尸骨未寒之时，索拉诺·洛佩斯就以武力继承了总统之位。是什么驱使马伊斯神父反对洛佩斯继位？马伊斯可能会辩解说：害怕洛佩斯以专制主义奴役整个国家，以致圣卡洛斯和至高无上的弗朗西亚统制时的好处荡然无存，国家却危机四伏。年轻而富有活力的洛佩斯将军被欧洲之行和第二帝国的吹嘘弄得神魂颠倒。事实证明马伊斯是正确的，也证明他是错误的。

洛佩斯下令逮捕他的前任老师。马伊斯就比他曾经的学生"老"几岁而已。洛佩斯命令给他戴上一副脚镣，将他投入监狱监禁六年。战争爆发，乌鲁瓜亚纳溃败后，他不可宽恕地站在洛佩斯和巴拉圭军队的对立面。洛佩斯下令将持不同政见的马伊斯释放，并让他从亚松森来到自己的司令部。洛佩斯任命他为军队的主教，权力在帕拉西奥主教之上。帕拉西奥半点权力都没有了，因通敌成为帕索-普库的阶下囚。在撤退时，洛佩斯将战争法庭的组建和审判都委托给了马伊斯神父。新上任的教士、掌握生杀大权的检察官马伊斯让他们在精神上忏悔，在肉体上对他们处以夹刑或极端的酷刑。马伊斯亲自审理帕拉西奥主教的案子，将他当作同谋与其他高层官员和洛佩斯的亲属一起枪毙了。

在五年时间里，他以各种真实的或莫须有的谋反罪名，严刑拷打并且处死大量的人。洛佩斯在塞罗考拉战役战死，尸体被敌军亵渎，战俘菲德尔·马伊斯通过同盟军最高统帅德乌伯爵向巴西皇帝佩德罗二世请求宽大和怜悯。他的宽恕请求是我这辈子读过的最奇怪、最骇人听闻的文字。"先生，"曾经掌握生杀大权的检察官悔恨地写道，"我现在是在阿尔特萨指挥下获胜的、荣耀的（原告马伊斯颤颤巍巍地将这两个形容词加上着重号）巴西军队的战俘。在这种情况下，我冒昧地作为代表，十分恭敬地向阿尔特萨祈求，请您不要让我失去这种身份（又是着重号，又是哀求），也请允许我以此种身份到巴西帝国，听从贵国奥古斯托皇帝圣佩德罗二世的命令。我的未来完全仰仗圣佩德罗二世的心慈仁厚，我的性命完全由阿尔特萨掌控，取决于他是否宽大。"

马伊斯的请求坦率却始终闪烁其词。在请求的最开始，在着重号、大写字母和谦卑、耻辱的戏剧性感叹词中间，他有意或无意地用了"代表"这个词。这就是这位狡猾而又诚实的囚犯所做的：代表一部卑劣的讽刺剧。这部讽刺剧的过分之处恰恰在于主角对此的否认。马伊斯如同一位老练的演员，扮演着怕得要死的可怜鬼。他卑微地宣告他对获胜的、荣耀的巴西军队的绝对服从。德乌伯爵率领巴西军队取得了胜利。马伊斯宣布他的性命有赖于巴西国王的宽大，并且隆重地颂扬了国王独一无二的、至高无上的善良。这一切是因为什么？仅仅是因为胆小、害怕、卑鄙？或许是很难判断的东西，或许是另有隐情，目前下结论还为时尚早。难道他想要的是在不计其数的"幽灵一样的战犯"（爱国的史料这样记载），在骄傲的洛佩斯军队中剩下的、肥胖的、醉醺醺的战犯中救一个人的命，救他自己的命吗？他没有保全过别人的性命，却想保全自己的性命？绝不是如此。

应该想象得到，他盘算的不是救自己的命，而是请求比这重要千百倍的保障：未来，正如他自己所说的，一个立刻将他此后的真正意图暴露无遗的未来。他将那个未来，也就是他的意图成真的时刻，建设在获胜敌人的慷慨之上。他强迫敌人慷慨，就如同要求他们改变阵营一样。

马伊斯的宽恕请求是一个闻所未闻的挑战，简直是对底线的宣战。前检察官马伊斯自始至终保持着他的角色的连贯性和尊严，尽管他的所作所为显然是最不能容忍的卑劣行径。他用拉科代尔的一句无关的话泰然地为自己的卑劣行径辩白："我在那个人身上看到了祖国。"当着宽宏大量的伯爵的面，他双膝跪地地写、背诵或者发誓，表明自己对洛佩斯的反对。实际上，说反话是能被识破的。不分场合地评判事件或者人是大错特错的。在对事情没有准确把握的情况下，人们表现出慷慨，通常是因为第一印象先入为主或是被冲动的情绪左右。"我卑微地、恭顺地希望您以同情的目光看待一个可怜的、匍匐在阿尔特萨脚下的囚徒。"马伊斯最后写道。

这就是一位很清楚自己的职务和所拥有的主教权利的、掌握生杀大权的检察官摆出的公正的依据。应该有人写一写像马伊斯这样的人的故事，因为有一天凶恶的检察官会擅自审判这个民族并且给它定罪，就好像这个民族完全是由蠢货和杂种组成的。


2月3日

船又带来了信件和口粮。我看到其他人个个把脸贴在信纸上，似乎那是有生命的东西，而不是毫无生气的、早已被检查过的带字的纸。我不写信，自然也收不到信。

船夫把他的鱼竿放在船头上晾着，鱼竿上有一个十分漂亮的鱼钩。经过一番讨价还价，我终于用仅有的两个比索买下了鱼钩。

听说亚松森又发生了新的骚乱。今天是巴拉圭的守护神圣布拉斯的节日，首都一定会举行庆祝活动。在伊塔佩，每逢这个节日，人们都要化装成牛和黑人举行舞会。

傍晚，希梅内斯走到我钓鱼的地方。他坐在一块石头上，把腿放在没膝的河水里，全神贯注地凝视着河面。他那两条瘦削的大腿浮在水面上，看上去，他好像一个被截断小腿的人。他把脸转向我，好像要对我讲话。我以为他要告诉我一个秘密，然而，他只是问道：

"您用什么做鱼饵？"

"腌肉。"

"用腌肉钓不到棘鳍鱼，只能钓到双锯鱼。"

"我钓鱼只是为了消磨时间。"我看也没有看他，因为我很烦恼。我想，在伊塔佩我从来没有想到过钓鱼。

"啊……"他望着平静如镜的水面，若有所思地说。

他向两腿间吐了一口唾沫，不再说话了。过了一会儿，开饭的钟声响了。其实，那并不是钟，而是一截废铁轨。声音传到对岸的青灰色山崖，又被反弹回来，所以，钟声好像来自对岸。我们默默地走上河岸。他曾几次回过头去，用呆滞的目光看着河面。他骨瘦如柴，看上去精疲力竭。据说，当一个女人不是用肉体，而是用灵魂吸引一个男人时，她会比任何东西都更能消耗这个男人的精力。

2月5日

我钓了一条鲫鱼。几个不想吃集中营的变质的菜的人，把它放在炭火上烤熟下饭。我浑身发抖，不得不倒在床上躺着。每过几天，我的疟疾就要发作一次。刚发病时，我的神志特别清醒，好像能够清楚地记起或看到曾完全忘却的事情，这对我来说是唯一不利的地方。

2月7日

有人在厕所里用了刚寄到的书报中的一页报纸，但上面那则消息的部分内容仍然可以阅读，是说一位记者去证实正在萨普开发生的一个奇怪现象：那里出现了一位据说是上帝派来的妇女。她让人们称她或者说人们自愿称她为塞罗贝尔德山峰的女预言家。

不便之处自不必说，不过，从满是褶皱的纸张上可以模模糊糊地看见报道的一些段落。每天下午太阳落山的时候，那个妇女便会爬上西边山坡的一个高台。那个平台变成了台基和乱石间的天然讲道台。从那里，她伸平双臂，向在山脚下宿营的民众讲话。报道中写道："人们来自四面八方。朝拜者越来越多，老人，妇女，小孩，病人，因行动不便而坐在板车上、躺在担架上、骑着马、骑着驴的人源源不断地涌来。他们临时搭起了茅屋甚至窝棚，他们做饭，祈祷，跪着聆听女预言家的黄昏说教。一切井然有序，带着深深的虔诚。在这个火车站的背面，有一座二十年前因爆炸而毁坏的村镇，在毁坏的村镇废墟上，一个新的村子正在山谷中成长。女预言家在多数时候讲瓜拉尼语，有时讲一种比我们郊区的瓜拉尼语和西班牙语混合语更纯正的混合语。在讲话的结尾，她总是逐渐地过渡到仍在使用的拉丁语或是一种部落方言，同时面部还颤抖着。她男性化的、伴着回响的嗓音颤抖起来，像马上要哭出来的小孩子的声音。她的身形随着日落渐渐消失。当夜幕降临时，在朝拜者微弱的祈祷声和哭声中，她就这么消失了。没人知道她是怎么消失的，又去了哪里。在山的深处应该有不为人知的裂缝或者洞穴。我为找她、采访她付出的全部努力都是徒劳。目前，警方和神父对此一无所知或者不愿发声，政府代表也缄默不语。无论怎样，我认为即便找到她，她也会断然拒绝在媒体上讲话。我只从远处拍到了她的这张照片……"

照片被撕掉了。在被揉皱的报纸上，只剩下一个洞和手指留下的红棕色污迹。我尽力把它展平，并且把它贴在厕所门上，后面来上厕所的人蹲下后必然能看到。这个预测世界末日的纪念品放在这儿比放在别的地方更合适，更具有教化意义。


2月8日

我多少有点掩饰地四处调查，试图知道或者猜出是谁拿走了女预言家的照片。我的调查使我怀疑上了"左撇子"。在今天午休的时候，大家一杯接一杯地喝着马黛茶，我冷不防问他："你看到女预言家的照片了吗?"他耳背似的看着我，小声嘟囔，答非所问。我又问他看到贴在厕所门上的报道了没有。他回答我说看到了，并且他觉得贴那张传单的地方选得太对了。他的声音恢复了，他用惯常的牧师口吻说着。我有点找碴儿似的对他说那不是传单。"怎么不是!"他激动地说，却没有很强的说服力，"它是一个反政府、反神父的传单。政府和神父总是宣传男预言家和女预言家的滑稽言行，以此来分散人们的注意力。掌权者中肯定有一些人在萨普开的低洼地那儿有土地，正想办法让它们升值。"

说到底，"左撇子"的话可能有道理。我想起了前发报员阿塔纳西奥·加尔万。他的告密引发了萨普开惨案，而他借此获得了当地政府代表的职位，如今是那儿富有的有产者。

"左撇子"把烟头扔到一边，很冷静地对我说："男预言家和女预言家都出身于厕所，为的是预测什么时候屎最多。操！"

他在裤子的屁股兜里翻找，递给我一张满是折痕的报纸残片，上面就是那张照片："你要是在找这个，就拿着吧。"他龇着黄牙，带着悲痛的笑容对我说，"对你来说，它屁用都没有！"

2月9日

我一边用牙叼着鱼竿，一边把本子放在沙地上写作。我为什么记这些笔记？我不打算记私密日记，像男同性恋或者女同性恋一样，很苦却还卖弄风情。

写作是先前就有的嗜好，恶性循环的怪圈在反向弯折闭合后就变成了良性循环圈。一种从死地向绝地的逃离，一种在绝望中寻找希望的执念。莫非这就是乌托邦的真谛？浪子归家，家不在的乌托邦，那些渴望回到家乡的人或被剥夺土地、被驱逐、被隔离的流放者的乌托邦。他们知道，即便回到故地也已物是人非。其实，人本就是乌托邦。为了逃出这个乌托邦，人们四处奔走，逃回历史或逃向未来，越逃越远，甚至在梦境或在狱中也要逃避。在这个小岛上，在佩尼亚埃尔摩萨军事集中营，有人用炭在一块木板上写下对它的称呼：天堂监狱。就连雨水也要来洗刷这些文字。天不遂人愿啊。

## 2

2 月 20 日

天亮前，希梅内斯试图划小船逃跑。这是一次荒唐的尝试，小船到处漏水，而他又不会游泳。船还没有到小沙洲就沉没了。五个会水的士兵把希梅内斯从河里打捞上来，放上小船带回岸上。当时的场面实在有些滑稽：诺格拉和米尼奥等人一边观看狂暴的萨亚斯大尉在岸上指手画脚地指挥士兵进行打捞，一边不停地笑着，还不忘尖刻地评论着。

结果，希梅内斯被关三十天禁闭。从今天起，其他囚犯只能在规定的时间内在士兵的监视下集体到河里洗澡。

"这就是过分相信你们的结果！"萨亚斯对列队站着的囚犯喊道。

从此，早晨我再也不能独自去游泳了，傍晚也不能独自去钓鱼了。希梅内斯的愚蠢行为剥夺了我们仅有的一点自由。

2 月 29 日

早晨，希梅内斯死了。他开始发烧时，萨亚斯下令把他从牢房抬回他的住处。三天来，他目不转睛地望着屋顶，一直处于无意识的状态。由于小船正在修理，而警备队的船只有月初才来，所以，在还来得及抢救的时候，未能及时把他送走。他的尸体也没被运走，因为天气太热，很快就腐烂了。

诺格拉说，希梅内斯甚至选错了死亡的日期。

"如果不是闰年，"他说，"至少他能死在英雄节那天……"

希梅内斯的后事办得也很滑稽。人们用包装箱的木板做了一口棺材，盖子上还能看到肥皂和煤油的商标。另外，人们在这个石头岛上挖了好几处，才找到一块比较松软的地方，挖了一个像样的坟坑。萨亚斯绞尽脑汁，总算临时准备了几句话，但在演讲时还不时被打断。在下午的安葬仪式中，那只鹦鹉不时扯起车夫赶牲口般的单调嗓门，固执地重复着同一句话。一个士兵用枪托捅了它一下，它才安静下来。葬礼在一种嘲弄的气氛中结束了。

可怜的希梅内斯！当泥土和碎石瓣里啪啦地落在用碎木板拼成的棺材上时，我想起了那天下午他和我谈话的情景。我知道他要说的不是鱼饵，也不是鱼。也许我能够帮助他。他心事重重，几乎被压得喘不过气来，因此，急需类似人工呼吸那样的治疗。有时，一瞥同情的目光就可以拯救一个人的生命，但是，他那不可弥补的愚蠢行为激怒了我。虽然他没有告诉我，但是我能猜出他逃跑的原因。他即使能逃出小岛，也绝对逃不出那片几乎能把人烤焦的可怕沙漠。现在他死了，至少可以得到休息了。

明天要进行审讯。自然，别的事情都可以讲，只有这件事不能讲。对这次事件，萨亚斯有些担忧。由于怀疑，他的态度有所变化，但是，我们的供词肯定不会改善他的处境。自从集中营建立以来，希梅内斯是第一个死在这座小岛上的人。


3 月 20 日

新的驻军长官在检察官的陪同下来到集中营。处于困境的萨亚斯强作笑容，到码头迎接他们。尽管今天是星期天，基尼奥内斯大尉却不失时机地开始了他的工作。第一项措施是严格检查囚犯的一切东西：行李、书籍和个人证件。

我在军事学校学习时就认识基尼奥内斯。他比我高一个年级。几年后，我们一起成了学校的基层军官。我们可以说是好朋友，彼此熟识。

现在他假装不认识我，这对我们两个都有利。军事学校的暴乱发生前不久，基尼奥内斯主动要求到北方的一个军区工作。现在，他到佩尼亚埃尔摩萨集中营来代替死气沉沉的萨亚斯。基尼奥内斯的官运算不上亨通，但是，他从不计较这类事情，他是一个严守纪律、条例和等级制度的人。

3 月 23 日

审讯继续进行。检察官审问了所有的人，唯一幸免的是那只鹦鹉，但是，上面提到的它那单调的叫声引起了检察官的注意。

检察官要"左撇子"交代时，发生了一场风波。梅迪纳激动地说："希梅内斯上尉是我国刑罚制度的一个牺牲品！检察官先生，如果在一个军事监狱都会发生这样的事件，在成千上万的民事监狱又会如何！……"他那张驴一样又黑又长的脸愤怒地对着胆怯的检察官，似乎要把这次事故的责任加在他的身上。

前驻军长官把"左撇子"关了几天禁闭，此外，又把我们同平民囚犯分开。从今天起，他们要搬到别的地方。这是基尼奥内斯的一个严格的命令。只有在吃饭和洗澡的时候，军人和平民囚犯才能见面。

4 月 3 日

今天上午，基尼奥内斯传我到他那里去。他不是以昔日熟人和朋友的态度和我谈话，而是以监狱长官的身份对待我，但是，他言辞间流露出愿意宽厚地处理我的案件的意思。

"我研究了您的材料，"他用安详的棕褐色眼睛盯着我说，"我认为法官对您在那次军事学校事件中的行为判得有失公允。另外，我还知道，虽然有迹象表明您对希梅内斯的安葬仪式不满，但您并没有直接参与此事……"他递给我一支香烟，继续审视着我，然后接着说，"但是，萨普开事件是怎么回事？您似乎和沼泽地的一些游击队员有牵连。我并不是要重新审理您的案件，因为这不属于我的职责范围，但是，我们之间把话说清楚是有好处的。我不能想象您……"

他大概觉察到了我内心的愤怒，因为他又中断了他的话。不管是谁，即使他是出于好意，只要一提到那件事，就会让我感到无比愤怒。过去，尽管在肉体和精神的折磨下，该说的我全说了，但不该说的我只字未提。现在，我还能对他说些什么呢？在这段时间内，即使对我自己也是如此，该说的就说，不该说或应该否认的就不说或否认。在某种程度上，这个案件招致了这样的谣传：我为了换取自己的自由，出卖了砖瓦厂的工人。自由……对我来说这是一个多么荒谬的词呀！这种谣传是唯一的证据，其中的罪状是唯一有利于为我减刑的口实，然而，我自始至终都对两者加以否认。出卖沼泽地的那些穷鬼对我来说有什么好处！也许，那些持这种想法的人有道理，因为那天晚上我喝醉以后，事实上也就成了告密者，至少从良心上来说是如此，但是，正是这一点，我不能向任何人解释。当然，对基尼奥内斯更不能讲，他是荣誉至上主义者，是冷酷无情的军人楷模。他不是一个像我这样的军人，我参军只是出于对一套使人眼花缭乱的军服的向往。

"我已经接受了判决，"我只是这样对他说，"我来到这里，并准备在这里度过全部刑期。我不要求任何类型的特权。"

他没有再往下问，没有再说一句话，然后，他让我回去。然而，这次会见触及了问题的实质。我整天都在思考那个奇异的事件。那些人的命运如何？由于我的所谓"告密"，有的人已经丢掉了性命。现在，他们好像又出现在我面前，就像那天下午在科斯塔杜尔赛群山中出现的那节破车厢一样。有时我也和今天一样，试图否认发生过那件事，但是，往往是在我的疟疾发作的时候，我才会这样想。

# 3

4 月 27 日

基尼奥内斯默默地，但是不折不扣地确立了他的一套制度。现在，在军人和平民囚犯待在一起的有限时间内，"左撇子"更难宣传他的反叛思想了。

"真遗憾!"诺格拉说，"即使在我们这座小岛上，军民间的谅解也在顺利地开展。"

尽管如此，逃跑计划却被提上了日程。我甚至了解到一些详细情况。集中营那辆出了故障的摩托艇可能会起很大作用。当然，军人和平民都在回避我，在我面前，他们连讲话都很谨慎。

5 月 14 日

为庆祝独立节，监狱举行了野外弥撒、升旗和宣誓仪式。被特地请来的神父和基尼奥内斯先后讲述了对上帝和祖国的热爱，以及对英雄和自由的崇敬。这是一个非常适合监狱的仪式。

为防止狡诈的鹦鹉扰乱秩序，从昨天下午，神父为那些领圣餐的犯人主持忏悔仪式时起，看守们就把它装在了袋子里，并将它关进了牢房。

这位神父使我不得不联想到马伊斯神父，因为他们很相似。不管怎样，马伊斯作为反英雄，是对我们著名的巴拉圭"英雄主义"的否定。有些人被政治或宗教狂热蒙蔽双眼，有些人陶醉于总用大写字母书写的大话空谈之中，有些人则出于好意或者恶意，仍相信牺牲、英雄主义、屈从是有用的行为，相信摩尼教派对罪不可赦的人和被上帝选中的人的区分，以及对法官和犯人的区分是有意义的。马伊斯是一个极端的反例，给上述那些人敲响警钟。

6 月 13 日

我夹在小本子中的那张照片又向我展示了我想忘掉的那个日期。照片上有妈妈写的话，是父母对我的出生周年纪念日的预言和祝贺。

我对着照片上妈妈笑眯眯的眼睛和爸爸正经、严肃的眼睛看了好一会儿，以至于回想起了童年和那之前、之后的事情。我感到十分悲伤，但当我发觉这种悲伤很快就变成冷漠和疏远的时候，我又感到羞愧。我不能容忍欢乐的童年记忆存在。

6 月 17 日

在整队就寝时，基尼奥内斯对我们说，巴拉圭的皮田图塔据点被一支强大的玻利维亚部队占领了。一个小小的守卫部队的班长和五个士兵被打死了，而在这里，却有二十几个士兵在看管我们。

这个消息在犯人中引起了混乱。吃饭时，"左撇子"大发议论。

"请诸位看看政府的和平主义吧！"他大声嚷着，"在查科，它让玻利维亚人消灭我们的守军，而在亚松森，它却屠杀那些为保卫查科而向政府要求武器的年轻人！"

"这样说来，你是军国主义分子了？"巴尔德斯讥讽地问。

"不是！""左撇子"反驳道，"但是，一旦战争爆发，不能只让军人上前线！"

"我们大家都去。"平时显得清高而严峻的炮兵马丁内斯把空盘子往旁边一推说，"那是我们的土地，我们大家都应该保卫它。"

"玻利维亚人说，那些土地是他们的。""左撇子"补充道。

"全是领土条约的问题。"巴尔德斯说。

"或者是蠹虫的问题。"诺格拉一本正经地补充说。

"什么蠹虫?"米尼奥问道。

"查尔卡斯皇家法院[1]的蠹虫。"黑人诺格拉回答说,"你们还记得历史课本上是怎样写的吗?丘基萨卡和亚松森的档案中的蠹虫。"

"哼,我不懂蠹虫和这个问题有什么关系!"马丁内斯气冲冲地说。

"当然有关系!那些蠹虫蛀穿了皇家文件,咬坏了原始的分界线、界碑线,吸干了河水。现在谁都看不懂那些文件了,不管是我们的边界问题专家,还是他们的边界问题专家……"

人们再也控制不住了,哄然大笑起来。

"是的,我们是为领土条约而战!……"在哄笑声中,"左撇子"挥着拳头说,"但是,不是诺格拉说的那些被查尔卡斯和丘基萨卡的蠹虫蛀坏的条约……"

"那么是为哪些条约呢?"诺格拉问。

"为保存在地主保险柜里的新地契和新股票,他们比政府和国家还厉害。就拿卡萨多来说吧,他的庄园一直延伸到查科中部。现在,我们必须征得他的批准才能去为他的土地卖命。"

"这我不懂!"一个矮胖的看守头目挥着手说,"为什么我们这么多单身汉要为一个结了婚的先生[2]卖命!……"

听到这句俏皮话,大家又爆发出一阵哄堂大笑。"左撇子"静静地等待着,笑声刚一平息,他便插嘴说:

"我们不仅要为本国庄园主的地契和股票打仗,还要为外国石油公司的地契和股票打仗。"

"我们为爱国主义而战斗和牺牲!"马丁内斯大叫道。

"但是,我们的爱国主义终将沾染上石油的气味。""左撇子"使

---

1 西班牙统治拉丁美洲期间,玻利维亚的查尔卡斯城(现苏克雷)有一所皇家法院,负责仲裁玻利维亚、阿根廷、巴拉圭和巴西之间的疆界问题。

2 西班牙语中,"casado(卡萨多)"的意思是已结婚的人。

劲地噘着嘴反驳说，"大公司的嗅觉特别灵敏，他们在很远的地方就能闻到查科地下油海的气息。"

"正因为如此我们才要保卫它！"炮兵咆哮着说，"难道您要把石油送给玻利维亚人吗？"

"即使他们占领了整个查科，""左撇子"说，"油田也不会成为他们的。小伙子们，必须谴责那些准备发动战争的人！"他提高嗓门并敲着桌子说，"不管他们是本国人还是外国人！也不管他们是美孚石油公司还是卡萨多之流！"

"换个话题吧，'左撇子'……"诺格拉说，一边向他丢了个眼色，示意驻军长官来了。

基尼奥内斯的出现结束了这场争论。玩笑归玩笑，但是，战争的兆头已经显露出来了，对我们而言也是如此，虽然目前看来，还有些抽象和遥远。


8月3日

正当犯人们酝酿逃跑计划时，赦免全体犯人和集体转移的命令下达了，国家颁布了全民动员令。看来战争是不可避免的了。7月31日，博克龙据点被一支强大的敌军占领。基尼奥内斯向我们宣读了康塞普西翁收到的指挥部的战报。这不是一次小摩擦。显然，玻利维亚入侵者试图集中兵力截断我们的水上命脉巴拉圭河。敌军一旦控制了这条河流，就能把我国折成两半塞进口袋里。

我们将被送往查科，在那里我们将大有用武之地。"左撇子"的预言正在变为现实，然而，其他人的预言也正在实现。这样一来，分歧骤然消失了，政治辩论也不复存在。各党派人士已和睦相处，好战的人和反战的人也团结一致了，皆大欢喜，似乎我们果真获得了自由。其他人也都跟我们讲话了，基尼奥内斯又把我们当作同志看待。

8 月 5 日

为把我们运走，上头特意派来一只船。下午我们就出发了。在实际上已经撤销的集中营里，只留下一个班长和两个士兵。被出发前的紧张气氛感染的鹦鹉，叫得也不像往常那样响亮了。在大家的哄笑声和爱国主义的口号声中，诺格拉吻着它那钩子般的喙，向它做最后的告别，而鹦鹉则以往日的妖娆姿态，把毛茸茸的头藏在翅膀下以示回答。当小岛再度变为荒岛时，将只有这只鹦鹉在希梅内斯的坟头上为他唱凄楚的挽歌。

船上的喧嚣声经久不息。我坐在船尾看着渐渐远去的小岛，现在它才真的像在逆流而上了。我似乎第一次看到几只鸟拍打着蓝色的翅膀，由丛林向红色的天际飞去。


4


8 月 13 日

列车在卡萨多港的铁路上颠簸前进，我们于午夜时分到达一百四十五公里标记处。我们没有在那里停留，便立即改乘军需处的破旧汽车到前线去了。人流和运送给养的车队络绎不绝地沿着公路前进。所有汽车上都保留着和平时期的、充满乡土风味的名称：卡萨尼约、波索阿苏尔、坎波埃斯佩兰萨……在灯光照耀下，它们时而从滚滚灰尘中钻出来，时而又被灰尘淹没。为了驱赶睡意，车一停我就开始写日记。

拂晓，伊斯拉波伊驻军司令部出现在一个小沙丘上。在远处稀疏的植物中，一片小湖闪烁着鱼鳞状的波纹。

这个沙漠中的绿洲突然变成了活动中心，把风尘仆仆的人吸引到它的怀抱中。在这里，人们正在热火朝天地准备反击。

8 月 14 日

集中营的人被分配到各个部队。我被分配到正在筹建中的 X 团。到任后，我立即着手向那些汗流浃背的士兵进行战斗纪律教育。

穿着军装的人们，像腐烂的奶酪上的蛆虫一样，密密麻麻地挤在这片绿洲上。他们是人，但不是在这片一望无际的沙漠里出生的人。在命运的摆布下，他们也像车辆和牲口一样被征来做炮灰。

8 月 20 日

从今天起我有了一个名叫尼尼奥·纳西敏托·冈萨莱斯的勤务兵，人们都管他叫"佩塞布雷[1]"。我是在来自亚松森驻军的一个新兵连队里碰到他的，谁知他竟是拉格里玛·冈萨莱斯的儿子。一开始，我在新兵名单中看到这个名字时，就产生了疑问。拉格里玛曾对我说过，她如果生个儿子，一定给他取这样的名字。她爱开玩笑，也富于幻想，这不过是她随口说出来的话。这是很久以前的事了，好像是上一代人的事情。

军校发生哗变前不久的一个晚上，我到迪亚斯将军大街五百一十二号去看拉格里玛，那是一家靠近军事医院的妓院。有人向我谈起过她。周期性疟疾痊愈后，我那天正好要出院。她一看到我，就全身发抖。我们走进她的小房间。她很难为情地在屏风后面穿好衣服，脸上挂着不自然的、凄楚的笑容。虽然她竭力模仿少女的微笑，但是，她的笑容也变得衰老了。在那花钱买来的两个小时中，我们像羞怯而胆小的情人一样坐在床上。我们谈到了伊塔佩，谈到了学校，谈到了老熟人。那种曾把我们连在一起又把我们分开的东西渐渐使我们亲密起来。最

---

1　西班牙语中，"pesebre（佩塞布雷）"的意思是牲口槽。

后她问我，我们是否要亲热一番。我拒绝了，因为我们是近亲。我把从祖父那里继承来的一只戒指留给她。当我走到街上的时候，我感到痛苦、无力和衰老。

佩塞布雷不认识我，而我以前也不知道拉格里玛有这么大一个儿子。和他妈妈一样，他有一双笑眯眯的深褐色的眼睛。他本来可以是我的儿子，可是，他仅仅是我的勤务兵。战争偶然把他置于我的保护之下。显然，命运中不可抗拒的规律，往往是在最混乱的情况下实现的。

8 月 25 日

敌人的空军投入了战斗。一架敌机在基地上空盘旋、扫射，投下了几枚炸弹，但没有造成伤亡。士兵们好奇地观看那架"容克"飞机的表演。在这些临时征来的农民士兵中，许多人从来没有见过飞机。敌机离去半小时以后，两架巴拉圭"波特兹"飞机才喘着粗气出现在基地上空。基地沸腾起来了。这两架迟到的飞机像香蕉林中的火鸡一样从基地上空掠过，一些人对它们发出讥讽的嘘声。

人们匆忙地构筑工事，挖好又深又宽的壕沟以后，用树干把它们遮起来。

8 月 31 日

新兵正在训练的时候，一列运水车队从我们附近驶过去。在被指挥部征用的卡车中，我一眼就认出了萨普开砖瓦厂的那辆破车。车轮卷起的烟雾很快将那辆破车挡住了。不出所料，坐在方向盘前的是唯一从沼泽地逃走的克里斯托瓦尔·哈拉。他的身影瘦骨嶙峋。西尔维斯特雷·阿基诺和其他萨普开砖瓦厂的工人一起被从监狱中释放，加入爱国远征军，去收复被玻利维亚人占领的查科。战争将他们从"具有破坏性的社会败类"变成了给为国雪耻的前线部队送水的运水奴。

一时间，我走神了，忘记了我们正在湖边演习向敌军战壕发起进攻。枪响将我拉回现实。一阵剧痛从左手向整个手臂放射开来，我看见自己满手是血。在下令进攻的时候，我用勃朗宁手枪把自己打伤了。这真是对军事学校最后一学期的神枪手洗礼仪式的不祥献祭。我大笑起来，新兵们却很惊恐，不知道发生了什么。

9月1日

在战地医院给我医治的是一位年轻的女医生。她对我的"自残"没有多问，也没有表现出诧异的样子。她没有试图掩盖自己是新手的事实，她能像老练的外科医生那样从容镇定地开展工作。她嘴唇微嘟一下，眉宇间尽显用手术刀时的专注。子弹掠过时把我的手掌侧边擦破了。"我明天再来看一下，"她出去时对我说，"你的伤很快就会好。很幸运没有打碎骨头。"在白帽子下面，她椭圆的脸显出一种早熟，也许仅仅是所处的环境使她有如此气场，她带着像考前最后一堂课上的老师所有的掌控力和威力，然而她即将面对的却是铺天盖地的、大量的救治工作。我向护士们询问她的名字，护士们带着同谋似的微笑，她们中的一个笑着告诉我，我是蒙松医生治疗的第一位患者。

我回归军事训练，一切如常。

9月3日

在治疗期间，蒙松医生变得更和蔼了一点。她有点尖刻地影射了我的自残，笑话我却没想伤害我。我差点就要告诉她，我自残是为了检验战地医院的服务质量，或者说我这么做是为了成为她医治的第一位伤者。蠢话就在嘴边，我克制住了没有说出口，我沉默不语，看着她操作。在透过窗户照进来的阳光下，她湿漉漉的黄色手套有些使人目眩。她看见我眨眼睛，问我是不是有点疼，我回答说不疼。她修长

201

的手指把伤口包扎好。"下次您小心点。"她一边起身一边说，像在和别人讲话。她生硬地告别完就走到了一边。她观察着周围，并不着急出去，因为一排排行军床正鱼贯而入。女士官和两位护士把她围住，她们旁若无人地讲起话来。我便在背景中保持沉默。

外面，运输队在清新明媚的晨光中静悄悄地前行，周遭弥漫着湿牧草、石脑油的气味和马匹的汗味。


## 9月4日

在完成任务之后，整个作战基地的战士们都在进行一项额外的活动，并且一直进行到深夜。在娱乐区，在物料仓库，在茅屋里，不站岗的士兵们都在奋笔疾书。群体性的书写癖像提早到来的疟疾一样在未来的战士身上发作了，这种书写癖由一个新兴群体——战争教母引发。

军官、士官、士兵都在给他们的教母写信。那些还没有教母的则向他们之前所在的城市、贫穷的乡镇和偏远的村庄请求指派。借着火或灯的光亮，战士们全神贯注地写作，每个人的脸上都露出向往的表情，好似沉醉于酒后的梦幻中。一些人沉浸在令人向往的狂喜中，另一些人则明显纠结于不能准确地表达自己的所想和所感。"教子"的态度带着一些类似乱伦的意味：请求（或写信给）远方的、作为他教母或守护天使的女性成为他的女友。真是复杂的权利替换和代表机制。

写给战争教母的信是尚未送达就注定不会成功的结婚请求，是无助的男人在面对母亲或情人似的女人时发出的呼号。教子们如此呼喊，却没有得到任何好处。

即将开始"疯狂事业"的战士们只顾花时间写信，信件寄达收件人和复信寄回所花费的时间全然不在他们的考虑范围内。写给战争教母的"大胆的"信就像一个有益的、驱邪的飞去来器，这个飞去来器飞回来时，变成了免死的护身符，让士兵在野蛮的军队中也不孤单，在战壕中也不恐惧。

想拥有不止一位而是许多位"教母女友"的贪婪之人当然存在。实际上，他们想要的是一个能满足他们全部需求的战争教母妓院，他们四处写信，这些信像沙漠中的花粉一样开花结果，教母们会寄来她们的答复、她们的躯体和她们的灵魂。战士们想装备好再上前线，在前线等待他们的是没有未来的战争。他们在行囊中装上这个只有书信的闺房，它向战士们提供微薄的给养，就像闺房向古代穆罕默德·阿里王朝的殖民者提供的一样。

当然也有既不会读又不会写的人，这些人把他们的愿望口述给某位已经将自己的信装入信封并且封好的同志。他们以这种方式与同伴分享，在男人与死亡的奇怪婚礼上，自己与陌生女人的最后一吻。

## 9月5日

军官俱乐部被挤得水泄不通。总司令想亲自慰问即将指挥收复查科战斗的军官们。这个计划近乎一种幻想，而他就是这种幻想的规划者。为实现这种幻想，几天前士兵曾遭到敌机的扫射。埃斯蒂加里维亚中校个子不高，但很威严。他穿着朴素，没有肩章的军装显得很肥大。他给人一种感觉，在慈父般的外表的掩饰下，他内心有一种近似冷酷和凶残的东西。"这将是一场交通之战。"福煦[1]的门徒用带有鼻音的声音低声说，似乎是说给自己听的，"能够控制对方交通线的军队，尤其是能够把水送到前线的军队，才是胜利者，因为在这场战争中，水是最重要的……"他顿了一下，然后用清晰的声音说出最后几个字，"为我们的胜利干杯！"奇特的祝酒词，奇特的战略，奇特的指挥官。

---

1　斐迪南·福煦（1851—1929），法国军事家，一战时曾任协约国军队总司令，具有超凡的军事组织能力。

对方的指挥官是德国籍军官孔特。两个欧洲流派将在南美洲这片荒漠上交锋。双方的装备是陈旧的，但战争的利益是现代的。这也是让一个落后的、不文明的、仍停留在原始时期的地方文明化的一种方式。

我写日记的时候，佩塞布雷一边抠着鼻子，一边看着我。我看了他一眼，他机械地把脚跟并在一起，然后便走开了。我真想放下笔去和他聊天，向他打听一些事情……但是军队的条例不许军官相信他的部下。前线士兵的头脑中充满了这种不信任的思想。

## 9月7日

由五千人组成的部队要夺回博克龙据点，我们团就是这支部队的一部分。作战指挥部将我们团划为第一支队（部队的主力），我们将沿着别霍大道前进。第二支队将沿着雷克托大道前进。在预定的时刻，两个支队将汇集在据点，像钳子似的把它夹住，然后像劈椰子一样把它劈开。我一个班一个班地仔细检查了全连一百三十六个人，虽然都是新兵，可是个个斗志昂扬。我向各班班长下达了具体指示。一切都准备就绪。

天一亮我们就要出发，时间快到了，天正在渐渐放亮，黑暗正在悄悄退去，但曙光尚未到来。这时，彻夜嘈杂声不绝的基地也变得鸦雀无声，仿佛正在等待出发的信号。透过彻夜未消的尘土，笼罩着一层紫色阴影的小屋、人马和其他物体的轮廓依稀可辨。火光在不远的地方闪烁，那是炊事班在做饭。许多人都醒了，也许他们和我一样，整夜都没有合眼。大家都在窥伺瞬息万变的鱼肚色天空，以及在芦苇和车前草丛中闪闪跳跃的亮光。那是一个小湖，原来叫伊斯拉波伊湖，现在，人们已经狂妄地把它称作胜利湖。它是这个地区唯一的水源。一辆辆运水车正在湖边装水，看上去模糊不清。微弱的曙光映在湖面上，让它比天空更明亮。湖里的水不太多，至今人们也不知道它是怎样以及何时形成的。在山坡下的洼地里，湖水在通向战场的两条道路的交叉处涌动。在干燥的原野上，它是唯一的生命迹象。一群群早起的小鸟在湖面上飞翔，它们渴得直叫，这似乎是一种不吉利的预兆。这场战争的结果取决于这个波光闪烁的小湖。


5


9月9日（在靠近博克龙的地方）

　　战斗使我们付出了惨重的代价，我们采用的钳形战术反而惩罚了我们自己。在荒芜的原野上发起的声势浩大的进攻，一开始就遇到了敌军前沿防守部队的抵抗，因此，我们连隐蔽在群山中的地堡的位置都没有找到。在我们的东南方向，有一块像小广场一样的、千余米宽的、光秃秃的半圆形开阔地。森林突出的部分沿着开阔地向山谷延伸过去。我们的部队发起了几次盲目的进攻，但是，从地堡的枪眼里喷射出来的子弹像掰玉米棒子似的把我们的士兵一排排打倒在地上。在火力最猛的普恩塔布拉瓦山峰下面，伤亡最为惨重。在我方炮兵搜寻目标时，迫击炮和榴弹炮没有落在敌军阵地上，反而在我们的进攻部队中打开了一个个大缺口。冲锋部队一时乱作一团，争相逃命，在内部展开了一场厮杀。我们这个作为预备队的营也开上了前线，以补充薄弱环节，但是，和其他部队一样，很快就被击溃了。即使军官向自己的士兵开枪，也无法阻止他们溃逃。在第一次冲锋中，我的连队就受到重创。勤务兵和其他士兵一起失踪了。

　　还不到中午，正面进攻就完全停止了。我在望远镜里看到，开阔地上横七竖八地躺满了尸体。这一整天，每当玻利维亚军队用重机枪扫射时，那些尸体就像疟疾病人似的颤抖起来。我用望远镜久久地观察那些奇形怪状的尸体。几乎可以肯定，从那些在灼热的阳光下颤抖的尸体中，找不到我的勤务兵。

密集的枪声仍在继续。我方大炮趾高气扬但盲目地在丛林中吼叫。在步枪和机枪的射击声中，迫击炮像伤风病人似的咳嗽着。车队满载着面色苍白、鲜血淋淋的伤员，堵住了通向后方的狭窄的道路。

夜幕降临了。沮丧、厌倦、愤怒和不安的情绪在军中蔓延。一群群像牛虻那样大的蚊虫不停地向我们袭来，而我们却束手无策。撤退时子弹擦破了我的肘部，伤口疼痛难忍，但是，我最难忍受的是嗓子和胸部的干燥，这是体内的脓疮。水还没有运到。在大家等水的时候，有人吐出了一口泥沙。

### 9 月 10 日

指挥部泰然自若，命令部队继续开展包围攻势。匆忙凑起来的部队又投入了战斗。今天的进攻虽然比昨天的谨慎些，但结果一样。今天，我们有一层额外的屏障，那就是堆积在战场上的尸体。在这些散发着臭味的"堡垒"的保护下，我们尽量往前爬，试图找到地堡的中心。大家都在暗自琢磨：地堡到底在哪里？我们在博克龙外围的铁丝网前面盲目地探索，好像孩子们玩"瞎子摸象"一样。在枪声的伴奏下，我们在穆埃尔特山谷里蹦蹦跳跳，无情的铅弹像拔羽毛似的把我们的士兵打倒在地。带着黄绿标志的敌机一次又一次从天空向我们俯冲，炸弹和子弹雨点般落在我们中间。同时，在敌人的堡垒上空，飘游着无数个降落伞，吊在降落伞下的冰块，滴着水向那一片开阔地徐徐降落。玻利维亚的指挥部关心他们士兵的生活。一个装着锯末和冰块的麻袋落在我们的阵地上。这些冰就如同一枚爆炸的炸弹，带来了悲惨的结果。

9 月 11 日

天热得令人窒息。似乎每粒灰尘乃至空气本身都要燃烧起来，用那透明的火焰把我们烧焦。渴是一种不流血的死亡，在这灰尘滚滚的原野，它和流血的死亡一起向我们袭来。和担架队一样，运水车不停地往返奔驰，但是，水仍然供不应求，因为只有十几辆卡车为两个师的人员运送这种珍贵的液体。有苦力用水桶为基地背水，在经过难以通行的大森林时，大部分背的水都漏掉、蒸发掉或被别人截去了。在四十八小时内，每个军官可以领到半行军壶被晒得滚烫的水，而每个士兵只能领到半杯。吃过肉罐头后，人们更加口渴。渴得发狂的士兵成群结队地离开火线，出其不意地扑向运水车和背水的苦力。在离我们阵地不远的地方，两个苦力被刺刀挑成肉酱。为了警告别人，军官们不得不无情地用机枪扫射抢水的士兵，而后者正跪在空桶边，吮吸着被刺死的苦力那污浊的血液。埃斯蒂加里维亚的祝酒词果真得到了应验。

傍晚，佩塞布雷又回到了前线。他从容不迫地叙述了自己的经历。据他说，首次灾难性的交火之后，他在迷宫似的群山中迷失了方向。他几乎走遍了所有阵地，最后才找到自己的队伍。他那双深褐色的眼睛里闪烁着狡黠的光。很奇怪，通过这次漫游，他似乎不再口渴了。


9 月 12 日

我们勉强守住了自己的阵地，但这只是暂时的。经过严惩之后，开小差和抢水的事件减少了。现在又出现了另一种"抢劫"的形式：有些人为了享受下火线或配给水的合法特权，不惜打伤自己。抢水者、开小差者和自伤者被立即枪决，这样一来，纪律渐渐得到恢复。

有迹象表明，对这个据点的围困将长期持续。营以上单位的指挥官都下令把原来一米深的、用树干和泥土做顶的半地下式指挥部改建成防空洞。多嘴的佩塞布雷对我说，我们的司令已把他的指挥部加深到三米。

"再往下挖……再挖!"佩塞布雷说，司令这样要求他的勤务兵们。

"可是，都要挖出石油来了，司令!……"他说，一个勤务兵这样回答司令。这些话不仅表现出佩塞布雷的狡黠和幽默，同时也反映出士兵内心的不满和失望：挖出的是石油，而不是水。我回头看着分散在别霍大道上的伊斯拉波伊支队憔悴的士兵。他们连武器都拿不动了，一个个眼巴巴地回头望着蔚蓝的、闪闪发光的小湖。对于这些围困据点的士兵来说，那个小湖比据点更有吸引力。

9 月 13 日

我们去执行一项侦察任务。通向据点的最重要的通道尤赫拉公路已经被我们的部队截断，当务之急是把它和北翼连接起来。为完成对据点的全部包围，司令部需要了解这里的防御工事的位置和纵深情况，但是，玻利维亚人把博克龙的这个后院伪装得十分巧妙。可以说，他们的力量是无限的。

在我的前面，二十个经过选拔的士兵在一公里多的滚烫土地上慢慢爬行着，荆棘划破了他们的橄榄绿色军装和皮肤，又黏又黄的汗水从他们身上蒸发。我们没有侦察到重要敌情，但发现了解决水资源短缺问题的一个重要线索。在一片芦苇地中有一眼印第安水井，但是，谁也喝不到井里的水，因为一挺玻利维亚哨所的重机枪和一挺巴拉圭哨所的重机枪同时控制着那块地方。我躲在灌木丛中，用双筒望远镜观察死一般寂静的芦苇地。在机枪火力的交叉点上，一堆尸体倒在井口周围。有几具尸体的头已经伸到井里，在那里永久地喝着。另外几具尸体紧紧抱在一起，脸上呈现出安详而满足的表情。鲜红的血块和牢不可破的友情把那些穿卡其布军装和橄榄绿色军装的人融合在了一起。

9 月 14 日

营长牺牲了。刚才我们两个还在密集的枪声中大声交谈，或者说粗暴地争论。我来找他的目的是请求他下令把我们处境极其困难的连队撤下来。他显得很不耐烦。我没听懂他的话，因为我也非常生气。可是，我突然看到他张开双臂，像女人似的温柔地闭上双眼。他慢慢地向我扑过来，用双手搂住我的脖子。我被他这种突如其来的变化弄得茫然不知所措。直到我的手摸到他背上黏糊糊的血液时，我才明白发生了什么事情。

由于我在这个营的军官中资格最老，而且是唯一没有退出预备役的军官，所以自然由我接受他的职位，并接管指挥部。


9 月 15 日

被围困的军队中也现出消沉的迹象。涂着黄绿标志的飞机空投的不再是冰块，而只是药品和食物，而且大部分空投物品都落在我们的阵地上。


9 月 16 日

博克龙被围得水泄不通。大量增援部队到达后，把最后的一些缺漏也填补上了。我们的兵力比原先增加了一倍，一万多人将参加对这个顽固堡垒的围困，还有大量的战略物资投入。其实我们也感到，这个堡垒好像是一只又渴又饿的老虎，现在，它正蹲在炮火连天的深山里舔着伤口，可是，它终会跳过我们设置的陷阱，以百倍的疯狂残害人命。

司令部命令我们从背后发起攻击。全部兵力都将投入这次关键的行动，由北向南紧缩包围圈，就像一条大蛇渐渐缠住它的捕获物一样。

我率领的那个遭受重创的营被派到左翼，我们要加强对科拉莱斯

209

据点控制的尤赫拉公路的封锁，同时要监视敌人，以防他们入侵阿尔塞据点不太引人注目的地方。这是一项极不明确的使命，它包括两个极不一致的目标，同时，与我们的实力也不相称。由于这个口头命令不太清楚，我派参谋去索取书面命令。这个营是任何人都可以随意打出去的一张牌，有时它是预备队，有时它又作为作战部队被用于任何场合。

9 月 17 日

博克龙战役结束的日子遥遥无期。凌厉的攻势渐渐减弱了。博克龙是一块难以消化的硬骨头，看来，我们的"蠕动"不能把它化掉。这一小撮龟缩在被森林覆盖的堡垒里疯狂抵抗的人，似乎拥有某种魔法。我们正在和一群垂死挣扎的、病态的幽灵作战，他们已经把一切衰弱、灭亡和绝望统统置之度外。

在我的童年时代，有一次，父亲要我杀死一只生了蛆的病猫。我怀着厌恶的心情把它装在一只袋子里，拿起一把砍刀没头没脑地向它砍去。我的胳膊累得发木了，袋子被砍破了，猫的内脏都露出来了，但是，它仍在我面前不停地跳着，凄厉的叫声几乎把我的肺都撕破了。

6

9 月 18 日

经过一整夜的艰难行军，拂晓时，我们截住了一支显然在向博克龙移动的敌军。经过短时间的交火，他们撤退了，留下几具尸体和一头生命垂危的骡子。我们的部队也几乎遭受灭顶之灾。先锋连遭到侧面打击后仓皇撤退，险些连累了整个部队。幸亏这时敌军撤退了，我们才得以重整队伍，避免了全军溃逃。我方伤亡五人，其中包括那个打了败仗的连长。我派我的参谋去接替他的职务。昨天晚上，尖刀班和一个敌方哨兵相遇，哨兵又打枪又放信号弹，我们不得不改变路线。那次意外事件后，我们的士气开始下降。现在，我们不知道自己的确切位置。这里是一片我们从未见过的矮小多刺的灌木丛，一条新开辟的小路沿深谷而下。我们想，这一定是阿尔塞和普拉塔尼约斯之间的一条要道。根据远处西北方向的隆隆炮声判断，我们离博克龙大约二十公里远。考虑到这条小路可能具有某种战略意义，我们决定暂时控制它，并派出了两支小分队，一支到尤赫拉公路方面侦察，另一支到司令部索取指示和饮用水。特别是水，因为没有水，我们就无法在这里停留。

被击溃的连队改组了。我下令掩埋敌我双方死者的尸体。沙子上覆盖着一层碱，在阳光下，如同霜花一样闪闪发光。士兵用弯刀挖了一条长沟，掩埋了尸体。从阵亡者的水壶里收集的一点水被分给伤员喝，在断炊两天之后，其他人每人分到一盘骡肉。

9月19日

派出的两支小分队都没有消息。在今天的军官会议上，那个主张"不管有没有水，部队都要在这个灼热的孤岛上扎营"的意见取得了胜利。有些人甚至用嘶哑的嗓子高呼祖国万岁，但是，在他们的眼里，已经找不到过去的那种热情了。

察看了附近的地形之后，我们在这块洼地上设置了两条防线，使之成为一个非常理想的据点。在凡能通过的地方均修筑了重机枪掩体和单人壕沟，在防线周围布置了观察哨和岗哨，在洼地的两端建造了一些"闸门"，以捕捉俘虏。面对另一种威胁，这些过分的安全措施都是荒唐可笑的。在离洼地不远的地方，灌木丛消失在一片低地中，那里有洪水冲刷的痕迹，可能是很早以前就干涸了的河床或湖底，前天晚上我们就是从那里过来的。在白茫茫的沙漠上，有一块古铜色的蘑菇状岩石。它好像能够吸收阳光，因为它不反射任何光辉。在查科的这一带根本找不到岩石，那可能是一块陨石。

9 月 20 日

我们在上古时候便是大坑的地方建造营地。我们的"耕耘"开始有收获了，已经有三个伤员离开了这个苦难的世界。我已算不清我们连队的实有人数和伤亡人数，人员似乎并没有减少，只是从一种形态变为另一种形态而已。当然，如果说绝望也占据一定空间的话，那么的确可以说，我们中间什么也没有少。

士兵在重机枪掩体后面的一棵树旁为我建造了一个指挥部。从那里向外瞭望，整个灰尘飞扬的半圆形战场和面容憔悴、瘦骨嶙峋的士兵尽收眼底。这些急速衰老的人，身上满是湿疹和湿疹留下的伤疤。无叶的灌木枝条的影子像网一样投在他们身上，他们像舞台上的幽灵一样晃动着，如同记不起回家的路的醉汉。我去视察防线时，几乎认不出他们。他们那一张张像老牛皮一样的脸上皱纹纵横、疮疤斑斑。蓬乱的头发下面，一双双眼睛都蒙着一层灰尘。

北面，震撼大地的隆隆炮声愈来愈远，犹如雨后的雷声。小分队杳无音信。我又派出一支小分队，它唯一的任务是带救济品回来，不惜一切代价。一个连长带着三个士兵，愉快地，然而几乎是爬着离开我们。我拿出我的指南针给了他们，但是，由于某种奇妙的感应，指南针的磁针一动不动地紧贴着表盘，因此，他们只好靠炮声辨别方向。

我记得，利昂·皮内洛曾在书中断言，过去，人间天堂就在新大陆的中心，在印第安大地的心脏。这是一个"有形的、实在的、真实的"地方，上帝在这里创造了第一个人。这里的任何一棵树过去都可能是生命树和善恶树，也许被伊甸园的奇景弄得眼花缭乱的亚当和夏娃曾在伊斯拉波伊湖沐浴。如果丘基萨卡的这位宇宙起源学家和神学家的话有理，那么，这些沙土就是伊甸园的灰烬，是上帝惩罚人类的结果。现在，该隐的子孙穿着卡其布军装和橄榄绿色军装到这里朝圣来了。

这里的灰尘是由那些泥团分化而成的。

### 9月21日

敌人再次试图强行通过，但是，这次又失败了。我们打死了几个敌人，还在"闸门"处抓了许多俘虏。俘虏给我们带来了一点好处，我们的士兵像疯狗似的朝他们扑过去。为了平均分配他们行军壶里的水，我不得不立即发布命令：每人只许喝一口。有些士兵由于太着急，失掉了自己应得的一份。没有人给俘虏水喝。从现在起，我们每个人的忍耐力都将经历考验。

我们又挖了一个更深更宽的公共墓坑。在尸体上盖了一层土以后，坑还没有被填平。这些辅助性的劳动自然由俘虏去干。

在今天的战斗中，我勇敢而机灵的勤务兵又做了一件出色的事情。在敌人发起猛烈攻击的紧急关头，指挥部前面那挺控制着洼地入口的重机枪，由于温度过高而射不出子弹了。机枪手不知该如何是好。这时，佩塞布雷跳出掩体，走近机枪，一面对着通红的枪管撒尿，一面半开玩笑半认真地喊着：

"猪猡，我要尿湿你的大腿，看你是不是凉快些！"

或许是巧合，机枪竟又响起来了。总之，佩塞布雷是一个机灵鬼。

在这个"大乐园"里，我们的春天就这样开始了。只有在长着锯齿状硬叶的大蓟的顶端，偶尔可以看到一朵青紫色小花。那圆鼓鼓的小花好像生命垂危的病人那肿胀的嘴唇。这种花只有几个小时的寿命，它散发的芳香引来了许多苍蝇。

9 月 22 日

太阳像火一样烘烤着我们。现在，整片饱含盐水的天空中只有一个大太阳，透过树木的枝条无情地向我们压下来。无叶的树木下没有可供藏身的树荫。没有水，大家只好嚼着无花果多纤维的果肉、野土豆不易消化的球根和大蓟那有刺激性的草根。当然，这些东西不仅不能驱走干渴，反而会使人反胃，把空空如也的胃里的黏液都吐出来。我看到有人贪婪地捡起别人嚼过的草根，把它们当成刚刚偷来的非常珍贵的食品，津津有味地嚼起来。还有一些人用大蓟那丝绒般的花瓣耐心地收集自己吐出的黏液。断粮的第四天，有些性急的人开始吃皮带了，自然，这是一种没有什么营养的东西。

9 月 23 日

人们忘记了我们，甚至连敌人也不再从森林地带向我们发起进攻，从而留给我们几具尸体和几个行军壶了。如果现在他们想一举消灭我们，那倒是不费吹灰之力。这里的敌人已不再是敌人了，他们也都赤身露体、瘦骨嶙峋，和我们的士兵相差无几。我一看到这些束手待毙的人，就想到那些孤零零地倒在博克龙后方那块芦苇地上的井边的尸体，在那片荒凉的土地上，他们获得了永久的安息，我们的命运也将如此。现在我们正在进行一次小规模突围，因为只有在这个地方，巴拉圭人和玻利维亚人被装在同一个袋子里，面临同一种绝望的前景，疯狂地反抗着同一个无形的敌人，而这个敌人对所有人一视同仁。

我不打算再派小分队了。我们不再抱任何希望：运水车不会来，我们也逃不出我们奋力守卫的这块洼地。我们当中最坚强的人走不了一百步就会晕倒。蒸笼似的沙漠榨干了我们的最后一滴汗水和眼泪。谁的膀胱能保存一点小便，谁就是最幸福的人。人们都竭力换取这种饮料。佩塞布雷一手拿着空罐头，一手拿着从口粮袋里掏出来的两块像石头一样的、啃得不像样的饼干，从一处爬到另一处，却没有换到一滴小便。最后，他终于把饼干扔到仙人掌丛中，跪在地上，用双手疯狂地刨着沙子。他把头埋在沙坑里，像一个被砍掉头的人。他抽噎着，全身都在发抖。在这短短几天中，我们好像倒退了几千年。只有一种奇迹能拯救我们，但是，这个该死的伊甸园里不会出现任何奇迹。

苍蝇身上散发着一种氨水的臭味。那是一些飞得很快、绿得发亮的苍蝇。这些苍蝇使我们摆脱了昏昏欲睡的状态。刚才，一只苍蝇在我眼前来回飞舞，亮得像个小太阳。我一把抓住它，然而，抓到手里的却是挂在胸前的金黄的十字架。


9 月 24 日

我们的呼吸越来越微弱。在查科的这片灌木丛间，灰白的、无生气的、一望无际的沙漠，清晰地烘托出我们气息奄奄的、充满皱纹的躯体。这些蜷曲在洼地上的"化石"，在阳光下发出微弱的呻吟。随着体力的不断衰竭，我们渐渐失去知觉，周围的东西渐渐变得模糊。我们在这座庞大、昏暗、恶臭难闻的海市蜃楼中漂泊着，下沉着，痛苦地挣扎着，这种痛苦往往具有罕见的生命力。


9 月 25 日

武器、行李和其他物品遍地都是。它们时而从我眼前消失，然后又在别的地方出现，也许是因为我曾经闭上眼睛，或者是因为我变换了姿势而自己没有发觉。我的耳朵嗡嗡作响。我感觉，舌头上似乎爬满了蚂蚁，口腔再也容不下它了。幻觉不时向我袭来，后脑和整个头部针扎似的疼。一股寒流向我的四肢蔓延，好像它们被深深地埋在地下。刚才，我似乎看到，枝条间有一支燃着的大蜡烛。"真见鬼……"我想，"大概是整个教堂都烧着了吧！……"那不是一支蜡烛，而是强烈的阳光照射在自动步枪的枪管上。我不想再叫喊了，因为我发出的是一种陌生的声音，一个死人的声音……突然，整个洼地变成了一个水面如镜、无边无际的湖泊。伊斯拉波伊湖的湖面倒映着被拦腰砍断的树木，正在挑战我……它离我的指挥部只有一步远！……我发疯似的爬着，把头埋在这个温暖而有生命力的洞穴中，想永远待在它黑暗而柔软的底部，但是，不一会儿我就感到窒息了。我抬起头，嘴里吐着泥土和脏物。这时，小湖像一个肥皂泡似的爆裂了。有时，我感觉自己离开了洼地，正在集中营的小岛上和希梅内斯聊天。那只鹦鹉停在他的肩膀上，把头埋在刺眼的蓝色翅膀下。有时，我甚至又回到了童年和青少年时代，黏糊糊的无花果使我想起达米亚娜·达瓦洛斯的奶汁味。那一天晚上，我曾在车站的废墟中吮吸过她的奶汁。有时，我仿佛看到矮小而驼背的马卡里奥·弗朗西亚双手捧着特维夸里的泉水向我走来。他在辽阔无垠的平原上走呀，走呀……终于来到我的身边，可我俯身去喝水时，看到的只是他那蜘蛛网似的手心里的黑洞，那是他偷金币时留下的伤痕……

9 月 26 日

活着的和死了的可能已经相差无几，只是后者比前者更加安静罢了。起初，我们把死尸都掩埋起来，现在，已经没有必要了，因为我们已经闻不到死人的臭味，况且，我们身上也散发着同样的气味。今天早晨又死了三个人，谁还有力气把他们拖到大坑里，再盖上一层土呢？僵硬的尸体静静地在灌木丛中腐烂。离我的指挥部不远的地方，躺着我的勤务兵，他那张惨白的脸上，一副蓝色嘴唇向上翻起。他的牙齿沾满了沙子，紧攥着空罐头的那只手向我伸过来。一群绿苍蝇不停地在他鼻孔里进进出出。有几只苍蝇不时飞离它们的队伍，迅速地围着我飞一圈，看我是否已经熟透了。我想，我在死神面前表现出来的迟缓和顽强一定会惹它们生气。我之所以如此，是因为我无法估量它们能等待多久，它们有无限的时间去做它们的工作。刚才，一只苍蝇落在我的小本上。它在两行字的空隙间留下的那团湿漉漉的东西，瞬间就被晒干了。然后，它又飞到我的手背上。它那能观察各个方向的眼睛死死地盯着我。我感到，我不能对它隐瞒任何东西，因为它比我自己更了解我。这个亮晶晶的绿色斑点对整个人世了如指掌。它一面用那能容纳整个洼地的发光的多面体大眼睛看着我，一面用爪子上的绒毛刷着它那对能像小号一样发声的翅膀。这些爪子胜过十只猛虎，足以把我腾空抓起来。我何必去驱赶它们呢！即使赶走了，它们还会一次又一次地飞回来，正像人们总要用指甲去挠疮疤，一直挠到出血为止。这里的苍蝇不是一只，而是千万只，整个洼地像一个蜂窝一样，充满嗡嗡的响声。

## 9 月 27 日

然而，我不应该丧失理智。我仍然是这个营的营长，必须为我部下的命运负责到底。凭着眼前持续不断的黑暗中偶尔爆发出来的、使人眼花缭乱的闪光，我可以模糊地看到那些消瘦的轮廓。在那种几乎要震破我耳膜的嗡嗡声中，我听到了他们的呻吟声和急促的喘息声。我想，这种喘息声可以驱走他们的痛苦。在我眼里，一切东西都改变了。我已经到了生命的最后时刻，我还有最后一点理智，手里还有一个铅笔头。我感到，我手里拿的不是铅笔，而是一段烧焦的树干。有时它从我手中滑落，好久之后我才能重新找到它。

## 9 月 28 日

渴似乎是一个永不知足的妓女。人们看不到她，但是，她正在这里施展特有的魔力。她依偎在我们身边，静静地窥伺我们。她那燃烧着欲火的眼睛在灌木丛中闪烁。我们感到，她正在用那双滚烫的手抚摸我们。她散发着硝石的臭味，从一个人身上爬到另一个人身上，害死一个人，再去残害另一个人或另外好几个人。她那双蛇眼正在物色新的对象。她首先使受害者入睡，然后用触角紧紧缠住他，直至折断他的躯体。在一阵痛苦的挣扎之后，呻吟声终于从惨白而肿胀的嘴唇间消失了。没有一个纯真的人可以逃过她的纠缠。她就是这样缠住了我的勤务兵，而他几乎还是个孩子，但是，她没能占有他，因为我用一颗子弹把他从她的怀抱中夺了过来。佩塞布雷要我向他开枪，他实在太痛苦了。现在他已到达极乐世界，从他面部的那丝微笑判断，那该是一件极愉快的事……

**9 月 29 日**

而我们的确是在活受罪，比死去更痛苦。最好是一下子死去……可是，死是多么不容易啊！也许我该永远活下去。我从枪套里拔出手枪，挺着脖子向枪筒移过去，直到胸前的十字架都映在蓝色的枪筒上。当我好不容易把手枪移近太阳穴时，呻吟声依然在我耳边回响。我用尽最后一点力气爬到重机枪旁边。我握住枪把，紧扣扳机，转动枪身，向洼地扫射，以清除这些像是从另一个世界传来的呻吟声。在随之而来的一片寂静中，我听到一辆卡车的轰鸣声，声音越来越近。卡车终于出现在林中小道的入口处，那是一辆运水车……渴还在那里引诱我。它的欺骗、它的讥讽令人难以忍受。卡车的轮子燃烧着，但它依然在洼地上蜿蜒前进。我把整盘子弹向它射去，可既没有使这个在我的幻觉中出现的怪物停下来，也没有把它打坏。在熊熊的火焰中，卡车继续前进，一股股水流从颠簸的水箱中涌出。最后，卡车撞在一棵树上，它停下来了……它在那里召唤我……

# 八 使命

## 1

“为什么您没有马上来？”

说话的声音很难听清，草屋顶和土坯墙挡不住外面传来的嘈杂声。指挥部的所有机构都设在这个大窝棚里，兵营的吵闹声使整个窝棚沸腾起来。墙的另一边是仓库和办公室，那里也是一片忙乱。电话铃声、发报机通电时的尖叫声、步话机咔嗒咔嗒的响声、装卸弹药和食品的嘈杂声，以及来去匆匆的副官们的吵嚷声响成一片。从西面遥远的地方还不时传来单调的炮声。

在狭小的办公室里讲话时，指挥官不得不提高嗓门。他这样做也许不是由于外界的喧闹，而是由于他激动不安的心情。他对站在办公桌前面的那个身材魁梧、长着一副大胡子、一只胳膊打着绷带、满面愧色的人大声叫喊着：

“您为什么现在才来，阿基诺连长？”

“我正在医院养伤，长官……”阿基诺脸上现出自豪的神气，指着绷带对指挥官说。

“您在哪儿受的伤？”

"在波佐瓦伦西亚附近。"

"怎么受的伤?"

"长……官……"阿基诺吃力地说,他一边用手理着沾满泥土的蓬乱的胡子,一边思索着单词。

连长不能准确地用西班牙语表达思想,每说一句话都要停一下,似乎需要在脑子里把要说的话翻译出来。

"您是怎么受伤的?"

"他们向我们扑过来,"运水队的负责人匆忙地说,"那是整整一个排。我们拦不住他们,全是我们自己的士兵。现在,玻利维亚的飞机和轰炸都没有我们自己的士兵危险……"他下面的话又变得难以理解了。

隔壁,参谋们大声争论着。指挥官从椅子上跳起来,走到门口怒吼道:

"别嚷嚷,他妈的!"

喧闹声顿时消失了。除了从外面的兵营传来的嘈杂声外,窝棚里只有发报机在嘀嘀嗒嗒地发着莫尔斯电码。通过窗口向下望去,可以看到湖面上泛着斑斑银光。大胡子用眼睛瞟了一下正在湖边装水的卡车,便又转过身来。指挥官在房子里踱着大步。他比连长矮小得多,但是,那双深褐色的活泼的眼睛里,蕴藏着巨大的活力和责任感。他重新坐下来,那张阴沉的、过早秃顶的面孔似乎舒展开了。他翻阅着文件。那些被揉皱的、沾满污点的文件是前线送来的战报和通讯。他用手背拍着文件,似乎是为了把它们弄平并擦拭干净。

"我把您叫来是要交给您一项特殊使命。刚收到一份请求书,要我火速派一辆运水车。您必须马上出发。"

"我们的车队正在装水,长官。"

"我只需要一辆卡车,"指挥官生硬地打断他,"也需要一个好司机。"

"那么……这个……"

"您打算派谁去?"

"派我的助手克里斯托瓦尔·哈拉班长。"他不假思索地回答。

"必须选一个老练而坚强的人。"

"您尽管放心,长官,他是我的同乡。我了解他,他不会给我丢脸。"

"这是一项艰巨的使命。"

"我为他担保。"

"此行是为了给困在博克龙后面的一个营送水和药品,必须穿过火线。执行这项任务的人必须准备有去无回,说不定连目的地都到不了。"

"我请求您让我去。"连长突然说道。

"您是队长,去把您的心腹叫来。顺便把这个命令带给医院,让他们立即准备一辆救护车。"

"是……"

他敬礼后便走出办公室。

2

在炽热的平原上,被晚霞染红的天空把伊斯拉波伊湖的湖岸衬得格外清晰,这里就像被车轮碾过的蚂蚁窝,成群的蚂蚁正四处逃命。然而,这里其实没有蚂蚁,只有熙熙攘攘的人群和卡车、大炮、小车、马、骡子、牛,在湿热的、令人窒息的空气中发出一阵阵叫喊声、命令声、嘶鸣声和马达轰鸣声。在一棵榕树下,军乐队正在练习一支进行曲。没有任何东西比这里的军事操练更加荒唐可笑,而且正是由它来决定这些马上要奔向战场的士兵的行进速度。士兵们的一双双赤脚沾满了泥土，一张张面孔污秽不堪，飞扬的尘土几乎把他们全部吞没了。这只不过是战前的训练，这些蚂蚁一样的士兵必须扛着枪，背着背包，向前线进发。

连长向医院走去。强烈的石炭酸味扑鼻而来。房子里躺满了伤员，一面带红十字的破白旗挂在房顶的竹竿上。房子周围横七竖八地放着一些担架和用树枝做的简易担架。一些伤员躺在地上，更多的伤员被担架夫从救护车上抬下来，这些救护车是由运输面包的卡车改装的。那些在毯子下一动不动的人，则被抬到了空旷地的尽头。

连长绕过呻吟的人群走进医院，在临时用作值班室的地方，把命令文书交给一位实习医生。

"救护车……哪儿有救护车！"实习医生看过命令后，傲慢地说，并吹了一声口哨。

"有急事。"连长说。

"可是没有汽车。"实习医生说，他指着那辆正在卸下伤员的汽车补充道，"这是唯一的一辆，其余的都去执行任务了。"

"这辆车必须立即准备好。"

"如果有可能，我们会派它去的，但我不敢担保。"

"这里有命令。"

"您跟后勤处长说吧……"他不高兴地站起来去找后勤处长。

一个护士出现在走廊里，她悄悄地走近大胡子。

"你的胳膊怎样，西尔维斯特雷？"她用瓜拉尼语问。

"很好。"

"那你来要什么？"

"要一辆救护车。"

"我以为你是来要入院证明书呢！"

连长爽朗地笑起来。

"就因为擦破这一点皮吗？我就是死了，你们也休想把我关在这里！……虽然我愿意……"他改变了语气说，"和你在一起，萨路易……我是说，整天跟在你屁股后面……你不愿意吗？"

姑娘装作没有听懂他的话。她那张颧骨微微隆起的小脸上，过早地出现了皱纹，显露出一种听天由命、心不在焉的神态。只有在微笑时，她脸上才现出一种天真无邪的稚气。她的围裙上到处是新旧血斑，苍蝇在上面忙个不停。她头上扎着一块和围裙一样脏的布，乌黑发亮的辫子垂在背上。

"要救护车干什么？"

"去执行特殊使命。你想去吗，萨路易？需要志愿人员。"

她耸了耸肩膀。

"你知道要派谁去吗？"

"派谁去？"她淡淡地问。

"克里斯托瓦尔。"

她的面部表情发生了一种不易觉察的变化，那双过早凋谢的大眼睛慢慢移到连长身上。

"到哪儿去？"她装作若无其事的样子问。

"火线后边……一次美好的旅行！只有单程车票！"他做了一个鬼脸，讥讽地说。

"为什么派他去？"

"反正得有人去……"

护士陷入了沉思。实习医生找来了后勤处长，后者立即和连长谈起来。

和来的时候一样，她又悄悄地走开了。

湖边，人们正忙着往旧卡车上的大桶里装水。这些卡车都是战争爆发后统一征用的。根据它们的一些特点，人们仍可以看出它们的来历。有的车上还保留着和平时期的字牌、商号全名或缩写、广告等，有的车上只有一些幽默的格言和谚语。

一长排半赤着身子的士兵依次把装满水的小桶往下传，最后一个人站在卡车上，把水从一个小口倒入大桶。大约有十几辆卡车停在湖边。装水的士兵有节奏地、自如地传递着水桶。瘦削的躯干两侧，根根肋骨凸现，汗流浃背的轮廓在阳光下闪闪发光。一排排士兵中不时传出尖刻的评论和笑声，可是，水桶一刻也没有停下来。从碧绿的水面开始，水桶从一双手上传到另一双手上，然后，又以同样的方式回到湖边。它们从一张张被沾满油污的布帽遮盖的面孔前掠过，桶里的水发出彩虹般的光芒。

队伍的尽头停着一辆破旧不堪的福特牌小卡车。车照上写着：萨普开-1931。一个人骑在大桶上，把传来的小水桶一一倒干。那是一个消瘦但精力旺盛的人，面部线条异常分明。他默默地工作着，从不参与别人的谈笑。古铜色的脊背上印着条条伤疤。

连长正从土坡上走下来。大家看到队长来了，便停止说笑，水桶传得更快了。

"哈拉班长……到指挥部去。"

骑在大桶上的人踌躇地向连长走来的方向转过身去。连长示意他快去。这时，哈拉才把水桶递给身边的一个矮胖子，从车上跳下来，拿起毛衣走了。

矮胖子爬上大桶，向手心吐了几口唾沫，接过下面递来的水桶，吃力地倒在大桶里。

"加油，加玛拉……加油，'半米高'！"人们讥讽地喊着。

"别吵！"连长向士兵吼道，他正回过身望着顺坡远去的哈拉的背影。

人们又摇晃起油光闪闪的身子，有节奏地传递着水桶。


## 4


他们看着桌上的地图和草图。指挥官用红铅笔在一张地图上重重地画了一个十字。

"就是这儿……"他说，"应该是这一带，在尤赫拉公路的那边。洼地可能就在这座山里。"

克里斯托瓦尔·哈拉静静地看着那张地图。

"不是山就是沙漠。"指挥官又说，"整个地区都被敌人控制着，他们试图从这里向博克龙增援。"

他顿了一下，然后用鹬鸰般的眼睛盯着他的部下，严肃地问：

"您愿意去吗？"

"愿意去，长官。"

"好，您很痛快。"他严肃地笑了一下，声音变温和了，"至少运输线上还有一些有骨气的男子汉。您去准备吧。除您的卡车外，还要带一辆救护车，带上食物和药品。在伊斯拉萨穆乌的师指挥部里，您会得到更详尽的指示。在那里，您还可以带上到师指挥部求援的小分队的士兵。"

克里斯托瓦尔·哈拉点头答应。

"您要尽快出发，从别霍大道走，最好不要让任何人知道。您自己去挑选助手，不要自愿报名。您去吧，一路平安……啊……要爱护汽车……"

克里斯托瓦尔·哈拉敬过礼，退出指挥部。心情激动的指挥官目送他走出去。一种难以觉察的细微表情从指挥官的脸上掠过，他似乎想叫住哈拉，然而，他没有那样做，就又埋头于文件中了。


5


女护士把两桶开水放在地上，拉开用作"手术室"门帘的粗麻布，从那个洞口钻进去。借着落日的余晖，外科医生在继续做手术。助手把一件件闪闪发光的工具递给他，一张张汗津津的脸上都带着倦容。在血淋淋的手套下方，从中间切开的肚子上下起伏，看上去，伤员好像一头被活活开膛的牛，肚子的一边挂着肠子和其他内脏。从反击行动一开始，为数不多的几个外科医生就夜以继日地工作着。在围困博克龙的战斗中，前线救护车把一批又一批伤员倾倒在这所浸在血泊中的基地医院里。这里也是一个战场，而且战斗永远不会结束。担架队不停地把一个个沾满泥土和血液的"包裹"抬进来。

萨路易放下门帘，走出"手术室"。不一会儿，她便来到厨房。她向一个正在灶前做饭的女人走去。女厨子过去可能是一个漂亮而健壮的农妇，现在，她显得又丑又脏。

"有没有？……"她用期待的目光望着女护士，问起涌进医院的伤员的情况。

"没有。"萨路易回答说，"这批名单上也没有他的名字。这次大约有二百名伤员。"

"我不知道发生了什么事……"女人平静却痛苦地说，"我希望克里桑托从前线回来，又不希望他回来。有时我盼着他回来，可是，当我看到回来的人是那副模样时，我又不想让他回来。最好还是继续等待。"

"我要走了，胡安娜·罗萨。"护士沉默了一会儿，把一只手放在那女人的肩膀上说，同时不住地望向通往湖边的土坡。

"到哪儿去，亲爱的？"

"我想跟他一起去。我不知道行不行，但是，我要争取去。他要被派到很远的地方去，我知道他是回不来的……我主动去报名。我恳求你接替我的工作，胡安娜·罗萨。我已经和医生说过了。"

"好吧，萨路易。"

"我必须跟他去……"

"你对他说了吗？"

"还没有……我在等他。"

"他什么时候走？"

"现在……也许以后我们见不着了，我的衣服包裹就留给你，里面有些旧首饰和一点钱。以后你回到老家，给你儿子买衣服用吧。"

胡安娜·罗萨从衣服中找出一包香烟。当她把烟递给女友时，她的眼睛湿润了。萨路易在火苗上点着一支烟，接连抽了几口。

"胡安娜·罗萨，我祈祷你找到丈夫。"萨路易吐出一口烟说。

她们像亲姊妹一样倾诉着离情别绪。炊事班长和几个士兵抬着一口锅吵吵嚷嚷地走进来。班长对两个女人说了几句俏皮话，但她们没有任何反应。萨路易默默地走出去。克里斯托瓦尔·哈拉正在土坡上走着。

6

"克里斯托瓦尔！"她叫道。

他默默地走着，好像根本没有看见她。他加快了脚步，萨路易在后面紧追。她好不容易才追上他。

"我有话跟你说……"

"我没空。"

"我知道他们要派你到很远的地方去……"

哈拉的表情显得更加严峻，他脸上现出了怒色。可是，她又补充说：

"……那么，你会需要担架夫的。医院里的担架夫不多，我自告奋勇……"

"我不需要自告奋勇的人。"他上下打量着她，斩钉截铁地说，"更不需要一个……一个女人……"短暂的迟疑使这句话显得有些刺人，也许这并不是他的本意。

"我想跟你一起去，克里斯托瓦尔。"

"各干各的工作！"他说着，看也没有看她。

"如果我求你让我去呢？"

"我不想让别人给我添麻烦。"

这句话像钉子一样把她钉住了。她呆呆地站在那里，眼看克里斯托瓦尔迈着矫健的步伐远去。她看到，他走近湖边，突然跑起来。装水的士兵干得更加起劲了。一开始，她不知道该怎么办。在这一瞬间，她似乎回到了过去，似乎是克里斯托瓦尔的蔑视把她推回到过去那种堕落的、受侮辱的时期，她好像堕入了深渊，但是，她的表情突然变了，一丝笑容爬上她的嘴角，她的眼睛也显得比以往年轻了。她睁大双眼凝视着前方，竟没有发现三架飞机像蜻蜓似的在基地上空盘旋。

在这片刻，她忘记了一切，幻想着未来。

没有人真正了解她，也许她自己也是。她忘记了过去的一切，甚至连她原来的名字马利亚·恩卡纳西翁也忘记了。关于她的过去，有几种不同的说法，基地的人已经把它编进了民歌。有人说，她是1928

年第一次动员时随着那些军官家属的车队来的，但是，那时她年纪还小，可能连乳房都还没有突出来。也有人说，一个军官的太太把她带来做保姆，后来把她赶走了，因为……是的，这里的人善于添枝加叶。正是在她被当成一个无用的人抛到兵营的角落里时，她才开始成为一个有名的风流人物。这样一个漂亮的姑娘，却在风华正茂的时候走上了堕落的道路。如果人们问她为何会流落到这个地方，她会说：

"我是来看热闹的，后来就留下来了……"

有一点是确实的，那就是战争终于使她变成了另一个人，就像夏天会使蛇蜕掉一层皮一样。每当血红的月亮从查科的地平线上悄悄升起时，这一点就显露出来了。

不久前，当湖边出现下等"居民区"的时候，她那间小茅屋便交了好运。高坡上建造了供军官及其家属居住的房屋，每到傍晚，军官的太太和小姨子们到小广场的旗杆周围散步时，她就会从下面看着那些体面的时髦女人，看她们在紫红色的夕阳下踏着乐队演奏的舞曲翩翩起舞。那些身材苗条的女人乃至大腹便便的孕妇穿的高跟鞋和五光十色的衣服都使她羡慕不已。在皓月当空的晚上，她凝视着上面明亮的窗户，静听屋里传出的悦耳的谈笑声。声名狼藉的萨路易和她那间湖边小屋，在夜间吸引着越来越多的人。沙漠的凉风吹在那张当门用的草席上，发出沙沙的响声，好像有人用干燥的手指在上面摩擦。月光下，为了躲避巡逻队，一个个黑影蹲在草席前面的草丛中，静静地等待着。可是，巡逻队的人也来光顾这所小茅屋了。他们跳下马，有时和其他人一样蹲在草丛中等着，有时则利用特权，排到最前头。贴近草席等候的人可以清晰地听到从茅屋里面传出的沉闷的响声、男人的喘息声和她的讥笑声。有时还能听到她懒洋洋地用手拍打对方，紧接着，屋内陷入一片寂静，只有男人在不停地喘息。她不时从茅屋里走出来乘凉。这个头发蓬乱、穿着一件被汗水浸湿的破衬裙、在月光下袒胸露腹的瘦小女人，对那些感情充沛的男人来说，却是一个庞然大物。有人送她一两支香烟，有人送她一些从后勤处偷来的"赃物"：饼干、马黛茶、面粉、肉罐头乃至一两瓶啤酒。她毫不客气地收下这些礼物，好像他们本来就欠她什么东西似的。她如果情绪不佳，就会把那些献媚者赶跑，一边打着哈欠，用嘶哑的声音咕哝着谁也听不懂的话，一边独自走进茅屋。有时，也有人带着吉他或竖琴来找她，这时她最高兴。乐曲把她带进了虚幻的梦境，可是，在这种场合，她不会放其他人进来。没有门的小茅屋变成了一座难以攻占的炮台。

当这所小茅屋的几个常客染上性病的时候，他们在酒馆的闲谈中给她起了一个容易上口、更适合她的人格的绰号——"萨路易"。她不仅不生气，反而非常喜欢这个名字。她希望人能发生变化，哪怕只不过是改变一下名字而已。那时她还没有成为一个护士，她只是一个"病原体"，那些自认为是她的牺牲品的人事后就这样非难她，并且讥讽地给她起了另一个绰号——"小健康"，但是，她从未乞求别人到她那里去。愿者自来，而且这些人也不总是给她实际的报酬。

现在，她可以把这一切全部忘掉，这都是去年克里斯托瓦尔·哈拉来到伊斯拉波伊湖以前发生的事情。他到这里后，她的生活渐渐发生了变化，她可以像清除身上的虱子一样，把过去的记忆从头脑中驱走。她成了一个清白的人，一个全新的人。在一段时间内，截肢患者往往仍会感到被截掉的肢体长在原来的部位。同这种病人一样，萨路易也将身上的什么东西去掉了，而现在她身上又长出了新的。在那颗堕落的心灵深处，她似乎感到贞操正在复活、再生，如同分泌腺生成分泌物一样。然而，这种新的压倒一切的感觉并不是在一瞬间产生的。

全国总动员和征用车辆的命令把克里斯托瓦尔连同砖瓦厂的破卡车一起带到这里。先前被流放到这里的其他游击队员以胜利者的姿态迎接他。这个皮肤黝黑的瘦高个子无动于衷地走下汽车，对他的同伴们微微一笑，现出一副胸有成竹的样子。这种神情使人想起驾驶室顶棚上那条歪歪扭扭的谚语，它就是用来讥讽那些认真对待它的人的。

一开始，她也和其他人一样讥笑克里斯托瓦尔·哈拉，后来她才越来越关注这个嘴巴尖刻、眼睛绿得像长了一层绿霉的萨普开人。她开始追求他，但是他不理她。在所有汽车司机中，唯独他没有在茅屋的草席前等待过。晚上，她等待着他，她托西尔维斯特雷·阿基诺等人给他带了信，但是，吹过宿营号以后，他宁愿待在后勤连的草棚里玩纸牌，或者到马卡部落的帐篷里，用简单而生硬的土语和卡奈蒂酋长聊天。她爱他，但他不理她，于是她恼羞成怒，和其他男人鬼混，以此来报复他，但是，这种状况没有持续多久。

他表现出来的不是蔑视，而是更加可怕的东西：冷漠、无动于衷……以及诸如此类的东西。她非常苦闷，因为她摸不透他，无法消除他对她的那种疏远。她不了解真正的男人，她只认识那些失去理智的男人——被孤独的兵营和荒芜的沙漠折磨得呆若木鸡、凶残无比的人。这些人都一模一样，他们只不过是一些蹲在她门前的影子，是骑在她赤裸的肉体上的、笨重的、没有面孔的影子。她好像一只装满湖水的罐子，可以暂时平息他们的欲火，而他们只能从她那里得到虚伪的爱情，甚至染上性病。

但是，谁也没有预料到，一种不可思议的变化突然在她身上发生了。在这个欲火旺盛的堕落女性身上，贞洁的天性复活了。谁也没有再越过那张草席，但是，没有人相信她会真心实意地做出改变。这一切对她都毫无用处，人们对她不体面的往事记忆犹新，她像一只鹦鹉一样被关在笼子里。过去，人们没有评论过她，而现在，当她成为一个全新的人时，人们却要评论她了。在众人眼里，萨路易仍然是湖滨的小娼妓，"性病区的鹦鹉"，"性病区"这个叫法也是由她而来的。人们准备把她赶出兵营。住在高坡上的上等人，这时也对下面破烂不

231

堪的小屋里的人们展示起自己的威严。妇女委员会向驻军司令部提出了抗议。这时，战争爆发了，家属转移了，这个罪人才免于被流放。

几天后，一辆辆卡车把惊慌失措的女人从受到炸弹威胁的基地运往卡萨多港，只有这个差点被人们像驱逐一个瘟疫患者一样赶走的女人留了下来。大家都还记得当时的情景：初夏的一天，千百万只蝴蝶铺天盖地而来，在那些像金黄色熔岩一样滚动的蝴蝶下面，大地开始抖动起来，碧绿的湖面也变成了黄色，空气像一潭死水，压得人透不过气来，坐在卡车上的夫人们一面不住地咳嗽，一面把飞进嘴里的蝴蝶吐出来。

第二天，她就到那所医院去工作了。那时医院还是空荡荡的，等到博克龙战役以后，医院才堆满了伤兵。此后不久，胡安娜·罗萨来了。在面色如土的男人的汪洋大海里，只有这两个筋疲力尽的女人。

现在，她站在山坡上，不时听到零星的枪声。

整个车队都在盲目而无秩序地忙碌着。他走远了，把她独自留在那里。她向前走了几步，又停下来，内心激烈地斗争着。突然，她转过身去，背着小湖向山坡上的医院跑去。


## 7


基地上空的情况突然变得紧张起来。飞机发出的刺耳响声和沉闷的炸弹爆炸声在空中回荡。三架玻利维亚的"容克"飞机保持着紧密的队形，在基地上空盘旋投弹。地上腾起一股股夹杂着弹片的、炽热的尘柱。在这些骤然由大地喷出的尘柱中，人群、车辆和牲畜东奔西跑，互相撞击。后来，敌机紧咬住仓皇逃命的人群，几乎擦着他们的头顶往返地俯冲扫射。从上面往下看，伊斯拉波伊湖畔犹如一个沸腾的蚂蚁窝，一个被炸弹炸开的蚂蚁窝。

仓促组成的防空哨开始还击，但是，这里没有真正的高射炮，只有几门速射炮咕咚咕咚地吐着火舌。虽然不能过分指望这些大炮，但是，一颗颗白色的圆球不停地在飞机周围爆炸，使它们不得不散开，其中一架拖着长长的烟尾飞走了。其余两架钻入云天，在夕阳照耀下，继续以各种花样飞舞着。飞机还在投弹，炸弹的火光淹没了机枪吐出的火舌。

炸弹投得不像刚才那样准了，地面上时而升起几股尘柱，顷刻间，密集的泥土和弹片撒落下来。两颗炸弹几乎同时落入湖中，湖面上升起一股橙黄色水柱，岸边的小茅屋陷入一片火海。还有几颗炸弹落在荒原上，爆炸使草地上燃起一堆堆烈火，好像某个部落在举行祭祀。

人们从最初的恐惧中冷静下来，投入了一场紧张的救护战斗。士兵帮助担架夫把伤员抬进防空洞。在滚滚烟雾中，担架在医院里进进出出。不久，防空洞中就放满了伤员。这时，人们不得不把担架抬进山里。有时，担架经过荆棘丛时，毯子或绷带被扯开了，于是，刚接合的断肢立即裸露出来。一颗炸弹在担架间爆炸了，尽管密集的树丛在一定程度上保护了伤员，但是，仍有一副担架被炸飞，炸弯的铁架和一只胳膊挂在一棵榕树的树冠上。

担架夫没有被吓倒，他们又回到自己的岗位上。他们弯着腰，身子几乎贴着地面，把伤员一个一个拖走。生气勃勃的萨路易比任何人都勇敢，她不停地来回跑着。她不仅抬担架，还组织其他人帮忙，俨然像一个战场指挥官。她披散着头发，眼里闪着怒火，在尘土和硝烟弥漫的战场上，她瘦小的身躯骤然高大起来。一次，她拖着一个失去双腿的伤员，把他藏在树丛里。她拿着一个空罐头，到处给急需喝水的伤员送水。她分发止血片，认真地为伤员包扎伤口。一个瘦骨嶙峋的青年抓住她的手，低声说：

"妈妈……好妈妈！……你可别丢下我！"

她闭上了眼睛。一个在死神的怀抱里挣扎的人这样唤着她，这个称呼对她来说不可思议。那只皮包骨头的手松开了，她慢慢把手抽回来，并低下头，急忙走开了。

这时，运水车队已经安全地隐蔽在森林里，一辆车也不少。

飞机狂舞的节奏放慢了，黄色的飞机渐渐远去。当"波特兹"飞机像迟到的观众一样出现在地平线上时，敌人的轰炸机已经变成了两个小黑点。这时从一片废墟中迸发出一阵欢呼声。

## 8

夜幕突然降临。空气中飘荡着火药味和焦臭味。一场紧张的战斗正在进行。到处是熙熙攘攘的人群，有人在抬担架，有人在灭火，有人在清除瓦砾。人们把伤员从防空洞和林中的临时隐蔽处抬回医院，只有那些尸体仍然躺在之前倒下的地方。灯笼和手电筒的光柱在空中摇曳。人们一旦来到被车灯照亮的地方，就骤然变成一条条白柱。

在荆棘丛生的小山坡下，有一个人影在晃动。她既没有拿灯笼，也没有拿手电筒，相反，她似乎有意躲避着灯光。那是萨路易，她正在尸体间搜索着什么。突然，她向一具尸体俯下身去，但是，她马上就离开这具尸体，又去看另一具泥土和血污较少、肩上斜挎着一支步枪的尸体。她环顾一下四周，然后，抓住死者的胳膊，把它拖到草丛中。

她首先取下步枪，然后把尸体身上的军装脱下来。

## 9

车队缓缓前进。卡车一辆接一辆地沿着湖岸向别霍大道驶去。岸边的一些小茅屋还在燃烧，火光映在湖面上，好像湖底也在燃烧。

西尔维斯特雷·阿基诺的卡车在长长的车队前头，车灯射出的黄光，好像是打碎的鸡蛋，在车前滚滚流动。克里斯托瓦尔·哈拉的破卡车在车队的末尾。加玛拉疲惫地坐在哈拉身边，显得比以往更加矮胖，尽管卡车颠簸得厉害，他却试图睡觉。救护车在他们前面，司机是里瓦斯，担架夫是阿圭略。他们三人都是哈拉的萨普开同乡，都是他从"自告奋勇的人"中挑选出来的。他刚到基地不久，在成立车队的时候，西尔维斯特雷·阿基诺也是这样选中他的。由于战争，这些沼泽地的逃犯又成了"祖国的士兵"。

在困难的时刻，没有什么比同乡关系更能把人们联结在一起。这种关系是信任关系最牢固的基础。在给他们分派任务时，哈拉无须叫他们的名字，也无须问他们是否愿意，他只需一个表情、一个手势和一个简单的代词。在这种时刻，这些代词可以指代任何一个人。

"你……还有你……还有你……"

车队驶入林间小道以后，行进的速度更加缓慢。这条崎岖难行的小路在车轮下渐渐向后退去。进入开阔地以后，被车灯连在一起的车队宛如一条发光的长蛇，在草丛中爬行。接着，一条林间小道或一座小山又让车队分散开来。这时，每辆卡车便独自在相应的黑暗地段行驶。有时，在道路拐弯处，会有一棵榕树挺着圆鼓鼓的肚子，慢慢向卡车移动，或者有一些像人一样的轮廓出现在草丛中，其实，那无非是仙人掌或多刺的小树，它们裹着一层厚厚的灰尘，矗立在灯光之中。沿途不时可以看到车辆残骸和动物骨骼，这是敌机在这些难以通过的地方留下的路标。

在开阔地和山谷中，夜间又是另一番景象。这里空气清新，到处飘散着树胶和潮湿的芦苇气息。白天，在令人窒息的林间小道上，司机们早就吸够了灰尘、爬虫的臭味和动物的尿骚味，这时，他们便贪婪地呼吸着这里的新鲜空气。漆黑的天空中，繁星眨着眼睛，广阔无垠的原野上，萤火虫闪闪发光，似乎把天地连接在一起。这一切都疾速地向后退去。他们越是往前开，越感到干燥。车轮开始在沙地上滑动，陈旧的发动机像哮喘病人似的喘着粗气。他们的大部分时间都花在处理意外情况上。底盘不是撞到车辙间隆起的地面上，就是卡在小土包上。这时候就必须用铁锹和砍刀把土铲平，才能继续前进。司机的手在变速杆上颤动。突然减速或加速时，变速箱发出嘎吱嘎吱的响声。松软的沙子像两只无情的手臂，死死抱住车轮，司机必须换挡，开足马力才能冲过去。卡车在那条尘土飞扬的狭窄小道上缓缓地爬动着。一里格半的路程花费了两个小时，而他们离师指挥部至少还有十五里格远。除了这些困难以外，他们还面临着敌我双方抢水的危险，而他们能依靠的只有生锈的马枪和干粮袋里的几颗手榴弹。

困倦也开始折磨他们。由于敌机轰炸，从基地出发时，每人只喝了一小罐热水，除此以外没有吃任何东西。

卡车驶进一个像湖面一样平坦辽阔的山谷。远处，一个黄点不停地游动着，似乎在寻找山谷的出口。克里斯托瓦尔·哈拉发现，黄点在山谷出口处停了下来。过了一会儿，黄色的车灯开始闪烁起来。

"阿基诺怎么了？"加玛拉伸着懒腰说，"他好像在打信号。"

哈拉没有回答，他凝视着前方，在仪表盘微光的映照下，他的面部黑白分明。


10


有人举着双臂、面对卡车站在道路中间，腾起的灰尘使那个人影显得模糊不清。这一次可不是幻觉，在车灯的黄色光束照射下，他们看得越来越清楚了，那确实是一个人。西尔维斯特雷·阿基诺猛地把车刹住。

"哎呀!"他喊道，"是个逃兵……没错。"

"啊，来抢水的玻利维亚士兵!"助手奥塔苏说，他端起马枪，瞄准那个人。

阿基诺让前灯不停地闪着，为的是照花那个举着双手慢慢走过来的陌生人的眼睛。

"站住! ……"这是奥塔苏那使人毛骨悚然的叫声，他拉开枪栓。

那人站住了，双臂垂落到两边，看不出有任何袭击和挑衅的意图。那是一个矮小的士兵，没有带枪，也没有带其他武器。

"自己人还是敌人?"阿基诺用瓜拉尼语喊道，接着又用西班牙语重复了一遍。

士兵没有回答。

"自己人还是敌人?"阿基诺又喊了一遍。

对方张了张嘴，但是没有发出任何声音。那人向卡车走过来，这时，阿基诺把身子倚在靠背上，脸上现出一种又惊又喜的表情。

"我要开枪了!"奥塔苏喊道。

"用不着。"

"为什么，连长?"

小兵走近了，在黄色光线的照射下，那张脸上现出一种不安又坚定的表情，显得有些夸张。在离卡车两步远的地方，那人又停了下来。这时，他们才认出来，原来那是萨路易。用刀子削短的头发参差不齐地从帽子下钻出来。从死去的士兵身上脱下的那套军装十分肥大，在深色光束中变成了金黄色。

"你要到哪儿去，萨路易?"阿基诺用慈父般的口气问。

"我可以上车吗?"她反问道。

"你是出来乘凉的吧?"奥塔苏挖苦地问。

她看也没有看他一眼,等着他们给她让座。

"给她让个座!"阿基诺命令道。

奥塔苏愤愤不平地挪到了踏脚板那一边。

卡车起动了,前面又是林间小道。整支车队又开始在充满灰尘的夜空中蠕动起来。车灯的光柱像螺丝钉一样嵌入夜空,为黑压压的车队开道。阿基诺和奥塔苏各自在脸上蒙了一块布。

萨路易出神地坐在车上,一支接一支地抽着胡安娜·罗萨送给她的香烟。车子颠簸时,她在两个蒙着脸的人中间晃动着。她感到窒息,不时咳嗽一下。

"你怎么想出这个主意的?"西尔维斯特雷和颜悦色地问她。

"没有其他办法。"

"克里斯托瓦尔知道你要来吗?"

"他拒绝带我来。"

"你为什么不告诉我你想来呢?"

"他是执行这个任务的头头。"

"那么,你现在想怎么办,萨路易?"

"我要坚持到底。"

"跟他一起?"

"我正是为此而来。"

"现在他不会拒绝带上你了。"

"现在他也许会枪毙我……"

"我们只枪毙逃兵。"阿基诺笑着说。

"我是一个逃兵……"她一本正经地说。

"人们在经受战斗洗礼的时候,是不会开小差的。"

她陷入了沉思,怅惘地注视着在上下颠簸的黄绿色车头前向远处延伸的林间小道。她正想问些什么，但是，被一阵咳嗽阻止了。阿基诺递给她一块破手帕。她把烟蒂扔到黑洞洞的车窗外，把手帕蒙在脸上。

## 11

哈拉的卡车也在狭窄的小道上隆隆地喘息着。蚊子像马蜂一样成群结队地钻进驾驶室。他机械地挥舞着手，试图驱走疯狂地叮在脸上和手臂上的蚊子。加玛拉用毯子把自己从头到脚裹起来，好像穿了一件潜水衣。他不顾卡车的颠簸，也不顾钻进驾驶室的树枝的抽打，自顾自地在那里睡觉。

无疑，克里斯托瓦尔·哈拉是一个出色的司机。他像是卡车的一个组成部分，这个敏感而灵活的部位用巨大的力量，控制着这辆破车的金属肌腱和神经。他的技术在基地和各指挥部都得到人们的高度赞扬。他的卡车虽然到处是补丁和铁箍，但从未落在其他车辆后面，也没有停下来过。人们已不再嘲笑车顶上的那句谚语了，而是半真半假地说，他用一段铁丝，就能把没加汽油的车开走。这次出发前，他比过去任何时候都更加仔细地检查了卡车。因为这一次的领导责任直接落在他肩上，这不是把烧好的砖从科斯塔杜尔赛运到萨普开。

出发前，西尔维斯特雷·阿基诺走到他面前说：

"指挥部向我要一个得力的人，我提了你的名字。如果我知道是干什么去，我就不会推荐你了……"

克里斯托瓦尔好像没有听见这些话。他继续快速而仔细地检查汽车。一颗松动的螺丝，一个没有装好的火花塞，一个漏气的内胎都可能导致临时停车。他知道这些零件在曲折的别霍大道上的重要性。如果两车在狭窄的小道上相遇，是不可能错车的，其中一辆必须退到后面的山谷或开阔地。运输系统的人，为了争夺前进的优先权，曾发生过激烈的争执，但是，送水到博克龙这项任务的重要性是不容争辩的，只有碰到运送伤员的汽车，运水车才会后退，除此以外，他们总有优先通过的权利。进攻开始后的一天晚上，阿基诺的汽车在伊斯拉萨穆乌附近的一条小道上和总参谋部的一辆面包车相遇了。面包车上的司机跳下来向阿基诺跑去。

"向后退！……"司机傲慢地命令道，"让我过去！我车上坐的是总司令！"

阿基诺把胳膊交叉着放在方向盘上，现出一副怀疑和冷漠的神情。

"你拉的是总司令，"他说，"而我拉的是水。"

"向后退！向后退！他有急事！"

"我也有急事……"

这时，凭着车灯的亮光，他们看到一个中等身材、面孔黝黑、穿着没有饰带的皱军装、戴着一顶白头盔的人从面包车上走下来。阿基诺急忙跳下车来，在那位慈祥的军人面前立正。

"这条小路像是属于你的，我的孩子。"那带着浓厚鼻音的声音异常温和，但是，在马达的轰鸣声中却显得十分真切。

"不，我的总司令，"阿基诺连长无所畏惧地说，"道路是大家的，供所有执行任务的人使用……"

"但不只是你的任务重要，我的孩子。"

"请原谅，总司令……我没想到会是您。"

"那么现在你总该相信了吧，你应该后退。"他严厉地说，"马上后退。"话虽严厉，但他的面部表情一点也没有改变。

"是，总司令！"

然而，就在这时候，他们身边响起了一阵如鞭打声一般的、响亮而有节奏的响声。克里斯托瓦尔·哈拉正和车队的其他人一起，用铁锹和砍刀铲除路旁一处突出来的地方，以填平一个土坑。几分钟后，一个用土和树枝垫起来的半圆形平面就铺好了。于是，总司令的车和运水车像两个同样有身份的强者，同时从那里通过，任何一方都没有后退一步。

"这个行动使总司令免于在我们面前后退……"阿基诺事后吹嘘道。

那一次，克里斯托瓦尔从侧面看到了查科军队的最高指挥官。当时，为了使运水车能从林间小道通过，他在铲除一个障碍，而总司令则在旁边飞扬的灰尘中等待。

现在，他紧握方向盘，睁大眼睛，身子随着卡车晃动，依靠司机的本能，全神贯注地执行自己的使命。

一个软绵绵的东西撞在打开的挡风玻璃上，而后又弹入驾驶室。那是一只美洲鹰，它拍打着翅膀，惊恐地叫着，想要飞出去。鹰的爪子抓在克里斯托瓦尔脸上，他不得不用两只手抓住，把它扔出驾驶室。汽车微微偏离了原来的方向，一只轮子压在一棵大蓟上。轮胎嘭的一声爆开了，水桶立即倾斜到一边。克里斯托瓦尔刹住车，一下跳到地上。加玛拉拼命用手扯着毯子，想从里面钻出来。车胎的爆裂声和车身的突然倾斜打断了他的美梦，他发疯似的在毯子里叫喊着。

"出了什么事?"他终于扯开裹在身上的毛毯喊道。

克里斯托瓦尔正在检查爆裂的前轮轮胎。

"拿千斤顶来。"他向加玛拉喊道。

"千斤顶?"对方困惑地问。

"你醒一醒吧，拿工具来。"

"啊，好的……"加玛拉答应道，他一边打着哈欠，伸着懒腰，一边到处摸索。

"快点，'半米高'！"

这时加玛拉才清醒过来，并立即投入紧张的工作。他掀开座位上的木板，从里面拿出千斤顶和几把扳手。一把扳手从他手里掉了下去，他捡起来，用牙咬住。

"我梦到一支玻利维亚巡逻队袭击了我们。"他一面咬着扳手，一面说。

"那样更好。"克里斯托瓦尔不耐烦地说。

"他妈的！"加玛拉抱怨道，接着吹了一个口哨。

车灯的光束照在前面的灌木丛上，从那里反射出的一点微光，照亮了向一边倾斜的卡车和跪在车旁的两个人。在他们修理车轮时，大蓟的锯齿形叶子无情地划着他们的胸部和面部。


## 12


上午，车队进入了另一个山谷。这个山谷不像前一个那样宽阔，但有很多粗矮而茂盛的树木，恰似一个半圆形的、长满树木的小盆地。愈疮木的浓郁香味扑鼻而来，夹杂着黄蜂巢散发出的刺鼻气味。

奥塔苏站在第一辆车的踏脚板上，睡意蒙眬地边点头边数车队的汽车：共十一辆。

"没有哈拉的卡车。"他说。

萨路易急忙转过身，从驾驶室后面的椭圆形玻璃向后望去。

"他出了什么事？"阿基诺不安地问，他凝视着被一排野苹果树环绕的小山谷。越靠近出口，山谷越狭窄。

"前面就是'老虎咽喉'。"他回到座位上说，同时偷偷望了望那个可怕的山口，"幸亏现在是白天。"

连续不断的炮声越来越近。突然，一种渐渐增强的轰鸣声压倒了隆隆的炮声和汽车的马达声。车队队长由忧虑变为惊恐不安。他突然开足马力，向山谷边缘开去，同时把身子探出车外，向其他人喊道：

"敌机！离开大路……离开大路！"

转眼间，一架"容克"飞机沿着林间小道飞至森林上空。当敌机发现车队时，它立即怒吼着俯冲下来，一排排枪弹打在小道上，腾起阵阵灰尘。车队急忙散开，每辆卡车都想尽快开到山脚下。正当一辆运水车和救护车全速离开道路之际，飞机又一次俯冲下来，一面吐着火舌，一面投下一枚炸弹。炸弹落在离救护车不远的地方，但没有爆炸。救护车上的人发疯似的跳下来，向森林跑去。担架夫中弹倒在地上。运水车陷进道旁的小沟里。透过被打得粉碎的挡风玻璃，可以看到司机趴在方向盘上，鲜血从头上往下流，溅在碎玻璃片上。一股股清水顺着弹孔从水箱里流出来。开进森林的卡车一个劲地往树丛里钻，试图找到最安全的地方，逃避那只大鹰的搜捕。飞机在山谷上空盘旋着，机枪的扫射声和炸弹的爆炸声震撼山谷。阿基诺的卡车也开进了森林，隐蔽在森林边的几棵树木之间。萨路易不停地捡着树枝，想把卡车隐蔽得好一些。西尔维斯特雷·阿基诺从驾驶室里注视着别人的行动。为了缓解自己的紧张情绪，他不断地大声催促着他的同伴们。他那双因着急而发昏的眼睛不时盯着陷进沟里的那辆卡车。突然，一片火光夹杂着水和泥土腾空而起，卡车爆炸了。飞起的弹片和卡车碎片呈扇形散开，笼罩了卡车所在的地方。被炸飞的散热器外壳削断了他们头上的树枝。山谷中弥漫着紧张的气氛，熊熊大火照亮了弹坑周围被炸得歪七扭八的铁块。待灰尘和烟雾消散后，人们发现，救护车完整地停在被炸毁的卡车后面。

飞机又出现在森林上空。现在，它只是忽上忽下地飞着，并不投弹，似乎只是为了消遣，用它的惊险动作吓唬汽车司机。为了发泄怒气，司机们在一片歇斯底里的叫喊声中，用马枪向飞机射击。

阿基诺突然用手指着救护车说："你们看！"

一个黑黝黝的圆柱形物体躺在车轮旁边，那是一枚没有爆炸的炸弹。

"它随时可能爆炸！"他边说边拨开树枝，向其他车辆走去。

在一股突如其来的力量的推动下，萨路易像离弦的箭一样向救护车跑去。她这个决定如此突然，阿基诺根本来不及阻止她。他只是向她喊道：

"别去，危险！"

她没有理睬他，一直跑到被炸弹碎片和子弹击伤的救护车边。炸弹落地时深深地嵌在沙土中，把地面砸了一个坑。萨路易打开车门，跳上汽车。她在里面敏捷而镇静地寻找着什么。她一手提着急救箱，一手抱着药品、绷带和一切她拿得动的东西，飞速地向森林跑去。这时，飞机又飞回山谷上空，一排排子弹在她身边的小道上掀起一道道尘柱。她加快步伐，在燃烧着的卡车残骸和担架夫的尸体间迂回前进。

汽车司机们被她的行为惊得目瞪口呆。阿基诺迎上去，愤愤地从她手里夺过急救箱。

"你为什么这样干？这是什么时候！"

"你说炸弹随时可能爆炸……"她气喘吁吁地说。

"你们必须听我的指挥！"

萨路易坐在汽车踏脚板上，把药品放在膝盖上。奥塔苏吓得躲在一边，面无血色地望着萨路易。

敌机继续在森林上空盘旋。后来，它似乎感到厌倦了，便向高空飞去，不一会儿就消失了。

司机们惴惴不安地、静静地仰望着浑浊的天空。他们担心，飞机还会飞回来。

"臭牛虻！"阿基诺骂道，"它已经盯上我们了，它会整天缠着我们的。"

萨路易把从救护车里抢出来的药品堆在膝盖上，给它们分类。她全神贯注地做着这件事，偶尔偷偷望一下小路的入口处。

西尔维斯特雷·阿基诺用眼睛搜索着他的助手，他发现助手趴在草丛中。当他向草丛走去时，助手宽宽的面孔在抽动。

"你像田鼠似的躲在这里干什么？"

"我病了……"助手喃喃地说。

"吓病了！快去找哈拉！"

奥塔苏怏怏不乐地站起来。

"快点，胆小鬼！"西尔维斯特雷命令道，并打了他一个耳光。

奥塔苏走开了，小路两旁的荆棘抽打着他的身子。他边走边揉着脸，嘴里流着唾液，像一个醉汉。

## 13

车队队长的预言应验了。每当司机准备上路时，那只黄色的"怪鸟"就像猜到了他们的意图似的，出现在他们头顶。在充满灰尘和烟雾的炽热气流中，它擦着树梢肆无忌惮地横冲直撞。司机们只好躺在仿佛简陋防空洞般的树荫下，直射进树丛的斑驳阳光洒在他们身上。一些人吃力地嚼着硬得像铁块一样的干粮，用手指收集罐头里残存的最后一点肉渣；另一些人把脏草帽盖在脸上打盹。这样，他们谁也看不到山谷中那辆停在一颗炸弹旁边的、具有讽刺意义的救护车的轮廓。这辆昔日运送面包的小卡车的一侧仍保留着这样的字样：亚松森瓜拉尼面包店——专做长条面包和奶油饼干……

"里瓦斯，起来，去拿点小饼干来。"在吃东西的人当中，一个人这样对司机说。

"你吃得不少了，"司机回答说，"你的肚子都要爆炸了。"

"去吧，孩子。反正杜布雷斯面包店免费供应饼干，不吃白不吃……"那人用指甲捡起掉在膝盖上的一粒饼干屑，用舌头舔进嘴里，然后躺下来，把草帽扣在脸上。

"里瓦斯，幸亏你跑得快，捡了一条命。"那个人继续说。

"伙计，没有完成任务就不能死。"

"可怜的阿圭略入土了。"

"他命该如此，干吗不快点下车呢!"

"他却急于去死……"

担架夫的脸陷在车辙里，强烈的阳光烤灼着他那一动不动的躯体。

每当西尔维斯特雷和坐在卡车上的萨路易讲话时，他草帽下面那硬得像芦苇一样的胡子就会抖动起来，摩擦着他的胸口。

"他不会来了……"她低声说。

"他会来的。"

一阵难堪的沉默。草丛中，苍蝇吮吸着空罐头里的残留物。上方的树枝上，挂着被炸飞的散热器的铜箍，正在阳光下闪着金光。

"过去我不了解你。"突然，从草帽下传来了西尔维斯特雷的声音，"我原以为你这次跟来只不过是一时心血来潮……是一个疯女人的任性……"接着,他说出"萨拉基[1]"这个能更准确地表达他的意思的瓜拉尼语单词，"这样的任性比生命还宝贵……你正在获得新生，萨路易!"

她看了他一眼，但没有说话，因为她没有什么可说的。

---

1　意思是顽皮、活泼。

## 14

傍晚，司机们三五成群地坐在森林边上，等待着出发的命令。阿基诺在山谷里不安地来回走动，一会儿看看天空，一会儿看看炸弹留下的大坑。烧焦的卡车残骸还在冒烟。潜藏着危险的小救护车仍停在前面不远的地方，堵塞着通道。阿基诺心情紧张地向它走去。一开始，谁也不晓得他想干什么。他围着小救护车转了几圈，从各个方位观察着，最后在离炸弹几步远的地方停下来。

这时，哈拉的卡车驶进了山谷。奥塔苏无精打采地坐在座位上；矮胖的加玛拉大声和大家打着招呼，不停地说着俏皮话。阿基诺从远处向他们做了一个紧急停车的手势。加玛拉不再作声了，可是哈拉仍在驱车前进。阿基诺又举起胳膊。山谷里回荡着他的喊声：

"停车！……"

哈拉刹住车，惊奇地望着他，不知发生了什么事或将要发生什么事。阿基诺向他指了指那枚炸弹：

"我来拔掉它的牙！"

人们纷纷站起来，好奇地看着队长。只见他伏在地上，沿着炸弹在地面滑动时留下的痕迹向它爬过去。队长的一举一动牵动着每个人的神经，他们焦灼不安地聚集在一起。萨路易的目光越过人群，锁定在哈拉的卡车上。夕阳的最后一束光辉洒向沾满灰尘的玻璃，昏暗的光线照在司机那张暗藏秘密的脸上，让人很难看清他的面孔。

西尔维斯特雷慢慢地把手向炸弹伸去，开始检查似乎是被卡住的雷管。他的脸上挂着豆大的汗珠，胡子上沾满了灰尘，白得像老人的胡子。最后，他终于开始着手拆除雷管。

山谷里，人们听到一种连续不断的细小的咝咝声，脸上都蒙上了一层愁云，面部不住地抽搐起来。突然，一种像镁光灯灯光似的强烈光芒照亮了整个山谷。可怕的响声震撼着山谷，随后，响声渐渐消逝在森林深处。飞扬的炽热尘埃如同细雨一样缓缓落下，落得那样慢，好像永远也落不完。


## 15


在车灯和救护车残骸发出的火光的照耀下，二十几个沉默的人正在忙着填平弹坑。克里斯托瓦尔·哈拉也和他们一起干活。在他简短果断的命令下，汗流浃背的人们更快地挥舞着铁锹和砍刀。萨路易把一捧一捧树枝放在弹坑里。有一次，她的目光和克里斯托瓦尔的目光相遇了。他盯着她，好像第一次看见她似的。一种细微的惊异之情从两人的脸上轻轻掠过。他转过身去，更卖力地填弹坑。当他用铁锹扑打火焰时，他突然在荆棘丛中触到一个湿漉漉的、软软的东西。那是西尔维斯特雷的帽子。他弯腰把帽子捡起来，偷偷装进裤子口袋。

"好了！"他喊道，"把车开过来！"

人们向森林走去。克里斯托瓦尔机械地走了几步，在路边停下来。那里有两个用树枝做的粗糙的十字架。两个同乡的战友倒在那里，他们牺牲在弹坑里，那也就成了他们的坟墓。虽然死者就在他脚下，但是，他们之间却隔着千山万水。他俯下身去，从地上抓起一把沙土，撒在战友葬身的地方，也许是为了向他们告别，也许是为了表示一种本能的反抗。童年时代和未来，流逝的过去和毫无希望的今天，全都融化在从他手中撒下的那把沙土里了。在地心引力的作用下，一切物体都必将回到土里去。这时他可能在想，查科的全部沙土都不足以掩盖那两个死者，也填不平那两个像人那样大的弹坑。

卡车在路上排成一列。他快步向自己的卡车走去。他命令里瓦斯驾驶阿基诺的汽车，奥塔苏和里瓦斯一起上车。克里斯托瓦尔一转身，发现萨路易站在他面前，手里拿着急救箱和几包绷带。

"上车吧！"他对她说。

加玛拉从她手里接过一部分东西，并扶她上车。

哈拉的卡车突然起动了，它走在车队的最前边。

## 16

车队在蜿蜒的小路上行驶着，一片森林又出现在车队前方。多刺的树枝拍打着车身、驾驶室的顶部和水桶。有时，车轮在松软的沙土里吃力地滑动。克里斯托瓦尔巧妙地变换着车速，以免卡车陷进沙坑，有时，他让车轮压着车辙边的杂草行驶。

三个人不住地咳嗽，嘴里吐着呛人的尘土。萨路易无精打采地望着被车灯照亮的、渐渐向他们移来的小路。蚊子在她周围嗡嗡飞舞，但她毫不介意。加玛拉重新用毯子把自己从头到脚裹起来，他的头靠着驾驶室的一角。

现在，里瓦斯和奥塔苏的卡车走在车队的末尾。他们用布蒙着脸，在灰尘弥漫的沙土上颠簸前进。

"这一路真倒霉！"奥塔苏含糊不清地说。

"一开始就不吉利。"里瓦斯在破布下附和着说。

"也不会有好结果……我们的死神近在眼前！"奥塔苏遗憾地摇着脑袋说。

"你指的是谁？萨路易，是吗？"

"当然是她！……"

车轮在沙坑里滑动时发出的尖厉声音使里瓦斯没有听清下面

的话。

"她来干什么?"里瓦斯问。

"她为了和哈拉在一起,从医院里逃了出来。她对阿基诺说这件事的时候,我听见了。"

"女人毕竟是女人!"

"我记得在战前……"奥塔苏带着鄙夷的神情说,"我们都到她的茅屋去过,连我都和她鬼混过。"

"但是,她现在装得像个圣人似的……不想再干那些风流事了……"里瓦斯咯咯地笑着说。

"她给我们带来了不幸。我敢保证,这次出车没有好结果。阿基诺和阿圭略已经死了,还不知道等待着我们的是什么。我们才走了一半路。"

"当然,我喜欢待在萨普开,在马蒂亚斯·索萨的杂货铺里喝一杯冰镇啤酒。"里瓦斯翻着白眼说。

"我喜欢卢格,在我家那口井边喝凉马黛茶,人都凉得像块冰似的。"

汽车猛地一颠,他们的牙齿一下咬到了当口罩用的破布上。

"这鬼地方!"奥塔苏一边抱怨,一边厌恶地向黑暗处啐唾沫。

"是的,我们现在不是在卡瓦列罗公园散步。"另一个大声笑着说。

汽车又猛地颠了一下,两个人的头撞在了一起。

"你知道吗,伙计,"奥塔苏把蒙在脸上的破布扯下来说,"在林间小路上,有时我觉得自己像一只苍蝇……"

"苍蝇?"

"是的,我是一个人,但是像一只苍蝇。我感到我的肚子开始发胀,自己突然被粘在一张蜘蛛网上,一只像卡车那样大的蜘蛛伸着毛烘烘的长腿向我扑来……"

"我以为你想的是另一件事，奥塔苏。"里瓦斯斜眼看着他说。

"我不是开玩笑……真的，我有这种感觉……"

"奥塔苏，我看死人都能被你说活了。"

"难道你不认为，我们可以趁别人不注意的时候回去吗？"他突然转向里瓦斯问道。

"回哪儿去？"

"回伊斯拉波伊去……现在我们在队尾，可以办到。"

"别人会发现我们的。"里瓦斯执拗地说。

"过去我干过一次，没有出事。回去以后我说，半路上遇到了抢水的人。结果，我还能休息一天，至少我有吃有喝，不用到前线去为那份定量配给的食物卖命。"

"可是前线需要水呀！"里瓦斯有些犹豫地说。

"多一车水也不能解决一万人的饮水问题！"

在汽车仪表盘的灯光照射下，萨路易发现克里斯托瓦尔的脸在抽搐。这时，前方传来一辆汽车的马达声，声音由远及近。裹在毯子里的加玛拉在座位上不安地动起来。

"汽车！"他从毯子里钻出来，眨巴着眼睛说。他全身都被汗水浸湿了，好像刚在河里游过泳似的。

由于找不到让车的地方，克里斯托瓦尔的脸上现出不悦的表情。树枝交织在一起，像两堵木墙似的把卡车夹在当中。路边没有一点空地，因为高大的树干几乎紧靠着深深的车辙矗立着。

"这下可完了，先生们！"加玛拉快速地说，"在'老虎咽喉'，让车，当公驴……"他想到萨路易坐在身边，没有再说下去。

汽车的马达声越来越近，同时夹杂着另一种声音，似乎是许多人推着汽车缓缓前进时发出的喘息声。

"你别倒车，克里斯托瓦尔！别倒！……"

车灯的亮光出现在小道转弯处，瞬息间，灯光直射在运水车上。加玛拉用手遮住睡意蒙眬的眼睛。克里斯托瓦尔的眼睛也被照得不住地眨巴。他降低了车速。两辆车面对面地停下来。对面是一辆运送伤员的卡车。现在，他们可以清楚地听到伤员的呻吟声。司机伸出脑袋，摆着手叫道：

"倒车吧，朋友！我的乘客急需治疗！"

克里斯托瓦尔换了挡，卡车顺着自己的影子向后退去。加玛拉站在踏脚板上喊着：

"倒车……倒车！"

在一片"倒车……倒车！"的叫声中，车队开始后退。喊声依次向后传去，最后，只能听到"车……车……车"的凄凉回声。倒车时发出的巨大响声重新淹没了伤员嘶哑的呻吟声，这种呻吟声随着汽车的颠簸而变换着音调。虽然灰尘和蚊虫使车灯的光线变得暗淡了，但是，他们仍然可以模模糊糊地看到挤在一起的躯体，缠着绷带的、血淋淋、毛烘烘的四肢和胸部，苍白的面孔和蜷曲的、被烧伤的手指。

## 17

奥塔苏和里瓦斯装出检修卡车的样子。当其他车辆的马达声渐渐消失的时候，他们把发动机上面的盖子取了下来。山谷里只剩下他们两个人了。奥塔苏走近水桶。他打开水龙头喝了个痛快，里瓦斯也照他的样子做。他们没有再关闭水龙头，而是让水哗哗地流在沙地上。水流完了，远处隐约的马达声也完全消失了。在这万籁俱寂的夜晚，只能听到森林中风吹树木的声音，但是，这声音极其微弱，很难辨别。这种声音使人想起印第安人围着篝火跳舞时，嘴里吹出的那种口哨声。

由于这种声音来自喉咙和胸腔，所以听起来格外低沉。在被车灯照亮的车辙间的狭长地带上有一块白斑，好像是点缀着黑影的月亮，但那不是月亮，而是救护车燃烧时留下的痕迹。再往前，两个十字架孤零零地立在路边。

卡车拐了一个大弯，从十字架前边开过去。

"假若西尔维斯特雷在世，他会把我们俩枪毙的！"里瓦斯低声说。

奥塔苏弓着腰，机械地摸了摸挨过巴掌的面颊。


18


晨曦透过枝叶的缝隙洒在仍被黑暗笼罩的林间小道上。树木越来越稀疏。车队终于钻出森林，进入点缀着几片小树林的无边无际的沙漠。

加玛拉一只手抓着车帮，站在车身凸出来的一块铁板上，另一只手放在充血的眼睛上，试图清点车辆的数目。他好像是在卡车经过森林时落在车上的一只猫头鹰，不敢看初升的太阳。

"只有十辆……好像缺奥塔苏的车……"他边说边吃力地从临时观察点下来，在颠簸中钻进驾驶室。

从西边小树林的上方传来隆隆的炮声和嗒嗒的机枪声。在进入沙漠之前，他们就已听到了这些声音，特别是接近森林边缘时，他们就感到，卡车好像是在不停震动的林间小道上滑行。那时他们只是通过轮胎和牙齿的振动感受着这种声音；现在，这种响声有了广阔的传播空间，而且离他们越来越近了。

"那是伊斯拉萨穆乌！"多嘴的矮子指着一片树林对女乘客说，"师指挥部就设在那里，再往前就是前线。今天早晨那里打得真热闹！"

253

萨路易默不作声。克里斯托瓦尔聚精会神地把着方向盘。卡车穿过一片片小绿洲，向前方的树林驶去。


## 19


师指挥部设在博克龙后方的一座树林里，这里的气氛比基地的更加紧张、狂热。大地不时震动，布满灰尘的枝叶也随之颤抖，好像是地层深处发生的气体爆炸波及了这里。突然，步枪和机枪声大作，表明战线大概就在小山后面。急匆匆的人们不时在树丛和指挥部的木栅栏间进进出出，好像是大白天的夜游症患者。

在林间小道旁边，面无血色的伤员正在处理他们无用的东西，等待着难以预料的未来：根据战斗的需要和激烈程度，他们可能被送回基地或送往前线。"只要还有一只胳膊和一条腿，就可以继续参加战斗！"这句话几乎成了这里的一个口号。凡是能站起来的人，都必须自己背背包。

听到汽车的马达声，他们像触电似的站起来。哈拉的汽车正驶进树林。衣衫褴褛的人拥向卡车，冒着生命危险挡住卡车的去路。克里斯托瓦尔只好停车，他跳下车，试图阻止渴得发疯的幽灵抢水龙头，但毫无用处。加玛拉也被疯狂的人群冲到一边。当其他车辆出现时，许多人又争先恐后地向它们扑过去。一个带着宪兵臂章的军官跑过来，后面跟着一班人。他手持手枪，推开众人，发疯似的喊道：

"往后站……往后站！排好队，排好队！"

手枪枪筒和"无毛狗[1]"的步枪枪托无情地砸在士兵们毛发蓬乱的

---

1 这是查科战争中士兵对宪兵的蔑称。

头上。宪兵终于达到了目的，拥向运水车的人们只好愤愤地走开。哈拉向军官走去。

"这一车水不是送给前线的，中尉先生！我执行的是一项特殊使命！"

"那您走吧！"他怒吼道。

哈拉跨上车，径直向指挥部开去。加玛拉一瘸一拐地在车后跑着，萨路易呆呆地望着远方。


## 20


"排好队！排好队！伤员先喝！……"军官继续叫嚷着，同时来回跑着维持秩序。

在枪托的阻拦下，人们乱糟糟地排起队来。这时军官才下令分水，每人半杯。他在队伍前来回走动着，严防个别人闹事。分水的人慢条斯理地执行着他的任务。后面的人把脖子伸得长长的，一张张贪婪而憔悴的面孔竭力往前凑。队伍越来越长。

"好了！"军官突然举起手说，"其他人到自己的部队去等候！剩下的水要运往前线！我看你们的手脚都很灵便，还可以打仗！"

从队伍中传出一阵震耳欲聋的叫喊声，这声音像是野兽的咆哮。一些人抽抽噎噎地哭起来。一个士兵跪下来，用拳头捶着地，咬着牙叫道："我受不了啦……我受不了啦！"

他眼里流出血来，然后他站起来，跌跌撞撞地向树林走去。

有些人离开了队伍，然而，队尾的人仍在盲目地等待着。在失望的驱使下，他们凄惨地吼叫着。军官被激怒了，他一边打着手势，一边大叫着驱散人群。

"我已经说过了，你们走开吧！这里不再分水了！你们如果想得到自己的那一份，就快回到你们的部队去！"

分水的宪兵们疯狂地往自己的水壶里灌水。他们把灌满的水壶串在木棍上，抬起来就走，由于分量太重，他们个个被压得弯腰驼背。水壶里溅出彩虹般的水花。

那个跪在地上又走进树林的士兵回来了。他拨开人群，走到军官面前。

"我要喝水，中尉先生，我受伤了……"他伸出一只手对军官说，那只手用从衬衣上撕下来的破布包着，一个指头钩着衬衣的一个纽扣。

"你在哪儿负的伤？"军官怀疑地望着他。

"在前线，中尉……"他试图做出一副坚定而诚实的样子。

"刚才你还在这里排队！"

"没有……中尉！我是在前线负的伤！"

"我来看看……"军官扯掉血迹斑斑的破布。

血淋淋的伤口周围，有被火药熏黑的痕迹。

"无耻的家伙，胆小鬼！"军官一脚把伤兵踢倒在地，"你为什么不把子弹打进你的脑袋！"

小个子士兵趴在地上哭泣着，脸紧贴着地面，好像要钻进土里似的。

"把他带走！"

衣服透湿的"无毛狗"们龇着牙向他扑过去。


21


在后勤处掩蔽所前，克里斯托瓦尔·哈拉听着最后的指令。

"救护人员,你根本不要提!"后勤处长抱怨说,"前线医院不会给!再求他们也没用!"

"我带了一个担架夫。"克里斯托瓦尔踌躇了一下,指着坐在卡车上的萨路易说。

"您应该满足了。我派一个人代替阿基诺连长,这对我们而言是一个很大的损失,特别是在这个时候!您出发吧,他会帮您找到目的地。"他指着一个瘦骨嶙峋的人说,"蒙赫洛斯连长,您把他带到你们营所在的地方。祝你们成功!"

衣衫褴褛、赤着脚的瘦子向军官敬了一个礼。

他们走出树林,看到宪兵正在那里处决一个士兵。


## 22


现在,他们完全凭着自己的运气,向那支孤立无援的部队所处的无人区进发。卡车卷起的尘土像旋风一样尾随着它,也像一堵墙一样堵住了它的退路。

那个叫蒙赫洛斯的像骷髅一样的人伸手指了一下方向。那里并没有路,但是,通往营地的路线已刻在他那干枯的脑海里。天空像一块锌板一样压在沙漠上,一轮白日烤得人头昏目眩。卡车沿着这样的路线颠簸前进,车轮时而压在杂草上,时而压在仙人掌和炽热的沙子上。

向导和加玛拉分别坐在用绳索系在车身两旁的油箱和食品箱上。中间的水桶用两张牛皮盖着,这一方面是为了防止蒸发,另一方面,在卡车陷进沙坑时,可以把牛皮垫在车轮下面。

穿过树林就是沙漠,穿过沙漠又是树林。这种频繁而巨大的变化使人难受,因为前一种声音还没有消失,后一种声音又接踵而来,耳朵难以同时容纳两种响声。夜幕降临时，炮声停止了，但是，耳朵里还在嗡嗡地响，那是犹如巨大的瓜兰巴乌[1]发出的颤抖的声音。这种声音是从天穹下被震裂的大地中发出来的，有时，甚至连汽车的马达声都被淹没了。

萨路易不时望向布满灰尘的玻璃，那上面映着克里斯托瓦尔那张幽灵般的面孔。如果从侧面看，他像是另一个人。他有一副坚毅的面孔，绿色的眼睛直视着前方，考虑着行进中可能遇到的一切情况。

突然，她看到一些模糊不清的人影从这张脸的另一侧向卡车拥过来。

二十几个手持刺刀的士兵一边打着手势，一边大声叫喊。从破烂的橄榄绿色军装可以断定他们的身份。

"站住！……"士兵们凶相毕露地围住卡车，疯狂地号叫着。

克里斯托瓦尔突然打了一下方向盘，试图绕过他们，但是，包围圈越缩越小，于是，他弯腰拿起马枪。一个袭击者向他扑过来，一刀刺在他手上，他手里的马枪掉了下去。

"让我过去！"他一边迂回前进，一边怒吼着。

但是，袭击者用刺刀扎破了轮胎。卡车猛然停住了。在汽车倾斜的刹那间，牛皮下面的水桶盖被颠开了，一股巨大的水流从后窗冲进驾驶室，克里斯托瓦尔和萨路易的后背都被溅湿了。

坐在车上的蒙赫洛斯和加玛拉被几把刺刀抵住肋骨，一动也不能动。许多张污秽的面孔在水龙头前你争我抢，水白白地流失了。这好像是一个强奸的场面：水是一个裸体的女人，在男人的大腿和野兽般的面孔间躲避着、呻吟着。在这场疯狂的争夺中，除了死亡以外，没有任何力量能把他们赶走。

---

1　印第安人的一种打击乐器。

"胆小鬼！你们不懂得应该像男子汉一样……拼死坚守自己的战斗岗位！"克里斯托瓦尔气急败坏地喊着，但是，他的叫喊声被抢水者的喧闹声吞没了。

在走投无路的情况下，加玛拉掩饰着他的恐惧，装出一副诙谐的样子，试图缓和当时的局面。他用一个指头拨开顶着肋骨的刺刀，对士兵说：

"朋友，你别胳肢我！你们慢慢喝！别着急！我们运来的水都是给你们喝的！"

乱糟糟的人群继续在水龙头前面拥挤着，好像一群猪在猪圈里到处乱拱。有些士兵想灌满自己的水壶。他们互相谩骂着、威胁着。

萨路易试图把克里斯托瓦尔那只血淋淋的手包扎起来。他愤怒地推开她，如同刚才把她从士兵的刺刀下推开那样。抢水的士兵一面用枪对准他们，一面倒退着向森林撤去，最后终于消失在丛林中。这时，克里斯托瓦尔才让萨路易给他扎上绷带，因为他已隐隐约约地看出了她的心意。

23

卡车陷在芦苇地里，轮胎也瘪了，因此显得更小了，但是，拖在它后面的影子越来越大，越来越长。火红的夕阳已经有一半埋在滚烫的地平线下。

"我和加玛拉回去取轮胎。"蒙赫洛斯提议说。

"不用。"哈拉凝视着芦苇地说。

"可是这个问题怎么解决？"加玛拉指着车轮问。

"我们用芦苇把外胎填起来。"克里斯托瓦尔说，好像在命令汽车修配厂的工人给汽车轮胎打气似的。

他们立即不辞劳苦地干起来，用芦苇填满外胎以后，把它套在轮毂上。萨路易把坚韧而富有弹性的芦苇割下来，然后一捆一捆地抱过来。负伤的克里斯托瓦尔也艰难地工作着，他一用劲，血就向外流，把绷带都浸湿了。他从口袋里掏出阿基诺的帽子，套在受伤的手上。萨路易走过来，把帽子系在他的手腕上。她再一次把止血的药片递给他，这次他总算吃了。

加玛拉和蒙赫洛斯把千斤顶撤掉。克里斯托瓦尔登上汽车，发动马达。向导走近他说：

"现在我们不能再走了……"

"我知道，我要把车开进森林。"

他把汽车开到枝叶最繁茂的树底下。装上"新轮胎"的车轮咯吱咯吱地响着，加玛拉俏皮地指着车轮说：

"多亏了我们，它才穿上新鞋……"

夜幕完全笼罩了停在密林中的卡车，万籁俱寂。不一会儿，一轮新月出现在森林上空，洒下一片微弱的月光。

在这两天的旅途中，他们没有睡觉，没有吃饭，这是第一次被迫停车。加玛拉拿出硬得像铁块一样的饼干，请蒙赫洛斯一起吃：

"吃点东西吧！"

两人在靠近卡车的地方席地而坐，贪婪地吃着鹅卵石一样的饼干和肉罐头，嘴里发出可怕的响声。克里斯托瓦尔掏出自己的干粮和萨路易一起吃，然后他站起来，用一只空罐头在水龙头下接了一些水，分给每人半杯，可是他自己没有喝。

"你不喝水？"萨路易问他。

"不喝。"

"我不渴。"萨路易对他说，一面把她的杯子递过去。

"我也不渴……"

他们以一种无法形容的表情对望着。克里斯托瓦尔的脸色似乎第一次变得温和起来。

突然，他们听到加玛拉对他的同伴说：

"这是我们的最后一顿晚餐！多好吃呀！"

"我好像是第一次吃饭似的。"向导说。

萨路易和克里斯托瓦尔笑了。

"你们睡吧，"克里斯托瓦尔站起来说，"我先来值班。"

萨路易拿出烟分给大家抽，然后她进入了驾驶室。加玛拉和蒙赫洛斯用砍刀在卡车附近清理出一片空地，在那儿铺上毯子，躺下睡觉。

"现在就差一条毒蛇和我睡在一块儿了。"加玛拉开玩笑地说，同时点燃香烟。

蒙赫洛斯也点着他的香烟，两人默默地抽着。

"看来这场仗要打很长时间。"加玛拉在快要睡着的时候这样说道。

"现在仅仅是开始。"

"对我们来说已经快结束了。"

"也许是……"向导有气无力地说。

"我们千里迢迢到这里来找块坟地！"加玛拉叹息道，"命该如此。"

在黑暗中，燃着的香烟的红光在他们两人的脸上晃动着。

"蒙赫洛斯，我想起了在萨普开发生的一些事情。我们组织了一支游击队，革命一触即发，但是，我们被发现了。政府派来了巴拉瓜里的骑兵队。我们这些沼泽地战斗的幸存者，全都被俘虏了，只有克里斯托瓦尔一人逃了出去，那真是奇迹。现在他也在这里，但愿这一次他还能逃脱，我们和他一起……不是吗，蒙赫洛斯？"

"做个好梦吧，'半米高'……走一步看一步……"蒙赫洛斯转过身去，用毯子把头蒙住。月光洒在驾驶室污秽的玻璃上，好像几只萤火虫在闪闪发光。克里斯托瓦尔巡逻回来了，他跨上汽车，听到躺在地上的两个人已经发出均匀的鼾声。

"你的伤口疼吗？"

"不疼。"

"你想抽烟吗？"

"我没有。"

"我有……"

胡安娜·罗萨送给萨路易的烟还剩下最后几支。她拿出一支，在玻璃上划着一根火柴，把烟点燃。她吸了几口，看烟已经燃得十分均匀，就把它递给克里斯托瓦尔。

"真没有想到，今晚我们会一起在你的车里过夜！"

"为什么？"

"因为你过去一直瞧不起我。"

"我从不小看别人。"

"可是你瞧不起我……直到昨天晚上还是那样。你让我上车，但并非出于你的本意。"

"我命令你上车，那是我的意愿。"

克里斯托瓦尔对着嗡嗡飞舞的蚊子长长地吐了一口烟雾。

"我可以问你一句话吗？"

他看了她一眼。

"你瞧不起我，是因为我的过去吗？"

"各人有各人的处世方法，谁也不能瞧不起谁。"

"如果一个人很坏，你不相信他可以改变吗？"

"一个人时刻都在变化，但是，这只是他自己的事。"

她向他努努嘴，表示要抽烟。克里斯托瓦尔把烟放在她嘴里，他看到她的鼻子已经在喷烟了，但并没有把手抽回去。

"有时……有时我想，你在任何事情和任何人面前，都显得无动于衷，而现在……"她没有说下去，只是摇了摇头，把他那只拿着烟的手轻轻推开，"在基地，你是那个叫卡奈蒂的印第安人唯一的朋友。你们在帐篷里都谈些什么？"

"谈森林和他们部落的事。"

"你听得很认真……"

"他知道的事情很多，比任何人知道的都多。"

"他给你讲过沃罗女神的传说吗？她们系着粘满萤火虫的腰带，在山谷中翩翩起舞，目的是给大地送来雨水。"

"没有，他给我讲的是其他的事情。"

"我记不清了……我只记得，这些女神背着新月，扎着闪闪发光的腰带……她们跳呀跳呀，一直跳得天空乌云密布，下起雨来。这是那个印第安人说的……不知是不是真的……"

"可能是真的，他们的话不会有错。"

"我还想问你一件事，克里斯托瓦尔……"

"你还是睡觉吧。"他打断她说。

"我不想睡。"

"明天有更严峻的任务在等待着我们。"

"也许是死亡。"她平静地说，脸上露出幸福的表情。她的话里没有疑问的语气，而是肯定的陈述。

"也许是。"

"那么我要睡了，好好睡一觉……"她的声音中没有痛苦，也没有悲伤。这些话是愉快的，在瓜拉尼语中没有悲哀，因为它是刚形成的语言，还没有来得及衰老。为了表达"好好睡一觉"这个概念，人们用瓜拉尼语说："那个爱睡觉的人将降临在我的身上……"她想象自己正睡得香甜，无比舒适，心中充满无限的幸福，甚至感觉不到有只苍蝇正在她的鼻子上来回爬动。

一片透着亮光的云彩遮住了嵌在天空中的月亮，玻璃上的亮光消失了，两人一起抽的那支烟也快燃尽了。

"你相信奇迹吗，克里斯托瓦尔？"

"奇迹？"

"一些看起来不可能发生的事情发生了，而只有上帝才能创造出来……"

"凡是人做不到的，再也没有谁能够做到。"他断然地说。

"是的……也许只有人才能创造奇迹。"

"我不知道。我不相信人们的夸夸其谈，我只相信我能够做到的事情。我有一项使命，我必须完成它，这就是我的信念。"

"我开始理解一些事情，克里斯托瓦尔。阿基诺牺牲前曾说我正在获得新生，也许他说得对。在这里……在你身边……而且我也不感到害羞……这是不可能的事……"她喃喃地说，好像是在对自己说话。

哈拉在枪托上捻灭烟蒂，然后把它扔到黑暗中。他慢慢把胳膊放在她的肩上，让她靠在自己的怀里。她歪着脑袋，一头短发被刀子削得参差不齐，沉浸在无限的幸福之中。


24


晨曦清晰地勾画出行驶在广阔无垠的沙漠中的卡车的轮廓。发动机大声喘息着。牛皮像地毯似的铺在沙地上，车轮在上面一寸一寸地滚动着。随着卡车的移动，萨路易不停地倒换着牛皮。蒙赫洛斯和加玛拉一面推车，一面注视着水桶，因为每当车身倾斜时，水桶就会剧烈地摇摆。克里斯托瓦尔紧握着方向盘，眼睛盯着刺眼的白沙。

当卡车从一块蘑菇形石头边经过时，蒙赫洛斯指着亮晶晶的沙漠中的那块暗淡岩石说：

"对，是走这里！这就是那块陨石！"他又指着前面那片像化石一样的灰色森林的缺口说，"那边就是林间小道的入口处。"

加玛拉好奇地看着那块陨石，突然，他吃惊地盯住卡车的底部——后轮正在冒烟，开始吐出小小的火舌。

"停车！……"他喊道，"芦苇着火了！"

克里斯托瓦尔急忙刹住车，并跳下来看发生了什么事，可是，蒙赫洛斯和加玛拉已经用沙子把火扑灭了。当车轮不再冒烟时，克里斯托瓦尔跳上车，试图发动马达，但没有成功。他又从车上跳下来，打开车头的盖子，检查火花塞。他只能用一只手干活，另一只手套在阿基诺的帽子里，毫无生机地垂在身体的一侧，而且不住地往外渗血。由于坏疽的恶化，他的手臂肿胀发紫。萨路易惊恐地看着他。

死一般的沉寂笼罩着沙漠。这里听不到远方的炮声，只能听到太阳烧灼大地时发出的低沉而和谐的窸窣声，以及克里斯托瓦尔修理马达时发出的细微响声。

"奇怪，"蒙赫洛斯说，"那边还没有动静，小伙子……"

"也许博克龙已被拿下来了！"加玛拉强作欢快地说。

"也许，防线已经被突破了。"

"到今天我们已整整包围了二十天。"加玛拉又说，"如果博克龙被攻破，战争肯定就要结束了。"

"天晓得……"

飞机的轰鸣声越来越近，他们都抬头望着天空。一架"容克"飞机出现在森林上空。飞机从他们头顶掠过，显然没有发现沙漠里这个明显的目标。

"没有发现我们？"当敌机消失在森林后面时，加玛拉得意地搓着手说，"他们都成了惊弓之鸟！战争结束了！太好了！"

克里斯托瓦尔严厉的叫声使他冷静下来。

"准备好……出发！"

卡车像从前一样缓慢而艰难地前进着。萨路易时而弯下腰，时而站起来，不停地把两块深色牛皮铺在卡车经过的灼热的白沙地上。克里斯托瓦尔用一只手握着方向盘，仔细地选择道路。这只手还要不停地换挡，以调节车轮着地时的压力。那只用帽子套着的肿得吓人的手，在布满灰尘的玻璃上画了一个醒目的小人头，那是西尔维斯特雷·阿基诺被炸飞的头！他的那双眼睛在灰尘中眨巴着，看着克里斯托瓦尔。为了摆脱那双眼睛，并证实那只不过是他自己的眼睛，克里斯托瓦尔死死地盯着玻璃前边的沙土，但是，稍一疏忽，他又模模糊糊地看到玻璃上那双深邃而敏锐的眼睛，它们好像在那里引导他，催促他前进，因为现在他只知道前进，永远前进，不惜一切代价地前进。他要越过森林，越过沙漠，越过尸体，越过死去的朋友的头颅，越过那闪动的、无法确定的、把生与死联结在一起的界限。这就是命运，对于一个像克里斯托瓦尔·哈拉这样的人来说，他的命运也只能是这样：为了一个信念，像奴隶似的在林间小道上，或在充满粗犷的自由气息的广阔原野上奔驰。这样的信念在纷乱而无情的事物中开辟出一条通道。虽然他可能在奋斗中牺牲，但这种信念一旦和这些事物结合在一起，定能产生巨大的能量，从而改变这些事物。他曾说过："凡是人做不到的，再也没有谁能够做到……"像他这样的无名英雄数不胜数。也许，他们的力量不是来自对一种法律的淳朴的感情，这种法律既和他们有关，又超出了他们的认知范围。他们什么也不懂，也许连什么是希望也不知道。他们只知道这一点：要忘记一切。为了继续前进，甚至要忘记他们自身的存在。愉快、胜利、失败、爱情和失望只不过是漫无边际的沙漠中的一个个一闪而过的画面。一个人倒下了，另一个继续前进，在前者倒下的地方留下一条壕沟、一行足迹、一摊鲜血，然而，勇敢和纯洁的种子却在那里生根。

## 25

被灰尘裹着的卡车在林间小道上前进。车轮发出刺耳的声响，水桶又盖上了牛皮。

在一棵大树的枝叶间，一具躯体在窥伺着卡车。那东西一动不动地蜷曲在那里，简直像一具僵尸。它很像一只美洲豹、一只猕猴或一只山鹰的尸体，但是，在这种地方是没有动物的。那个像僵尸一样的东西动了一下。皮帽檐下，两只细小的斜眼不住地眨巴着，看着那辆像怪物一样的卡车沿着林间小道驶过来。那东西斜着眼兴奋地向下望着，从长着一口黄牙的嘴里发出一声口哨声。

"我们已经快到山谷了！"蒙赫洛斯指着转弯处的一棵大树叫道，"再往前一点就到了！……"

一阵密集的枪声打断了他的话。一群穿着卡其布军装的影子怪叫着拥到路上。克里斯托瓦尔把卡车向森林开去，但已经晚了。他一下把萨路易推到灌木丛中，自己从驾驶室的另一扇门滑落到地上。袭击者的火力集中在尚未跳下车的蒙赫洛斯和加玛拉身上，两人翻滚着跌了下去。克里斯托瓦尔从草丛中跳起来，当他伸手去取驾驶室里的马枪时，一颗子弹打伤了他的手。他倒在地上，挣扎着爬了几步，最后，终于躺下不动了。

敌人一边开枪，一边狂叫着冲过来。他们的皮鞋擦着克里斯托瓦尔那只血淋淋的手踏了过去。他们用牙齿、拳头和枪托搏斗着，争先恐后地把脸、手和号叫着的嘴凑到水龙头前。有些士兵急不可待地朝水桶开枪，霎时间，一股股水流通过水桶上的洞涌出来。

"快……快！快……巴拉圭人要来了！……"在这群恶魔中，有一个小军官喊道，但是，谁也不听他的指挥。在一阵疯狂的喘息声中，只能听到牙齿碰在水龙头上发出的咯咯的响声。

"快点，醉鬼们！"小军官又催促道，"快，快！我们要烧卡车了！"

士兵开始散开了。一些人水喝得太多，像醉汉似的迈着踉跄的脚步，最后倒在地上，呕吐起来。另一些人依然趴在水龙头上，或龇着牙接从水桶里涌出的水。还有一些人试图把别人推开，以便往自己的水壶里灌水。

"快……快！巴拉圭人要来了！我们得把卡车烧掉！"

随着一道闪光，玻利维亚士兵背后传来一声巨响，弹片呈扇形飞散，一些人应声倒下。其余的人在气浪的冲击下惊慌失措地向森林跑去。又一颗手榴弹在空中炸开，狼狈逃窜的人群背后现出一片由红、黄、绿三色汇成的火光。

当一部分硝烟和灰尘消散时，可以看到草丛中的萨路易正在加玛拉的口袋里搜索手榴弹。她的头发披散着，上面全是灰土，样子十分骇人。就在她要把手榴弹向卡车的挡泥板扔去时，她突然发现克里斯托瓦尔正跟跟跄跄地向水龙头走去，并试图用牙齿把它关上。萨路易向他走去，她用小棍堵住了水桶的漏洞。突然，她看到了克里斯托瓦尔被打坏的手。

"我的天哪！"她喃喃地说，脸色一下变得阴沉起来。

她走近他，让他把一只胳膊放在自己的肩膀上。两人互相依偎着往前走。她的身子也在摇晃，这不仅是由于克里斯托瓦尔身体的重量，也由于她背上那块像玫瑰花一样的红斑在不断扩大。

他们在踏脚板上坐下来。萨路易从座位上取来药箱，开始给他包扎伤口。

"我们必须继续前进！……我必须到达目的地！……"克里斯托瓦尔咕哝道，他满是泥土和血迹的脸在不住地颤抖。

虽然萨路易的每个动作都很困难、很吃力，但是她的面部表情渐渐镇定下来，似乎是受到了克里斯托瓦尔的决心的感染和震撼。包扎好伤口以后，克里斯托瓦尔在她的帮助下吃力地爬上卡车。他坐在方向盘后面，望着缠着绷带的双手，坚定的脸上没有丝毫惧色。他重复着刚才的那句话：

"我必须到达目的地！"

萨路易用饱含泪水的眼睛望着他。

"你把工具箱里的铁丝拿过来！"他命令道。

萨路易扶着车头，向另一边的车门走去。她竭力做出泰然自若的样子。她想爬上车去，但没有足够的力气。她从驾驶室外面打开工具箱，取出一盘铁丝，然后扶着车走回另一边。

"给你。"

"把这只胳膊系在方向盘上。"

萨路易照他的话做了。他面色苍白，汗珠不停地往下滚着。

"扎紧点！"他感到手臂和方向盘之间还有活动的空间，于是这样说道。

她又缠了几道铁丝，然后把接头处拧在一起。这时他说：

"好了……现在，把这一只绑在变速杆上……"他把另一只胳膊伸给她。

她照前面的样子把这只手缠在变速杆上。由于变速杆离车门较远，她不得不把身子探进驾驶室里。她的动作越来越慢，身体不时颤抖。她一度停下来，用手揉了揉眼睛，好像是为了赶走昏眩。

"快点！"他粗暴地催促着。

她又急忙干起来。她剪断铁丝，把两头拧在一起。这时，她闭上眼，

269

把手放在克里斯托瓦尔缠着绷带的手上，好像在向他告别。

"上车，我们该走啦！"他脚踩着离合器，看也没有看她。

筋疲力尽的萨路易一下趴在卡车的一边。克里斯托瓦尔伸出头去看她。这时他才发现，鲜血已经染红了她的后背。在靠近她肩膀的地方，衣服下有一个突出的玫瑰色血块。一种痛苦的表情使他的脸变得更加难看。他好像第一次露出犹豫不决的神态，他那副悲痛而可怜的表情，说明这是他有生以来第一次感到为难。面对眼前这种没有挑选余地的抉择，他的内心是何等痛苦啊！时间飞快地流逝，他的两手系在卡车上，而她则在地上挣扎。克里斯托瓦尔以超人的毅力狠狠地踩了一下离合器，然后又轻轻地松开。车向后倒着，回到了车辙中间。倒车时，他的动作很慢、很轻、很谨慎，因此，车轮没有碰到萨路易倒在地上的躯体，没有触动她脸上的一绺头发，也没有碰到她那只刚刚抚摸过他的沾满尘土的手。他再一次望向她。她背上的伤口还在起伏，一只手一动不动地抓着一棵小树。克里斯托瓦尔驱车前进，再也没有回头。在平坦而坚硬的林间小道上，车轮越转越快。扬起的灰尘渐渐使卡车颠簸的轮廓变得模糊，但是，仍然可以看到从车轮下冒出的两股浓烟。

一瞬间，卡车驶进一个荒凉的山谷。燃烧着的车轮离开小道，在武器、行李和倒在干枯的树下的尸体间颠簸。后来，好像有一个醉鬼或一个疯子盲目地、不连贯地射出几梭子弹，子弹打碎了挡风玻璃。卡车继续歪歪扭扭地前进了几米，最后撞在一棵树上，停了下来。一股水流从水桶口涌出来，浇在熊熊的火焰上，阵阵烟雾向重新陷入寂静的山谷上空飘去。卡车喇叭无休无止地响了起来。

司机趴在方向盘上，好像在那里打盹。

270

# 九 燃烧的木头

（第三会监督人的声明）

1

先生，我来告诉您。是的，先生，虽然我完全听命于圣方济各[1]，但是有生以来我目睹了许多坏事，并且它们一再发生。可是发生在小山上的那些事情，像一块幔帐一样笼罩住整个伊塔佩村，我几乎没有看到，更确切地说，我完全没有看到，也就无法讲给您听。我所知的那一点点是我在局外看到的，我并没有参与其中。因此，我的先生，我只能告诉您没有发生的事情，或者就像通常最无奈时说的：主，请您告诉我，我该说什么。因为耶稣基督和圣母马利亚主宰这个世界。

您，首长先生或者镇长、长官，我都不知道还能怎样称呼阁下了。假设您看到一只鸟在飞，难道您能在空气中看到它飞过的痕迹吗？所以鸟是清白的。再说了，难道您能看到人体内外的空气吗？难道您能在人体内外看到人思想的影子、记忆的痕迹吗？恶是最不可见的。如果您再追问，我会告诉您，恶之所以不可见，是因为它在大家身上，在我们每个人身上，可怜的罪人。

---

1　圣方济各（1182—1226），方济各会和方济各女修会的创始人。

271

因此，我既不反对也不支持所发生的事，既不反对也不支持那些因永恒的、独一无二的罪恶而死去的逝者，不反对也不支持另一些因忘记唯有上帝怜悯无辜、无助的生命而死去的人。我对他们的感情无理由地混杂着，一些和另一些交织着。

2

梅利顿·伊萨西是您的前任，在查科战争时期作为伊塔佩这个不幸村庄的最高领导者而得以免赴战场。您问我他的生平和奇闻逸事。我不能说，当你们在远方为祖国出生入死时，他将伊塔佩村村民从苦难中拯救出来。我想说的是他与妇女、老人和孩子之间发生的事情。因为梅利顿已经将男人们派去前线，废人和不到征兵年龄的男孩也无一幸免。他命令他们去赴死，不再遭受苦难。

如今梅利顿也死了，上帝，耶稣基督握着他的一小把骨灰。最坏的也一定会发生的就是，上帝将他的骨灰重新撒在伊塔佩村村民的头上，他们自此永无抬头之日。

确定无疑的是，不幸在梅利顿·伊萨西到来前很久就已经降临村子了。事情总是发端于很久以前，没人确切地知道它何时开始，更不知道它何时结束。现在，我们试图找寻事实背后的东西，先生，您希望我就这个问题告诉您什么？我们将一无所获。这就是很好的例证。再加上，您有文化，我很为难地告诉您我知道的全部，就是我一无所知，您要慢慢记下来，而我既不会读也不会写。我甚至连签名都不会，只会在胸前画十字和用大拇指画押。

对于我来说，提到这个我得在胸前画个十字，伊塔佩村的不幸从村中的异教徒在马卡里奥老人的带领下，将加斯帕尔·莫拉因患麻风病隐居山里时雕的基督像放于山顶开始。加斯帕尔·莫拉在彗星的火光中死去。先生，您生于斯长于斯，知道这个村子的全部历史，我记得您还是小小子时候的样子，所以，我现在没必要提醒您那些谁都没有忘记的事情。

当梅利顿来到村子的时候您不在。很快我们便明白将会发生什么。他肆意妄为，这不仅表现在将新兵派去前线和以铁腕手段管理留守的村民上。他既不嗜酒也不好赌，他的喜忧全系于年轻姑娘身上。他冒犯女性，他那雄性的饥渴胜过他的力气。夜晚，他独自一人骑马寻欢，没有卫队，也不带贴身警卫。受害者心生恐惧，全体村民像被男人压在身下的女人一样恐惧，这双重恐惧庇护着梅利顿。如此一来，没有比无视自己的胆怯更盲目的了。在这种畏惧的作用下，梅利顿化为无形。在躲在门后监视他的老女人和藏于床下的年轻女人面前，他都为所欲为。他带着丑恶的嘴脸疾驰向任意方向，但总是一个不同以往的新方向。人们开始小声地叫他库鲁皮。他对此心知肚明，却不恼怒，反而以此为傲。一天，在来镇政府请愿的民众的集会上，梅利顿对大家没有丝毫的抚慰之情。他敲击着自己的胯下，像一个狂妄的挑夫一样半仰面朝天地大笑着来展示权威。"对我来说，有它才有一切，"他靠着栏杆说，"连库鲁皮的阴茎都没有这么长，生得这样好，无所不能，还能满足更多处女，所以，你们就别抗议了，等着我去夜巡吧。"这些都是他说的。


3


他带着他的合法妻子一起来的伊塔佩。她是一个可怜的、生着病的女人，内心也充满恐惧。尼亚·布里希达·德伊萨西除了默默忍受这个像禽兽一样鞭笞百姓的人以外还能做什么？但是比起煎熬和注定没有尽头的生活，她更爱她的丈夫。

他们住在镇政府对面。您不用起立，坐在这儿就能看到那栋已变为废墟的房子的大门。尼亚·布里希达之前就被关在那儿，她还不如蹲监狱的囚犯。她一刻也没有离开过，即便离开也只会遭受不幸。先生，您看到门上的那个心形锁眼了吗？从那个孔往外看，是尼亚·布里希达为了在镇政府内外看到梅利顿唯一能做的。这是她唯一的工作，是她苦涩的享受，是唯一属于她的，大约就是如此。而他毫无愧疚，在众人的容忍之下，在他们眼前放纵着、宣泄着他本能的、邪恶的欲望。夜晚，他骑马"巡查"茅屋。有时，他到更远处去。

当梅利顿不在的时候，尼亚·布里希达就会叫我，我就来陪陪她、安慰她，因为基督教的慈善教义让我们这样对待他人。我帮她祈祷，让她相信我们的主——上帝，但我没能带她去教堂。这我也得说明一下，不是因为这个可怜的人没有信仰，不是的，先生，是因为她害怕。她害怕，那是一种深入思想的害怕，可以使人牙齿松动、皮肤溃烂。我用饱含夜晚寒气的植物给她配药，芸香芽、茴香根、茴芹和莳萝细粒，所有我知道的，还有更多的。当她开始颤抖时，我为她脱去衣服，用油或者只用干净的手和我的唾液给她按摩全身。她入睡了，渐渐地，在睡梦之间，她预言了一切将要发生的事，唯独最后在小山上发生的事情例外。她赤裸着、沉睡着，她又变得年轻貌美，像重犯旧错却圣洁的抹大拉的马利亚一样年轻美丽。她的声音从远方传来，当说出梅利顿的名字时，她呼气并且停住了，随后她吸气，腹部颤抖，好像记起他的名字使她的心脏沉到肚子里一样。耶稣！我注视着如此恭顺、温和、美丽的她，我甚至都嫉妒她，想成为她那样。这一切是为了什么？我想到梅利顿，想到男人的愚蠢。他去巷陌深处找寻的绝代佳人，就在他自己家中却被视为废物。我没有任何不敬之意，我的先生，我告

274

诉您，我甚至想让尼亚·布里希达睡在我的臂弯，摇着她，在她梦中对她私语。世界啊，生活啊，一切都颠倒了。尼亚·布里希达躺在我手臂间，而梅利顿骑着马，随心所欲地在穷乡僻壤寻找将会置他于死地的绞索。


4


就这样，一天晚上，梅利顿在阿瓜角偏远的地方找到了胡安娜·罗萨，克里桑托·比利亚尔瓦的妻子。他知道，她带着年幼的儿子一个人住在那个田间小屋里。库丘伊，就是现在住在您家的孩子，他比这个村里其他的孤儿幸运多了。

您不会忘记胡安娜·罗萨是卡罗维尼山的疯女人马利亚·罗萨的女儿。马利亚·罗萨至今仍固执地认为胡安娜·罗萨是雕耶稣像的加斯帕尔·莫拉的女儿。那时所有的伊塔佩村村民都知道那是不可能的，但就像《新约》中所说的，谁又知道，真相的骆驼穿过的针眼在哪儿呢？[1] 和她的母亲一样，胡安娜·罗萨是被邪恶的幻想弄疯的女人之一，她有这个遗传。

事实是，梅利顿在阿瓜角找到胡安娜·罗萨的那晚，没有必要把她带来，是她早晨起来带着儿子出现在镇政府院内。我知道印第安女人孔切·阿瓦阿伊到处说，胡安娜·罗萨没有办法，只能来给梅利顿做情妇，因为他以杀死她的儿子相逼。然而，梅利顿没有必要这样威

---

1 "骆驼穿过的针眼"源自《新约·马太福音》中耶稣的训诫，引申意为"绝不可能"。据载，有一个青年财主问耶稣，应当怎样做才能得永生，耶稣问他是否遵守了诫命，他回答说都遵守了。耶稣说："你若愿意作完全人，可去变卖你所有的，分给穷人，就必有财宝在天上；你还要来跟从我。"但是这个青年人忧愁地走开了，于是耶稣说："骆驼穿过针的眼，比财主进神的国还容易呢！"

胁她，库丘伊在镇政府无疑是在搅扰他。库丘伊那时还不到一岁半。当他妈妈给警察们做饭时，他不是待在厨房的灶灰周围，就是藏在枪架上的马枪后面。警察像逗一个小动物那样拿他寻开心。当他哭得很厉害的时候，梅利顿用靴子尖把他踢进牢房。当梅利顿吃完早餐，穿过街道来办公室睡觉，命令胡安娜·罗萨来的时候，他也会这样做。她没有耽搁，她温顺地来了，脸上和破衣烂衫下摇曳的身姿都透着喜悦，沾着浓汤的衬裙勾勒出她的肌肉、细腰和坚挺的胸部，她进去时用黑色的头发遮着脸。

尼亚·布里希达通过门上的钥匙孔监视着里面。从那儿她看到胡安娜·罗萨给梅利顿脱掉靴子，之后关上门。里面传来他的喘息声和她的呻吟声。上帝庇护并且宽恕我们！

我知道，印第安女人孔切·阿瓦阿伊也来给您讲过，胡安娜·罗萨之前和她说，她要去查科找克里桑托，和他一起死或者和他一起回来。结果她把库丘伊交给疯姥姥，然后就消失了。没人知道她发生了什么或者她现在在哪里。如果胡安娜·罗萨还在地球上游荡，克里桑托·比利亚尔瓦就不能算真正的鳏夫。您也看到了，我的先生，在这个村里没影的事都能发生。


5


胡安娜·罗萨不是梅利顿唯一的情妇。有时候，有两三个小姑娘出现在院子里的炉火和热气之间。事实上，胡安娜·罗萨是陪他时间最短的。同时，他俘获了戈伊布鲁兄弟的小妹妹费利西塔·戈伊布鲁的芳心。她之前就受过重伤，一个车夫不知把她藏起来带去何处了。我们住在地狱，我的先生。就听我一句吧。

梅利顿不是在某次夜巡中猎得的费利西塔,而是在光天化日之下,在学校门口。他都没有等待很久,凭三两句甜言蜜语就把她拿下了。他命令一个士兵采一些姑娘通常会送给女老师做礼物的玫瑰花。

一天下午,尼亚·布里希达把我叫过去。我提心吊胆地穿过香蕉园走进去,撞见她正从旁门的心形孔偷窥,她的身体颤抖起来。她牙关紧闭,说不出话来,忍受着全部该忍受的,甚至更多。我把她从那里拉走,开始给她脱衣服,并用芸香的茎按摩她的身体。她用力叹气,如同哽咽时一样。之后,她平静下来,闭上眼睛,深深地叹气。我在祈祷间隙大声地自言自语,想着如果某天战争结束,费利西塔的哥哥们——戈伊布鲁兄弟回来,这个悲剧会愈演愈烈。我想平复尼亚·布里希达的忧伤,哪怕只是一丝一毫。"尼亚·布里希达,费利西塔进屋是因为她愿意!是她找的梅利顿,她像一头劫掠的小母牛一样索爱。"然而我白费口舌。她没有听我说话,她走神了,眼睛噙满泪水,虽然嘴唇间带着圣利夫拉达的微笑。在那一刻,不知怎的也不知缘何,我感到了对这个女人无尽的爱,或许是因为她是我们大家向上帝献祭的羔羊。我神圣地吻了她,并用头巾遮住她。

6

第三年的战争结束了。人们谈论起巴拉圭人和玻利维亚人之间的和平。对于我们来说,在伊塔佩,坏事过后总还有最坏的,而最坏的之后就只有死亡和判决。

梅利顿把我叫来,他表现得很谦卑和痛苦。他求我照顾费利西塔,并劝她打掉四个月大的胎儿。"您知道该怎么做。"他垂头铩羽地对我说,至高无上的权力低下了头。他的声音就像是从地下传来的。他还

277

要求我和费利西塔一起睡，照顾她的一切，人们的流言蜚语也可以不攻自破。"您别担心，梅利顿先生。"我对他说。就像俗话说的，秘密越传越秘密。这个可怜的人用食人鱼的眼神看着我。他没有再说别的，其他的我也不知道了。他转过身去，我在身前画了十字，因为我确信自己已看到孪生兄弟在他背上打的枪眼。

我进去对费利西塔表示惋惜。一开始我没看到她，她躲在暗处，双膝跪地。我抓住她的手。她哭起来，掉着眼泪说："我想要我的孩子！他是我最珍爱的！米卡埃拉修女，我求你帮我保住这个孩子。"我努力让她明白这是不可能的。"梅利顿先生是有家室的人，不可能和你结婚，费利西塔。"我对她说，"人们不能违背上帝的意旨和公理而结合。你的兄弟们早晚会出现，向你要求雪耻，并杀死梅利顿。"

费利西塔痛哭了好一会儿。之后，她平静下来说："那么……就随上帝的便吧。我的孩子不会死在他的父亲和我的兄弟之前。"

半个多月的时间里，我让她尝试我知道的全部偏方、汤药、泻药、用猫指甲做的堕胎药，还有西番莲、刺苞果和雄株月桂。尼亚·布里希达在"哨岗"听着那个姑娘的痛呼和呻吟声，她的脏腑抗拒堕胎。一个月后，费利西塔就瘦成皮包骨头了。十五岁的少女再也不能生育了！

一天晚上，梅利顿醉醺醺地哭着回来。他把戈伊布鲁兄弟的来信递给费利西塔，他已经拆开看过了。"你的哥哥们，"他对她说，"已经到亚松森了。等到庆贺胜利的阅兵仪式结束，拿到复员证后，他们就会回到伊塔佩……"

我对他们说，得尽快去博尔哈找接生婆。我把爱美兰霞·贝尼特斯的名字和地址给了他们。在她家，费利西塔可以保住孩子，静观疾风骤雨降临。我们三个相拥而泣，眼泪汇在一起。梅利顿漫不经心地处理着小伤口。我煮着浓烈的马黛茶，一直到午夜。之后，我开始跪在上帝脚下诵经祈祷，并祈求帮助和平静。只有尼亚·布里希达不在场。

我说要去看看她，说完我就出去了。

我们从锁眼里看到梅利顿和费利西塔在月末圆的夜晚，骑着马离开村子踏上老路。尼亚·布里希达牙关紧闭，开始呻吟。我把她拥进怀里。她开始颤抖。我将她搀扶到床上，给她脱掉衣服，我嘴里尝到了她汗水的苦涩味。

7

每天人们都卑躬屈膝的，好似每个人都背负着整个世界，监视着并等待着无可挽回的事情发生。起初，村里的人们怀疑镇长被劫走了或者逃跑了。战争结束和领导空缺使得人们壮起胆来，打破言语的桎梏，不再像从前一样窃窃私语。

从前的战士们回家的消息使人们完全忘记了梅利顿和费利西塔的消失。他们的去向只有我知晓些许消息。

电报员沿着铁道到各村报告火车到达的时刻。在伊塔佩站，人们也准备了盛大的欢迎仪式。全体村民倾尽全力组成声势浩大的队列，迎接仅有的几位回村的同乡。

我穿着修女服挤进人群，周遭人声、爆竹声、鸣枪声和欢呼声混杂在一起。我看到那些从世界末日归来的人走下火车。他们有的缺手臂，有的缺一条腿，有的面部被烧伤，带着缝合伤口留下的针眼，有的失明了，有的缺手指，有的断了手。要我说，他们看上去就是人体残骸！很难想象他们经历了什么，他们看上去都很陌生。他们曾经是强悍、有力、年轻的男子汉。他们没能为祖国的荣誉献身，以后也不能为上帝的荣誉献身……上帝啊，军队的主，万能而致命的主啊，发发慈悲吧！

所有人都下了火车，却没看见戈伊布鲁兄弟。人们开始询问。刚回来的士兵们大笑着说，他们肯定是要走回来，他们兄弟俩总是想做成别人做不成的事。有些人开始开玩笑似的讲戈伊布鲁兄弟在前线的战绩，并且无耻地嘲讽他们三年里在荒漠的战斗中所遭受的一切。嬉笑吵闹中夹杂着悲伤。

当战士们仰起头喝军用水壶里的水时，我拽住科拉松·卡布拉尔袖子上的连长标志，把他从人群边缘拉了出来。他认出了我，并且在人群中拥抱了我。"第三世界教友会的'连长'米卡埃拉修女可好？"我借机问他是否知道戈伊布鲁兄弟的消息。"喂！"他转向其他士兵，"米卡埃拉修女想知道双胞胎什么时候回我们亲爱的、著名的伊塔佩村！"

一个人很严肃地说："他们要留在亚松森参选共和国总统和副总统！"

8

我回去准备祭台，以备神父来和圣体一起祈福。我从那偷偷去看尼亚·布里希达，却没有找到她。众多守卫中的一人没好气地告诉我，镇长的夫人一个人去了小山，并且不愿意有人陪同。

我跑了出去，不遗余力地寻找她。在路上我一个人也没有看到。我一边跑，一边惊叫着、呻吟着，都快断气了。迎着执意要拦住我脚步的大风，我听到可怜的尼亚·布里希达的声音！我与风抗争，为了不让它掀起我修女服的衬里。

我一直爬到加斯帕尔·莫拉雕刻的基督像那里。小山顶光秃秃的，只有小白蝴蝶在泉水上方飞舞。我寻找新的足迹，却只远远地看见石头间有东西在闪光。我弯腰把它捡起来，发现是尼亚·布里希达的银质念珠。小十字架上沾着血迹。我面对耶稣像跌在地上，双膝跪地，都没有力气抬眼注视它。这也是我第一次爬上山顶，我开始感觉整座小山在落日余晖中慢慢旋转。

我不自觉地开始祷告，把尼亚·布里希达的每颗念珠都捏得紧紧的。那个小十字架在我手中冒起火星。祷告结束后，我吻了一下小十字架，嘴中泛起一股血腥味。我向旁边啐了一口唾沫，抬起头在周围寻找人影。突然，我的整个身体化为一个黑洞，我的灵魂在一声尖叫中粉碎。耶稣像一直注视着我，而我才开始凝视它。我不愿也不能相信它的样子，它穿着靴子。我把头抬得更高一点，看到耶稣穿着军装，衣服上带着血。我仍然跪着，眼前却仿佛出现了幻觉，我终于认出那是几乎被斩首的梅利顿·伊萨西，他被捆在巨大的黑色十字架上，身上缠了很多圈绳子。

我起身想逃离，却被倒在杂草中的木质耶稣雕像绊倒。它一点一点燃起来，还冒着一缕烟。当我再次站起来，想逃跑的时候，我在山谷的尽头看到了尼亚·布里希达的尸体。其他的我就不知道了，因为那时我晕倒了，一头栽进炭火里……

您看，您瞧，这些就是烧伤的痕迹。

# 十 从前的战士

1

他犹豫不决地慢慢走下火车，似乎这个地方使他感到陌生，或者是他不愿意留在这里。中午强烈的阳光照得他睁不开眼睛。他用一顶饰带上嵌着帽徽的、满是褶皱的军帽的帽檐遮住眼睛，从一节二等车厢里走下来，两只赤脚探索似的踏上站台。起初，在喧闹和拥挤的人群中，别人都没有发现他，但是我立即认出了他。我偷偷地望着他，因为我知道将会出现什么场面，而我不愿意成为第一个发现他回来的人。我刚刚就职，必须摆出一副有权威的样子。来者给我们带来了新的难题，我们无法解决，无疑，他自己也难以忍受这种状况。也许是由于这种原因，他脸上带着冷漠的神情。

望着远去的火车，他犹豫不决的心情又蒙上了一层失望的阴影，就好像他突然被丢弃在沙漠之中。在滚滚灰尘中，他转过头，望着被太阳烤焦的菩提树树荫中的茅屋。也许打了三年仗以后，他果真认不出自己的故乡了，但是，这不是因为在这期间村庄发生了什么重大变化，而是因为他本人和他的眼睛发生了变化，所以在他看来，故乡与往日不同了。

一条公路把村庄劈成了两半。远处，图帕-拉佩的黑色山峰在阳光下向他招手。看到山峰之后，他好像才辨清了方向。

他缓步向前走着。在这个瘦削的战士周围腾起的灰尘，一直吞没了他那张皮包骨的面孔，那是一张像猴脸一样的尖面孔。查科的荆棘、褐色的火药，都在那张土黄色面孔上留下了痕迹，一边的面颊上还留下了一颗子弹的烙印。

虽然他的外表发生了变化，但人们还是立即认出了他。

## 2

"你们看谁回来了！"一个人喊道，"克里桑托·比利亚尔瓦连长！"

连这个名字也使他感到陌生。他没有任何表示，也不理睬别人。他继续慢慢地走着，好像不仅眼睛近视，耳朵也聋。

随着这声叫喊，聚集在车站周围的人群中发出一阵喧哗和评论。几个穿着破军装的人向他走来。其中有一个拄着双拐，还有一个缺半截胳膊，空袖筒折起来，用别针别着。克里桑托停住脚步，冷冷地望着他们。他的军帽向受伤的那半边脸斜着，因此，那部分面孔显得更加阴暗。

"你终于回来了，黑猩……！"埃利希奥·布里苏埃尼亚一面向来者甩着他那只空袖管，一面用试探的口气搭讪，但是，他没敢把绰号全喊出来。

"啊，黑猩猩！"另一个人喊道。

别人听到这喊声，便异口同声地喊起来：

"黑猩猩！"

"黑猩猩！"

283

"黑猩猩！"

这个动物的名称依然是他真正的名字。周围的人活跃起来了，被灰尘笼罩的克里桑托像到了一个陌生的地方，他不认得或记不起周围那些面孔了。他瘦削、黝黑的脸对着众人，胳膊下夹着一个大干粮袋，由于袋里的东西太重，他的上身微微前倾。在深陷的眼窝里，他的眼睛又不停地眨巴起来。无疑，这不是因为他的眼睛有毛病，而是因为最近的战争带来的阴影妨碍他在阳光下观察周围的一切。他不是瞎子，也许只是一个失掉记忆力的人。查科著名的橄榄绿色军装上，满是他细心打上的补丁。上衣左边的口袋上，缝着三条像帽徽一样褪了颜色的三色彩带，这表明他的干粮袋里可能保存着三枚勋章。卷着的毛毯搭在弹药带上，从一个口袋里露出一把扁平的小勺。他颈部的血管像线绳一样凸了出来。

在别人的招呼下，我只好走过去。我发现，众人的神态异常复杂：既流露出崇敬和恭顺，又流露出局促和不安，但是，大伙都为重新见到这个同乡、这个迟到的远方战友而高兴和激动。

我走进人群，亲切地拍着他的肩膀说：

"你好吗，克里桑托？"

从干粮袋里传出一种铁器轻轻碰击的沉闷声音。我想，里面装的可能是军用菜盘和水杯。他把所有装备都带回来了。

"你不记得贝拉上尉了吗？"佩德罗·马尔蒂尔指着我问他。

"不记得……"

的确，克里桑托对我不太熟悉，因为我从小就离开了伊塔佩。

"现在他是我们的镇长……"

"啊……"

"过去的镇长都完蛋了！"伊拉里翁·贝尼特斯拄着双拐，往地上啐了一口唾沫，"现在我们有了新的镇长……由我们的同乡当镇长，这还是第一次。"

"啊……"

"嘿……克里桑托!"科拉松·卡布拉尔指着他口袋上的彩带说,"伊塔佩村唯一获得勋章的战士!"

克里桑托的脸上轻轻掠过一丝笑容。

一个衣衫褴褛的小孩钻进人群,面带倦容地望着他。孩子的嘴上沾满橘子汁和泥土,胸前也有橘子汁和一些像脓一样的白色斑点。

"你怎么了,我的朋友黑猩猩?"塔尼·洛佩斯问道,"你倒是说话呀!"

"没什么,没什么……"他终于柔声地、干巴巴地说,显然,这不是他的真心话。

"你这时候才回来。"伊拉里翁带着责备的口气说。

"庆祝胜利的阅兵式已经过去一年了。"科拉松·卡布拉尔用讥讽的目光盯着他说。

他没有马上回答别人的话,也许是找不到适当的语言,也许是他不愿意回答。

"我留在那里了。"他说。

"留在查科?"佩德罗·马尔蒂尔问。

"不是,留在亚松森。"

"你在那儿做什么?"埃利希奥·布里苏埃尼亚问。

"在兵营里等着退伍。"

"他们不着急!"伊拉里翁·贝尼特斯急忙说,"反正已经把你身上的油榨干了!"

"但是,你对军队产生了感情。"塔尼·洛佩斯说。

"我回来了……"

"我第一个回来。"伊拉里翁介绍说,"军事医院给我发了'木

285

腿'……后来，布里苏埃尼亚班长也回来了。"

"但是没人给我装木胳膊。"布里苏埃尼亚说。

"我们都向这里撤退。"伊拉里翁又说，"我们成了累赘！后来其他人也回来了……塔尼·洛佩斯、佩德罗·马尔蒂尔、何赛·德尔卡门……"

"还有我！"科拉松·卡布拉尔打断他说。

"后来，戈伊布鲁孪生兄弟也回来了，"伊拉里翁接着说，"和出生时一样，一先一后。他们打死了梅利顿·伊萨西，立即被关进监狱……"

他不得不停下来，因为我们大家都望着他，这目光像是无声的责备。塔尼·洛佩斯不知所措地用小拇指指甲在衣服上划着，那指甲长得像食蚁兽的指甲一样。

"大家都回来了！"还是伊拉里翁打破了沉默，他认为有必要说些俏皮话来缓和局面，于是他指着塔尼·洛佩斯说，"连大炮都打不断他的指甲！"

可是，谁也没有笑。

"我们以为你不会回来了，克里桑托。"阿波利纳里奥·罗达斯对他说，老人的草帽几乎遮住了整张脸，"这下你不会再走了吧？"

"我不知道，看情况……"

对大人的谈话感到厌烦的孩子，用手抚摸着伊拉里翁·贝尼特斯的木拐。

"你的袋子装得真满，"科拉松·卡布拉尔轻轻地拍着袋子说，里面又传出沉闷的响声，"也许装满了英镑！"他献媚地说。

"不是，只不过是几颗手榴弹……"

人们不禁哈哈大笑起来。我没有笑。他们的笑声有些夸张，这不是由衷的笑，而是从深切的忧伤中挤出来的笑声。

一个穿着第三会修女法衣的老太婆扯了扯科拉松·卡布拉尔的袖

子，把他拉出人群。她附在他耳边说了些什么。他愤愤地望了老太婆一眼，不高兴地点了点头，肯定是老太婆对他说了一些过于尖刻的话。他极力摆脱她，又回到人群当中。

这时，伊拉里翁·贝尼特斯又干了一件蠢事。

"这是你的儿子，克里桑托。"他抚摸着那个衣衫褴褛的孩子乱蓬蓬的头发说，小孩正抓着他的木拐站在他身边。

又是一阵难堪的沉默。伊拉里翁使劲啐着唾沫，懊悔自己的失言。小孩用一只脚的大拇指不安地在地上划来划去。这时我们发现，克里桑托那双严厉的，但是充满慈父之情的黑眼睛在蓬乱的头发下闪闪发光。他第一次把目光落在孩子身上。

"啊……库丘伊。"他只是喃喃地说，声音中既没有流露出喜悦和慈爱，也没有流露出惊奇，只不过像一只鸟对另一只鸟啼叫一声而已。

在伊拉里翁的催促下，孩子向克里桑托走去。他局促不安地站在父亲身边，不知道是害怕，还是羞怯。他终于鼓起勇气，用手轻轻地摸着那个皱巴巴的口袋。克里桑托像驱赶一只牛虻似的推开那只指甲缝里藏满泥土的小手。

"克里桑托·比利亚尔瓦连长万岁！"为了打破僵局，科拉松·卡布拉尔喊道。

"万岁！"我们一起喊着。

"让我们向人民英勇的儿子、常胜的黑猩猩连长欢呼三声！"被他的成功鼓舞的科拉松又喊道，"万岁……万岁……万岁！"

不少人附和着，但是，这些呼声中夹杂着一种虚伪的激情。我感到，我的欢呼声赞扬的不是一个曾在查科作战的士兵，而是一个站在月光下的凄楚的影子，是一个人那赤裸裸的、不可驯服的影子。

"我们在月光下站着干什么？"科拉松·卡布拉尔说，"我们到坎塔利西奥的酒铺去为你接风。"他邀请道，那双黑眼睛在红润的、汗津津的脸上转动着，"我们到酒铺去！"

"走，先生们，我付钱！"我说。

"不……"克里桑托执拗地说，"我该回阿瓜角去了……"

"不，黑猩猩，"科拉松坚持说，"你被我们俘虏了，我们不会放你走。多年不见，你不能不赏脸。像上次那样的战争，不是年年都会发生的。"

气氛变得活跃了。

"嘿……比利亚尔瓦连长，光荣的博克龙战役的英雄！"埃利希奥·布里苏埃尼亚赞赏道，"你还记得蓬塔布拉瓦那个地方吗？我在那里失去了一只胳膊，而你空手抓住玻利维亚军队的机枪，因此获得了第一次晋升。"

"冲啊……比利亚尔瓦连队！……跑步……走！"科拉松乘着众人的兴致，大声地喊着。

克里桑托激动地眨着眼，动了几下嘴，但没有说什么，只有一种不可辨别的声音哽在他的咽喉里。人们发现，他的眼里第一次闪烁出一种近似激动的光芒。无疑，战斗的呼声触动了他脑中某根潜在的敏感神经，把他带回到某个硝烟弥漫的沸腾的山谷，在那里，机枪的射击声和手榴弹的爆炸声响成一片。他的脸上现出一种只有在冲锋陷阵时才有的表情，也许那只不过是他的肌肉和记忆的一种条件反射。然后，他像一尊石像一样，一动不动地站在那里，尖尖的鼻子翕动着，颈部的青筋跳动着，睁大的眼睛放射着光芒，但是，这只是一瞬间的事，接着，他又恢复了常态，站在那里听着别人说笑，看着一张张变形的怪脸和含蓄的目光。

他眼里的光芒消失了，眼皮又不停地眨起来。他像一头驯服的老牛一样被人们推走了，库丘伊在他身边跑着。

尽管人群中不断爆发出叫喊声和笑声，但是，这仍然像一次凄凉而沉闷的圣像出巡，因为我们的内心是沉闷的。我们几乎把这个荣获三枚勋章的人抬了起来。每一枚勋章都意味着一年的战斗和牺牲，意味着在无边无际的大沙漠里经受饥渴、烈日和干风的折磨，这一切都是为了争夺在地下滚滚奔流的黑色石油。

为了掩饰内心的沉闷，我们喧闹着，如同蝗虫袭击村镇的那些日子，那时我们不得不敲着竹筒、燃起篝火驱赶它们。现在，我们喧闹是为了迷惑克里桑托，对他隐瞒这场灾难留下的痕迹，还有它造成的损失。我们把他拖向酒铺，是为了使他在还不知道发生了什么的时候，提前忘掉一切。

3

老修女终于施展了她传道的本领，用动听的声音把妇女们吸引到她的周围，一起谈论那件事情。

"看来他一无所知！他看到自己的儿子库丘伊时，脸色都没有变！"

"米卡埃拉大姐，是这样的。"另一个妇女表示赞同，"他没有问起胡安娜·罗萨，他可能什么都不知道……"

"倘若他没有问起胡安娜·罗萨，"第三个妇女打断她说，"那是因为他知道。知者不必多问！"

"这话也有道理。"那个支持修女的女人改口说。

"他也许知道，也许不知道……"老修女的半边脸不停地抽搐着，"如果他都知道，由于羞耻，他会假装不知道……可是，好像不是这样。依我看，他什么都不知道。你们注意到他的脸了吗？一张无动于衷的脸！基督徒在遭受痛苦的时候，不会掩饰自己的不幸。"

"也许胡安娜·罗萨会回来……"

"她回来干什么？"老修女插嘴说，"她已经神魂颠倒了！她太风

289

流了，必然会遭到这种下场。"

"他的房屋倒了，地也荒了，他该怎么过活？"

"这好办，"第三个女人说，"黑猩猩是个勤劳能干的人。"

"库丘伊怎么办？"

"这几年他成了孤儿，现在至少有爸爸了。父子俩将回家去，以后再和别的女人组成新家庭……"

"可是你们没有看到克里桑托那副模样吗？"老修女问，"他能干些什么呢？"

"从战场回来的人开始时都是这个样子。等到时过境迁，他们还是会和从前一样。"

"或者在死亡的边缘挣扎，比如洛伦索·奥维拉尔，他回来时只剩下一把骨头。人们都还记得，他说，我不愿意留在那里……"

"可怜的克里桑托·比利亚尔瓦！他的处境更惨！"

"幸亏戈伊布鲁兄弟把梅利顿·伊萨西干掉了！否则……"一个妇女故意看着老修女说，"克里桑托一定会跟他算账……"

妇女们像鹦鹉一样喋喋不休地议论着。从她们的窃窃私语中流露出一种恐惧的情绪，这种不祥的恐惧情绪又回到她们当中。对于那个不幸的结局，她们仍然记忆犹新。克里桑托·比利亚尔瓦的到来，往这潭死水中投了一块石头。她们目送着他和其他人一起向酒铺走去，望着克里桑托的背影，过去的事情又浮现在她们眼前。一方面，他重返故乡给她们带来了希望；另一方面，她们又对他的表现感到失望，因为他没有表现出要为他不在时发生的悲剧采取激烈的报复行动的意愿或冲动，相反，他表现出无动于衷和袖手旁观的样子。

伊塔佩的居民对这件事众说纷纭。在他们心目中，胡安娜·罗萨的威信越来越低。她的外貌和灵魂被人们歪曲了，每个人都从不同的角度看待她。也许，连她这些被歪曲了的形象也不断地在每个人的头脑中变幻。

在阔别故乡多年，刚刚回到伊塔佩的时候，我完全像一个外乡人，但是，这件事却让我非常关注。从此我便开始进行调查，我并不是为了帮助法庭——因为罪魁已经被非法地处置了——只是为了澄清我们所有人对此事应负的责任。

## 4

戈伊布鲁兄弟从查科回来后，无情地惩罚了梅利顿·伊萨西。第二天早晨，人们才惊奇地发现镇长已惨遭杀害。虽然他罪有应得，但是，他的死亡的意义却超出了简单的同情或仇恨的范围。通过处决镇长，兄弟俩一方面和强奸者算了账，另一方面也发泄了他们对那尊基督像的不满。一开始，伊塔佩的村民不理解戈伊布鲁兄弟的行动，很久以后，村民才懂得，孪生兄弟为什么把基督像从十字架上摘下来，并以割掉生殖器的镇长的尸体取而代之。加斯帕尔·莫拉雕刻的基督像，在露天的十字架上经受风吹、日晒、雨淋和鸟啄达二十五年之久，突然在某一天早上换上了镇长的装束：军装、皮靴、手枪套。镇长浮肿的脸上有一双充血的眼睛，乌鸦正围着他的尸体盘旋。

神父匆忙赶到伊塔佩。一连几天，他都要派人清洗亵渎的现场，并亲自洒圣水驱魔。在一片哭声中，基督像又被重新放回十字架上。这个仪式使神圣的受难周暗淡失色。佩德罗萨神父命人用小车从博尔哈运来一百多个陪哭的女人，因此，人们不知道这个仪式是为了给"麻风基督"雪耻，还是为了给已被安葬在公墓的镇长守灵和祈祷。

然后，神父问，哪些妇女愿意长期守护十字架。只有马利亚·罗萨自愿承担这项义务。当时，她呆滞的眼里充满激情，好像二十五年来她一直在盼望这个时刻。

5

现在，梅利顿·伊萨西死了，美丽的费利西塔·戈伊布鲁也死了，而且谁也不知道她被安葬在哪里。她的两个哥哥杀死了她的仇人，同时也杀死了她。他们在远方的沙漠里战斗了三年，现在被关在亚松森的监狱里，突然从英雄变成了杀人犯。

胡安娜·罗萨·比利亚尔瓦也报了仇。梅利顿·伊萨西的其他受害者和间接受害者都不同程度地报了仇，或从报复中获得了补偿。

在库丘伊精神失常的外婆成为基督像的守护人之前，库丘伊一直跟她住在卡罗维尼山上。离开外婆以后，孩子开始过起流浪生活。他像"库丘伊鸟"一样，在这个自由的天地里到处流浪。那时，他身上已开始出现白色斑点，也许是加斯帕尔·莫拉的麻风病的余毒，也许是他在镇政府玩耍时，人们撒在他身上的灰烬留下的痕迹。那时他几乎成了孤儿，任凭卫兵拳打脚踢。他虽然不是好色的镇长的私生子，却是其他无家可归的孩子们的化身。

直到他父亲回来的那一天，他还过着流浪的生活。这个富于幻想而尚不完全懂得生活的残酷的孩子饱尝了人间的苦难。在车站卖蜜糖水和面包的女贩子们十分同情库丘伊的处境，因此，他总能从她们那里得到一块面包、一根发霉的腊肠或一杯汽水。她们和我一样，对他怀着一种同情，但同时又感到恐惧、内疚和羞愧。我曾派人把他叫到镇政府，并让他坐在办公室的椅子上。孩子一副局促不安的模样，不懂我姿态背后的怯懦和无耻。我让人给他端来牛奶、饼干和木薯，看着他狼吞虎咽地吃起来。不过，他最喜欢的是我的手枪。我让他在桌子边玩了一会儿，

292

还教他如何使用。他用没有上子弹的手枪练习瞄准和射击。

现在，在嘈杂的人群中，他紧跟在父亲后面向酒铺走去。


# 6


三枚勋章被放在一张破旧而肮脏的桌子上，我们把克里桑托围在中间。那是三枚十分粗糙的勋章，上面蒙着一层绿色铜锈，没有任何字样。

"……博克龙勋章……查科勋章……卫国者勋章……"塔尼·洛佩斯用小拇指指着勋章，一一说出它们的名称，"这是珍贵的纪念品，黑猩猩！"

"是的……"他瓮声瓮气地答道，一面把塔尼的手推开。

"那些安于吃残羹剩饭的人会说，有总比没有好……"科拉松·卡布拉尔说。

"可是，为什么会给你发勋章呢？"伊拉里翁·贝尼特斯狡黠地问，"至少在我们回来之前，他们从未向下级军官和士兵颁发过奖章和勋章，只发没有任何用处的服役证……"他转向我问道，"不是这样吗，上尉先生？"

我没有吱声，因为我在思考别的事情。

"他们给我颁发了勋章，"过了一会儿，克里桑托毫无窘色地答道，然后，他又羞涩地说，"准是因为我应该得到这些勋章。"

"什么时候发的？"

"在撤销复员军人兵营之前不久，那时，剩下的人已寥寥无几。我们排好队，当喊到我的名字时，我向前迈了三步。在军乐声中，国防部部长亲自向我颁发了勋章。"

"好家伙，竟然是尊贵的国防部部长！"

"他把勋章挂在我胸前，然后拥抱了我一下，并说：'我以祖国的名义感谢你！'……我们大家喊道：祖国万岁！……在参谋们的簇拥下，部长走了。"

"国防部部长本人……"科拉松又一次惊呼道，"你们看，我们的血没有白流！可是，现在我们都变成面包干了！"

一些人低声笑起来。

伊拉里翁做了个鬼脸，然后紧盯着克里桑托问：

"但是，你没有想到……"他没有再说下去。

"对于不可抗拒的东西，我们何必去想呢？"克里桑托用坚定的口吻说，"挺起胸膛去迎接它就是了。"

"至少这一次他们做了件公道事！"科拉松附和道，"连克里桑托·比利亚尔瓦连长都得到了勋章！"

"是的，"他说，"你们在这里……"

他端起那只还剩下一点酒的酒壶，大家以为他要干杯，可是，他只是把酒壶斜着拿在手里，小心翼翼地在每枚勋章上倒了一滴酒。他的手微微颤抖着，然后，他蘸着唾沫，用拇指慢慢地、仔细地擦拭着勋章。破旧的桌子也随着他的动作而抖动。在开了线的袖口下面，是用鲨鱼皮做的护腕，那是在战斗中扔手榴弹用的，现在已变得又黑又脏。

经过擦拭后，勋章重新发出一种暗淡的光泽。接着，他用旧报纸把它们一层层地包起来，以防互相碰击。他把布袋放在膝盖上，把勋章装在里面。从布袋里传出一种轻微的碰击声，我偷偷一看，原来是几个像干柿子椒一样的黑东西，这就是连长留下的"纪念品"。我想安慰他一番，但只想出这么一句话：

"你回来后感到高兴吗，克里桑托？"

他沉思着，好像在琢磨我的话。在听到他的声音之前，我只看见他的嘴唇动了几下。

"我本来不想……"他说。

"你不想干什么？不想复员？"

"是的，我不想复员。"

"可是，战争已经结束一年多了，黑猩猩。"

"这正是让我感到遗憾的，"他的语调中流露出真正的悲伤情绪，"这么美好的战争结束了！"

我们互相望着，不知道说什么好。这次，没人发出爽朗的笑声。我们没有想到他会说出这种话。他说话时，语气中充满一种无可奈何的情绪。他的神情很严肃，他绝不是在开玩笑，也不是在说谎。

"这的确是一场美好的战争！"科拉松说，他的话在某种程度上反映了我们的惊讶情绪，"我原以为只有卡萨多港后勤部负责分配饼干的军官才会说这种话。对他们来说，这场战争才是美好的！对于他们，对于那些龟缩在后方的人来说是这样的。可是，对于一个三年间在战场上出生入死并被吸尽了骨髓的战士来说，并非如此。你怎么会说这种话，黑猩猩？这场该死的战争结束了，这对我们来说是件好事。"

"一句话，对于参加战争的人来说是件好事！"伊拉里翁急忙说，"现在，政府的大员们把我们在战场上得到的土地丢失在谈判桌上……"他越说越激动，"我们的胳膊和腿都丢失在战场上！五万人的尸骨遍布疆场！……我们是为了什么？那些死者在九泉之下也不会瞑目！"

"好了，伊拉里翁……"佩德罗·马尔蒂尔试图打断他。

"不，什么好了！……"他怒吼道，"据说，我们打赢了这场战争……但是，他们是否能对我们讲一讲，什么叫打赢了一场战争？至少应该对我们讲一讲……"他用袖子擦了擦额头上的汗水，"你们看埃利希奥……他是胜利者！现在，他连手都没有了！"他吐了一口痰，停下不说了。

在一些人的哄笑声中，埃利希奥·布里苏埃尼亚挥了挥他那只断臂。克里桑托默不作声，好像根本没有听到伊拉里翁的话。在人们安静的瞬间，他皱着眉头说：

"开始我不想相信……人们说，随时都可能重新开战。我等待着，我想再回到那里去……"

"回查科去？"塔尼·洛佩斯问。

"是的，回前线去，我还想去打仗，然后，我们应该留在那里。那才是生活：指挥一支侦察队、一个连队，在峡谷中行军，攻占一个敌军阵地……"

"啊……比利亚尔瓦连长……阿尔戈多纳尔和曼德尤佩瓜战斗中的英雄！"科拉松喊道。

"指挥，服从，战斗……这才是生活！"克里桑托又说，"我一天都不想离开前线，离开我们的团和师。"

"的确如此，黑猩猩。"一直没有开过口的何赛·德尔卡门说，"我记得，有一次你在贡德拉附近的芦苇地上的水井边捉到一个玻利维亚俘虏。"他转向别人说，"他本来可以得到一个月的假期，可是，他一天也没有休息。"

"我在那里，在我的岗位上干得很好，我干吗要休假？后来，停火了，我想留在那里，但是，他们把我骗回来，他们说，阅兵式以后，还要把我送回查科。"

"他们没有履行诺言！"科拉松说。

"我在兵营等待着。他们给我发了复员证。后来，兵营被撤销了，我被赶了出来。我开始到处流浪，我去过国防部，也去过码头……有一次我偷偷登上'品戈号'，躲在船舱里，可是，水手们把我赶了出来……"

我好像看到他正在努埃沃港的码头上徘徊：他顺着河流的方向，望眼欲穿地盯着遥远的查科。那种十分顽固的、几乎僵化的思想，像失灵的罗盘的指针一样深深地扎在他的脑海中。可以想象，当他看不到装满士兵的船只时，他是多么失望和焦躁。在那里，他再也听不到军乐声，看不到国旗和满怀爱国激情的人群。起重机把一捆捆的棉花、烟草、皮革和单宁装上船，卸下来一个个大木箱，大得像那些士兵住的房子一样。木箱打开后，从里面开出各式各样的小汽车。我想，克里桑托一定对那些小汽车冷眼相看，它们和查科那些用树枝和泥土伪装起来的破卡车多么不同呀！

"我把发给我的钱全部花光了，"他说，"我一个子儿也没有留，因为那些钱不是我的。他们给我钱是因为我参加了保卫祖国的战争，而保卫祖国是不收钱的……"

"保卫祖国！"伊拉里翁用木拐捣着地喊道，"我们是替外国佬守卫土地！我们也是祖国的一部分，可是现在谁来保卫我们呢！"

"我花完了最后一分钱。"克里桑托仍旧用那种单调的声音说，"我在等待，我在车站的走廊和码头的房檐下过夜。警察把我当作流浪汉抓起来，幸亏我把我的布包埋在一块荒地里。"

"否则他们也要把你的纪念品偷去了。"伊拉里翁说。

"军警处检查我的服役证后，发给我一张车票，又把我交给列车长，于是，我回到了这里……"他沉默了，好像一口气说了这么多话后，感到疲倦了，或者是由于说完这一切之后，他的秘密、希望和失败突然暴露了出来。他的薄嘴唇抿成一条缝，肮脏的帽檐耷拉在脸上。

"现在你又回来了，"埃利希奥·布里苏埃尼亚说，好像是在鼓励他，"回到了你的故乡，回到了你的朋友之间。在我们这些幸存者当中，你是最后一个回来的……"他的半截胳膊在空袖管里颤抖着，和他那平静的声音形成鲜明的对照。

"黑猩猩，我的孩子……"阿波利纳里奥·罗达斯老人低声说，"你是伊塔佩最好的农夫。我们大家都来帮助你。你应该重整家园……"

"我不知道，看情况吧……"

在酒铺的一个角落里，库丘伊正蹲在地上，把一个香肠头系在猫尾巴上。地上到处是黄痰和香肠皮。

克里桑托起身要走。库丘伊把猫放在一边，用眼睛盯着父亲。其他人又现出局促不安的神情，酒铺里顿时骚动起来。刚才，我们把难题抛在一边，但是，它是一个事实，它时刻都在等待一个结果。克里桑托的欢迎仪式不可能永久地进行下去，不可能用这种幼稚的办法来隐瞒他最后遭受的不幸。

"愿上帝保佑你们，先生们！"他感激而惭愧地说。

"别走，黑猩猩，天还早，我们来打一会儿牌吧。"科拉松说。

"我没有资格玩牌，"他笑着说，"我一个子儿都没有。"

"不要紧，黑猩猩，我们都是朋友。我们合伙，如果输了，我先给你垫上，以后你再还我……坎塔利西奥！……"科拉松向酒铺老板喊道，"来一杯特烈烈[1]清清火！跑步走！……"

"是，班长！"酒铺老板答应着离开柜台，原来他正趴在那里听顾客讲话。他快速拿起牛角杯、吸管和水壶，开始准备饮料。

"留下来吧，黑猩猩。"科拉松拉着他的一只胳膊说。

"我想在天黑前赶到阿瓜角，路很远。"

"这里不少你的床，你今晚就住在村里，等明早喝过马黛茶，再趁凉快赶路。"

"不……"他挣脱别人的阻拦说，"谢谢你们，我要走了……"

他走了，谁也没能多留他一分钟。

库丘伊跟在他后面，他们绕过被树荫笼罩的小广场，走上了大路。克里桑托大步流星地走着，库丘伊像小鸟一样跳跃着。路上腾起一股

---

1 巴拉圭的一种饮料，用凉水浸泡马黛茶而成。

灰尘。

我们目送他们消失在道路的转弯处。克里桑托没有回头看看他的儿子是否跟得上。

"可怜的黑猩猩!"科拉松说,"一场美好的战争结束了!"


## 7


"我记得……"何赛·德尔卡门几乎是自言自语地说,"从萨韦德拉撤退以后,莱昂·卡雷的部队来到贡德拉附近。我们尽力加固自己的防御阵地,当时我就在黑猩猩的连队。在撤退时,他脸上中了一弹,伤口都开始腐烂化脓了,可是,他仍然坚守岗位。那是一场殊死的战斗,我们的兵力不足。玻利维亚人在我们对面构筑了碉堡,并不断从侧面骚扰我们。我们险些掉进玻利维亚人设置的陷阱,我们曾用这种陷阱对付他们,后来他们也学会了这种方法。我们几乎被打得溃不成军。当时,莱昂·卡雷下令把军旗插在山头的一棵树上,他亲临前线,和我们一一握手说……"他顿了一下,因为盛着特烈烈的牛角杯已传到他手里,绿色的马黛茶泡沫一直堆到杯口。他用吸管吸了一口,待一个气泡在他嘴里破裂后,他接着说:"到我们显示力量的时刻了!……我们至死也不能丢掉阵地……洛佩斯元帅'不胜利毋宁死'的名言在我们的刺刀上放着光芒……"

何赛·德尔卡门向远处沙漠的方向眺望着。现在,只有在人们手中传递的牛角杯里的吸管在闪闪发光。我们似乎又看到了插在树上的军旗……看到了有一双坚毅而安详的眼睛的师长,士兵们非常喜欢他,都管他叫"跛子莱昂"。他正在用大战时期的名言鼓励他的士兵。这句名言概括了我国人民的命运,似乎自古以来我们注定要在战争中生存。

"……我们就这样坚持了几乎一个月的时间，"何赛·德尔卡门继续说，"对敌军发动了小规模的进攻和反击。我们必须设法突破包围圈，可是，我们的行动是盲目的。我们需要了解敌情，因此，谁活捉一个俘虏，就给谁一个月的假期，整整一个月的假期呀！你们知道吗，伙计？"

"黑猩猩就是在那个时候捉到玻利维亚人的吗？"塔尼·洛佩斯一面用又长又弯的小拇指指甲挖耳朵，一面问。

"是的，他在一片芦苇地里发现了一口印第安水井，井口被车前草之类的东西覆盖着。谁也没想到那里会有水，因为周围的地面非常干燥。黑猩猩听到了地下的水声。他日夜守候在那里，因为他知道，敌人迟早也会找到那口水井的。果然，一天下午，一个瘦小的玻利维亚人出现在水井附近。黑猩猩藏在草丛里，让敌人放心地走过来。要想得到假期，必须抓活的。那个玻利维亚人趴在井边，像一匹马似的喝起水来，然后，他又脱掉衣服洗澡，像狗一样用两只手撩着水。正在这时，黑猩猩向他扑过去，一把抓住他。可是，受惊的浑身湿漉漉的玻利维亚人像鳗鱼似的从他手中挣脱，撒腿就跑。敌人个子虽小，但没有任何负担。黑猩猩追上他，和他扭打在一起。玻利维亚人又要逃跑，黑猩猩无可奈何地抽出刺刀，把刀尖对准敌人的腹部。他这样做只是为了吓唬对方，可是，玻利维亚人绝望地挣扎着，刀子一下刺进了他的小腹。他一面大声叫喊，一面用手堵着伤口，防止肠子掉出来。黑猩猩比俘虏还紧张，不知所措地用手擦着脸。他从水井里取来一些水，给玻利维亚人清洗血污和粪便，然后把肠子塞进去，用车前草叶子堵住伤口。可是，俘虏仍在呻吟，声音越来越微弱。黑猩猩十分失望，心想，俘虏肯定活不长了。他把俘虏抱在怀里，好像抱着一个从山里捡来的婴儿。他不停地摇晃着，好像在唱催眠曲，让对方入睡……'别出声，玻利维亚人……'他对俘虏说，'别哭，玻利维亚人……你可不要死，玻利维亚人！……你不能死！……'他就这样回到师指挥部，怀里的玻利维亚人还活着……"

"啊……不简单！"这是塔尼唯一的评论，他边说边用指甲挖着黄色的耳垢。

"黑猩猩不想休息，他继续参加战斗。"

"那时候他就是这个样子吗？"科拉松问。

"不是。"何赛·德尔卡门说，"不久，我们粉碎了敌人的包围。我被派到托莱多去，从此我就不知道黑猩猩的情况了。据说，部队在贡德拉挖了一条隧道，从敌人的碉堡后面钻了出来。从那时起，他就成了现在的样子。他一人就投了一百多颗手榴弹，率领他的连队首先进入了阵地，当天的战报中曾提到他的名字。他继续留在前线，他想待在那里……你们没有听他讲吗？由于他很少说话，而且在战斗中依然表现得十分机智勇敢，他们肯定到最后也没发现他有不正常的地方。一句话，他想打仗，而前线也需要这种精神……"

大家都沉默了。伊拉里翁又吐了一口痰，不知他吐了多少次，痰液已在木拐下汇成一大片黑色黏液。

在这种沉默中，一种孤独感突然向我袭来，使我感到比任何时候都更加孤独。我虽然处在自己的故乡，却像一个异乡人。我虽然和战争的其他幸存者同桌共饮，却和他们不一样。我在这里，就像在查科的那个峡谷里一样，当时我渴得嘴里冒火，陷入了昏迷状态。峡谷没有出路，然而，我今天却还活着。我的一切依然如故，可是，一个死人却不能再向别人屈服和让步……总之，我继续以我的处世哲学生活着，我更关心过去发生的事情，对未来的事情却漠不关心。有时，痛苦的回忆使我变得孤僻而傲慢，接着，失望的情绪又使我变得安分、虚心和理智。我属于这样一种人：不向前看，总是沉溺于对往事的回忆，不会爱，不会交往，因此非常孤独。集中营里的"左撇子"曾把这种表现说成是特权

301

者的狂妄……然而，我现在的这些同伴只向前看，认为未来和过去具有同样的魅力。他们没有想到死，只是感到他们生活在现实之中。他们为一时的激情所鼓舞，从而忘记了自己，把自己和一种正义的或骗人的事业联系在一起，和某种东西联系在一起……这就是他们的生活。对于他们来说，没有死亡。考虑死的事情，就等于慢性自杀。他们只是想活着，即便克里桑托·比利亚尔瓦失常这件事像生活一样吞噬着他们。渴望的指针为他们指出了沙漠中的水源，那是世界上所有沙漠中最神秘、最荒凉和最浩瀚的沙漠：人心。他们牢不可破的兄弟情义是他们的上帝，是他们的救赎。这种情义被摧残，被破坏，被碾碎，又重新凝聚在一起，每次都更富有活力、势头强劲，他们的势力像水波一样扩散开来。在忧虑、痛苦和不满的气氛中，在伊塔佩，在其他许多村庄，新的暴动又在酝酿着。昔日的战士没有就业机会，残废者自然更无事可做。因此，伊拉里翁·贝尼特斯总是愤怒地用双拐捣着大地。一批一批的穷人被赶出他们的田园，广大赤脚汉的土地日益减少，少数衣冠楚楚的富人的土地日渐扩大。人们又开始涌向边疆，以便在那里找到工作，获得尊重并忘记现实。可是，许多人仍然留在故乡。农民、制糖厂雇工、矿工、短工又开始组织起来，要求提高工资，反对政府不断提高物价。他们放火烧毁庄稼，或者把它们堆在道路上。军用卡车不得不开到火光冲天的公路上清除这些障碍。游击队又重新活跃在丛林中，"土地、面包和自由……"的呼声响彻全国各地。每天早晨，在城市和乡村的墙壁上都会看到字迹潦草的大字标语。

这种情况必须改变，不能继续无休止地压迫这个国家的人民。马卡里奥·弗朗西亚说过："我的孩子们，人就如同一条河流……它发源于某条河流而又汇入其他河流……流入沼泽地的河流才是倒霉的河流……"死水是有害的，它排出的毒气会使人发烧、发狂。要想治愈这种病或使患病的人安静，必须把他杀死，但是，这个国家的土地里已经埋满了死人。"地下的死人已经无法扎根了!"

我担心，将来有一天，他们会要我教他们打仗，如同过去在萨普开发生的事情一样。我教他们……这真是莫大的讽刺！但他们现在不需要我的指导，他们已经学会了很多东西。克里斯托瓦尔·哈拉驾着卡车出生入死，不是为了拯救一个叛徒的生命。他驾驶着起火的卡车奔驰在被夜幕笼罩的沙漠和林间小道上，是为了给那些幸存者送水。

我突然想到，查科那个不吉利的峡谷中唯一应该死去的人今天却在这里接替了梅利顿·伊萨西的职位，这是命运在嘲弄我。

我疯狂地笑起来，一直笑到流出眼泪。

大家都盯着我，又是一阵难堪的沉寂。

"他将终生受人嘲笑！"我听到伊拉里翁说，"带着那些用铜皮做的勋章……连他的战友也会嘲笑他！"

这时我才想起，人们原来在谈论克里桑托·比利亚尔瓦。伊拉里翁在嘲笑他的那些勋章。

"那些勋章是最大的讽刺！"阿波利纳里奥·罗达斯老人低声说，一顶大草帽遮住了他的面孔。

"然而，他却把那些勋章看成宝贝！"科拉松说。

"正是因为这样，人们才嘲笑他！"伊拉里翁抱怨道。

远处，在光线朦胧的公路上，克里桑托父子腾起的灰尘正在消散。


8


走过公墓不远，他们来到一座小山脚下。

一条蜿蜒的小道通向山头放基督像的茅屋。从山下望去，基督像好像被钉在天空上。从雕像低着的头上垂下的一缕缕长发，在傍晚的热风中飘荡。可是，克里桑托·比利亚尔瓦没有向上看，他根本不知道，他的仇怨正是在那个山头了结的，即使知道，他大概也不会把它放在心上，因为除了对往事的回忆以外，他对其他的一切都无动于衷。

阿波利纳里奥·罗达斯说过，在查科战争爆发以前，克里桑托是伊塔佩最好的农夫。他的战友们知道，这个伊塔佩农夫是他们当中最好的战士。破烂不堪的房屋和滑稽可笑的勋章就是以上两方面的有力证据，然而，现在他既不是农夫，也不是士兵，他只不过是一个既驯服又不驯服的废物。在顽强的生命力的支持下，或者在查科使他产生的幻梦的支持下，他依然活在人世。

在一个山坡上，图帕-拉佩的泉水隐在竹林和荆棘丛中。在山泉周围，木麻黄发出的沙沙声盖住了潺潺的流水声。父子俩走近山泉，跪在地上喝起泉水来。儿子先喝，父亲凝视着突突涌出的水流。马蜂和白蝴蝶围着他们上下翻飞。库丘伊逮了两只蝴蝶，用唾沫粘在胸口的糜烂处，连长跪在地上，往行军壶里灌水。

卡罗维尼山的疯婆子，守护基督像的马利亚·罗萨坐在山头小棚屋下的木凳上，像一个嵌在天空的黑点。她注视着山下的两个人，既认不出她的外孙，也认不出她的女婿。

克里桑托没有留神看她。他站起身来，画了个十字，库丘伊也学着父亲的样子画十字。然后，他们走到公路上，继续赶路。库丘伊又逮了两只蝴蝶，依然用唾沫粘在胸口发白的糜烂处。

公路上的两道影子越来越长。

9

他们离阿瓜角已经不远了。

走出林间小道，就能听到小溪的潺潺流水声，那声音是从翠绿的山谷传来的。这里的空气也有一股特别的气味。一轮红日挂在远处的伊比蒂鲁苏山头，给山峰涂上一层火红的颜色。在炽热的天空中，在椰子树和荆棘丛的上方，光线在不断地变换色彩。从树林中飞出的小鸟，一碰到外面炽热的气流，便尖叫着飞回山中的丛林。

库丘伊一面在父亲身后跑着，一面吃着顺手摘来的番石榴。他嘴里塞满了番石榴籽，嘴唇也被染红了。

他们走过一个牧场，又走过一片荒芜的耕地，周围烧焦的树木又长出了新芽。最后，他们进入一片香蕉园。宽大的香蕉叶向下耷拉着，他们走过时，叶子上出现了一道道裂纹。库丘伊忽而完全消失在黄色的香蕉树丛中，忽而又出现在父亲身后，蓬乱的头发上挂满了蒺藜和大蓟刺。后来，他们又穿过一片满是害虫的木薯地。一些受惊的小爬虫飞快地从他们脚下逃走，发出一阵阵沙沙的响声。在一个用泥土堆成的蚂蚁窝旁边，一条紫红色毒蛇蠕动着滚圆的躯体，钻进杂草丛中。他们绕过一片芦苇地，又回到原来的路上。虽然道路已被杂草覆盖，但时而可以看到昔日车轮留下的红色车辙。发霉的玉米穗挂在干枯的秸秆上。在一片林中空地，一只刺猬摇晃着多刺而打皱的甲壳，吃力地穿过小道。库丘伊向它扑过去。

"爸爸，我们逮住它，晚上就有吃的了……"

"不，孩子……"克里桑托说，这是他第一次这样称呼自己的儿子，而且语调也异常亲切，"我们给它留条活路吧。再说，你已经吃过饭了。"

"可你呢？"

"我不饿……"

他这句话是用西班牙语讲的，他嘴里突然冒出另一种语言，一种寄生阶级的语言。库丘伊困惑不解地望着他，于是，克里桑托用瓜拉尼语重复了一遍。他们又沉默了。在这种情况下，人们总是继续交谈，但是，无须目光交流，也无须语言。库丘伊跟在父亲后面，试图跟上父亲的步伐，但是，他的腿毕竟太短，脚步的节奏经常被打乱，为了缩短与父亲的距离，他不得不跑上几步。于是，路上缓缓升起一股刺鼻的灰尘。

大人的脚步愈来愈慢，他脸上时而现出惊奇的神色，时而又现出冷漠的表情。他虽然已来到自己的家，却辨认不出它。如同几个小时前走下火车的时候那样，现在他又踏上了一块陌生的土地，随着时间的流逝，它变得更加荒凉。他极其谨慎地走上这块被落日余晖照亮的土地，从他的影子可以看出，他对这里非常生疏，他像瞎子一样探索着他周围这块土地的奥秘，呼吸着不祥的香气。

他们进入了一片开阔地。在玫瑰色的晚霞里，一所摇摇欲坠的茅屋出现在离他们不远的草丛中。土坯墙上到处是窟窿，显得毫无生机。克里桑托突然停下脚步，把手向孩子伸过去。与其说他是在这个突然出现的怪物面前保护孩子，不如说他是在寻求一个支柱。昔日的生活场面一幕一幕地闪现在他的眼前。一把椅子斜靠在一根柱子上，一根铁丝系在腐烂的木杆上，上面挂着一条发黑的、破烂不堪的裙子。展现在两人面前的仿佛是一个经过战斗洗礼的战场，到处是死一般的寂静。挂在竹竿上的一块破布，像是从茅屋后窗伸出的一面白旗。

这死一般的沉寂一直蔓延到远处的山头，在这里可以听到远处小溪的潺潺流水声，以及这种声音传到茅屋后发出的回声。父亲靠在儿子身上，不住地摇着头。

克里桑托一动不动地站在那里，也许，往事正一幕幕浮现在他的脑海中。通过观察在他自己的土地上发生的一切，他突然明白了过去他不明白的事情。于是，他一下把孩子推到草丛中，也许他自己也将颤抖着、直挺挺地倒下去。他在干粮袋里摸索着，掏出一个"干柿子椒"，裹在报纸里的勋章也被带了出来，掉在地上。

"比利亚尔瓦连队……冲啊！……"他像在战场上进行肉搏战时那样叫喊着。

他猛地跳起来，把"干柿子椒"的一端按在手腕上擦了几下，然后把它向前方扔去。

随着一片火光和一声巨响，茅屋像一个暗堡一样被炸得粉碎。

连长对着臆想的敌军阵地，把从查科带来作为纪念的十二颗手榴弹一颗接一颗地全部扔了出去。杂草丛生的农田里也出现了一个大坑。爆炸声和黄色火光打破了傍晚的寂静。

在震耳欲聋的爆炸声中，草丛中的库丘伊又惊又喜地看着父亲一边扔手榴弹，一边咆哮着到处乱跑。无疑，他在想，父亲正在向他表演那场他听别人说过很多次的战争。


10


当我策马赶到那里时，克里桑托已经安静下来。他坐在一个土堆上，库丘伊望着他，不敢打断他的思绪。在一片寂静中，克里桑托精神恍惚地看着渐渐暗下来的天空。面对着茫茫原野，一种忍辱屈从的心情压倒了他。那里的火药味是他熄灭的怒火留下的唯一痕迹，就连这种暴力的影子也很快就消失了。过了一会儿，我们已经看不到对方的面孔了。在黑暗中，我听着自己的声音，就像在听别人说话。无论怎样劝他回村，他都一概置之不理。

"不……"这是他唯一的回答，这表明，他已经失去了理智。

此时此刻，我不知道应该如何安置他。

时间一天天过去，我不知道是应该任他那样活下去，还是应该给他治疗。如果连长炸掉的是他自己备受摧残的心灵，那么，在这种癫狂的状态中，至少他意识不到自己不可避免的毁灭，更何况在炸毁他的茅屋和土地以后，他已经由癫狂变得温顺和冷漠了。

在瓜拉尼语中，"记忆"这个词有"智慧"和"对时间的感觉"之意，然而，在克里桑托的记忆中，他已经感觉不到时间的流逝，因此，他也无法意识到自己的不幸。他像一个孩子，一个几乎像他儿子那样的孩子。

我写信向罗萨·蒙松医生请教。她回信说，我"必须"把克里桑托送到亚松森就医。她担保，她将负担一切费用，因为军方不负责照顾战争的幸存者。我知道她会履行自己的诺言。

带克里桑托去外地并不难，只要告诉他"美好的战争"又重新开始了，他就会像一个去参加节日活动的孩子一样登上火车。

我将把库丘伊带到我这里，让他和我一起生活。

我不仅想到他们父子二人，还想到那些和他们一样的人，他们的状况无比糟糕，这些受难的、受侮辱的人到处都是，似乎他们是这个世界唯一的幸存者。

必须在这种可怕的人吃人的不合理现象中找到一条出路，否则，人们会想，人类将永远受到诅咒，人间即是地狱，我们无法得救。

必须找到一条出路，否则……

\*      \*      \*

（摘自罗萨·蒙松的一封信。）

"……米格尔·贝拉的手稿到此为止。他用的是皱皱巴巴、大小不一、带有镇政府字样的信笺。手稿写在信笺的背面，全部装在一个皮包里。直到他的脊椎中弹前，他还在写。最后几页的墨迹还很新，最

308

后一段是用铅笔写的。

"我在和梅尔加雷赫医生一起去伊塔佩看受伤者的时候，发现了那个破旧的军用皮包。它挂在他的床头，里面装满了信纸。我带走了那些信纸，因为我相信，上面一定有那个生命垂危的人一生中最重要的东西。

"我把手稿誊写了一遍，没有做任何改动，连一个标点符号也没有改动。我只删掉了与我有关的部分，因为谁也不会关心这些内容。

"他受伤的原因众说纷纭。一些人说，在他擦手枪时，枪走火了。另一些人说，枪是库丘伊打的，因为镇长有时会把手枪给那个孩子玩。公诉人倾向于第一种说法。"

## 编者说明

感谢关月老师对本书部分内容进行的翻译补充及修订!

**图书在版编目（CIP）数据**

人子／（巴拉圭）奥古斯托·罗亚·巴斯托斯著；吕晨译. ——
北京：外语教学与研究出版社，2021.9
ISBN 978-7-5213-3010-6

Ⅰ. ①人… Ⅱ. ①奥… ②吕… Ⅲ. ①长篇小说－巴拉圭－现代
Ⅳ. ①I781.45

中国版本图书馆 CIP 数据核字 (2021) 第 182510 号

出 版 人　徐建忠
策划编辑　曹雪峰
项目统筹　张　颖
项目编辑　黄雅思
特约编辑　朱写写　杨一凡
责任编辑　徐晓雨
责任校对　何碧云
装帧设计　CINCEL at 山川制本
出版发行　外语教学与研究出版社
社　　址　北京市西三环北路 19 号（100089）
网　　址　http://www.fltrp.com
印　　刷　山东临沂新华印刷物流集团有限责任公司
开　　本　880×1230　1/32
印　　张　10
版　　次　2021 年 9 月第 1 版　2021 年 9 月第 1 次印刷
书　　号　ISBN 978-7-5213-3010-6
定　　价　59.00 元

购书咨询：（010）88819926　电子邮箱: club@fltrp.com
外研书店: https://waiyants.tmall.com
凡印刷、装订质量问题，请联系我社印制部
联系电话：（010）61207896　电子邮箱: zhijian@fltrp.com
凡侵权、盗版书籍线索，请联系我社法律事务部
举报电话：（010）88817519　电子邮箱: banquan@fltrp.com
物料号：330100001

Copyright © AUGUSTO ROA BASTOS, © 1960, 1984 and Heirs of Augusto Roa Bastos.
本书中文简体字版权 © 2021 上海雅众文化传播有限公司